Because of You

網夢達人 穹風@著

世界不大，所以我終於又遇見了你。
有些人的模樣並不因為時間而改變。
世界很大，再遇見你之前，我已經過了漫長的好多年。
有些感覺卻始終停留在最初的地方。
因為曾經的你，於是才有現在的我。
因為現在的你，我看見更多因你而來的感動。
原來這一切的夢想，背後都只為了一份最深摯的愛戀，
儘管時間有點久，路上有點痛，只要我們都找到了那個對的人。
然後說：It's because of You！

也許太匆忙，等不及天光，就把那過往，都收進行囊。
就說遺忘，就不再勉強，等忘了憂傷，重新再回頭忘。
那就這樣，誰都不說話，
我們在雨漫飄下時看雲散場。
那就這樣，放開手走吧，
當白雪輕落下往事就別再講。
等到天又亮，等到人又想，會發現留你在我心上，
等到天又亮，等到人又想，那一段從前有我陪你，欣賞。

「天光」 穹風 二〇〇五年一月

* 01 *

國二英文班的小鬼們，用哀怨的目光提醒我時間已晚時，我才想起來，忘了提醒講台上的老師該注意下課時間。晚上九點五十八分，英文老師已經拖了他們快半小時。坐在教室最後面，我揚起手來，示意老師時間已到，又等他交代完回家作業，最後才由我這個班導宣布大家下課。

九月的高雄夜晚還很熱。儘管來了這城市生活多年，我依舊無法習慣北回歸線以南的氣候。二〇〇四年夏末，如果有什麼是值得開心的，大概就是我順利地升上大四吧。我爸收到成績單時，帶我去廟裡謝神，他說要感謝菩薩，讓我有低空過關的福氣。差兩學分，我就二

一了。

騎車趕到約定的地方，雖然遲到了，蘇菲亞卻比我還要晚。她到時，我跟櫻桃剛剛要到吧檯那個調酒師的電話。

「哪，這是妳夢寐以求的。」我把寫著手機號碼的杯墊遞給蘇菲亞，然後鬆開髮束，讓馬尾變成一襲披肩的長髮。

就看著蘇菲亞開心地拿出自己的電話，輸入了那個號碼。我們都知道這號碼只有純粹被收集的意義，蘇菲亞是個除了錢之外，其他一切都不會主動的女孩。

櫻桃問我今天幹嘛穿著安親班的制服就跑來PUB，我很無奈地告訴她們今晚的事情。

「妳的學生一定很恨妳。」櫻桃笑著說。

聽著震耳欲聾的搖滾樂，看著鼓手激情地敲打，還有吉他手閉上眼睛，吉他跟人好像融爲一體的優雅美感，我感覺有點微醺。這是高雄市好幾家夜店，我唯一一個喜歡的地方。

店裡每天到了晚上十點，就開始有樂團表演，十點的爵士樂算是暖場，十一點之後就是奔放的搖滾樂時段，通常我趕到時，爵士樂表演幾乎都已接近尾聲。

又喝了一口啤酒，櫻桃剛剛拒絕了兩個搭訕的男孩。

「對了，你們安親班現在還缺人嗎？」蘇菲亞問我。

「好像還缺正音班的老師吧，有興趣？」

「我對錢有興趣。」她笑著。

前年在這裡認識蘇菲亞時，她就是個對錢很有興趣的女孩。她是醫藥學院的學生，除了上課之外，假日還在診所當掛號小姐，偶而聽說也兼著幫學妹打報告賺錢。而賺來的這些錢，她全部都用在其他金融投資上。

過了十二點半，音樂類型又稍稍改變，重搖滾樂變成抒情搖滾，主唱也換成另一個女孩。我們三個圍著小圓桌，蘇菲亞問起我工作的事情。

「星期二三四在安親班打工，一個禮拜三天，時薪還不錯，一個晚上有五六百的進帳。」我說：「禮拜天咖啡館的稍微差一點，不過卻有好喝的咖啡。」

點點頭，蘇菲亞說考慮看看，她對正音班的工作頗有興趣。

這時又有幾個男孩走了過來，問我們是否願意過去坐一桌。男孩們的目光都集中在櫻桃跟蘇菲亞身上，畢竟今天的我倉卒了點，沒時間回去化妝跟換衣服，在PUB裡不會有男人對穿著T恤跟牛仔褲的女孩有興趣，這一點我很清楚，他們永遠都只會注意到穿著小可愛背心跟迷你裙的辣妹。

「妳的衣著看起來很樸素，而且有點突兀呢。」自稱叫作約翰的男孩說。

點點頭，我不置可否。

「第一次來這裡嗎？」他湊近了些。

搖頭，我喝了一口從自己那桌帶過來的啤酒。

「嘿，說說話嘛，不要這樣好嗎？」

燈光略暗了點，音樂聲悠閒輕鬆，女主唱吟唱著英文情歌，而我斜眼瞄著那男孩。蘇菲亞跟櫻桃如魚得水地穿梭在男孩們之間，她們今晚的裝扮適合當花蝴蝶，而我甚至還穿著長袖的小外套。

就這樣過了一夜，我看著舞台上纖腰金髮的女孩唱完了最末了的一首歌，蘇菲亞已經帶著醉意，櫻桃正攙著她。我們沒有玩一夜情的習慣，也不打算跟任何男生出去續攤，回到自己原本那一桌，招手請服務生過來，我把信用卡交給他，準備買單離開。

「等等我送她回去好了，這女人這樣回家太危險了。」櫻桃穿上了外套，酒量最好的她，一口喝乾了杯子裡的長島冰茶，然後熄滅了剛剛叼在嘴上的香菸。

「妳沒醉吧？」她問我。

「當然。」我笑著說。雖然沒辦法跟櫻桃比，不過我的酒量可也差不到哪裡去。在酒吧工作的櫻桃，會在高雄的許多夜店流連，是因為她想多喝喝看不同的調酒師所調出來的酒，而我則純粹只是喜歡微醺的感覺，結果愈喝酒量愈好。

「對了，我已經決定了，要去補習班報名，明年要參加大學入學考試。」用紙巾抹去了殘餘的口紅，櫻桃說著，把蘇菲亞也拉了起來。

「眞的？」而我還坐在椅子上，手上搖晃著剛剛點著的香菸。

「嗯，看妳們這樣又能玩又能念書，我覺得很羨慕。最近想了想，感覺對調酒已經有點膩了，或許應該多念點書，我爸媽也同意。」她說。

點點頭，我說祝她好運。重考生過的日子是什麼樣的，這個我很清楚，因為相同的路我也走過，櫻桃參加重考班之後，我們以後一起出來玩的日子大概少之又少了。

要她帶著蘇菲亞先走，我說我等服務生把簽帳單送上來。她們搭乘計程車，而我自己有機車。

看著兩個女孩離開，我安靜地望著舞台上，樂團團員們已經下台，PUB裡只剩下店內播放的輕爵士。

之前過來搭訕的那些男孩們早已轉移了目標，果然沒有人會對我有興趣。

店裡的客人已經散去大半，背靠著椅子，我閉上眼睛，跟著旋律輕輕哼著。來這裡對我有很多種不同的目的，有時我是爲了學習樂團演奏者的台風，好運用在自己的樂團裡；有時我只是純粹想放鬆心情，跟蘇菲亞與櫻桃，大家喝點小酒、抽幾根菸，聽聽她們的生活與心事；而有時候，我則什麼都不想，只是單純地挑戰遠在台中，我爸媽要我在高雄不能晚於十一點回宿舍的規定而已。

「嘿，妳還不走，等人嗎？」那個叫作約翰的男孩，不知何時又踅到我的旁邊來，剛好跟送簽帳單過來的服務生站在一起。他的個子很高，長相不差，留著快要跟我一樣長的頭髮。

「告訴我，妳是一個什麼樣的人？我喜歡妳冷漠的樣子，眞的。」他很大方地坐到我的對面來。

「我一點都不冷漠，我只是有自己的色彩。」笑著，我接過了簽帳單跟原子筆。

「什麼色彩？」

「一種你不需要懂，而我不需要說的色彩。」站起身之前，我在簽帳單上簽名，沒有充滿現代感的英文，也沒有多麼詩情畫意的中文名字，我寫的是我窮苦的親生老爸給我的名，叫作宛喬，姓則是我後來的養父的姓，姓葉。

我是葉宛喬，從台中來的那個葉宛喬。

轉身出了店門，發動了機車，不管什麼樣的我都是我，凌晨兩點前我要回到宿舍，跟自己說晚安。

我有我的色彩，只給該懂的那個人懂。

＊02＊

最近瘋狂地愛上陳昇的老歌，總覺得「One night in 北京」這首歌，畢竟還是應該由他來唱比較適合，信樂團總是陽剛了點。不過這首歌到現在爲止，我們都只能聽聽，我說要再找個男主唱來幫忙唱，樂團裡的那些傢伙沒有一個人點頭。

背著吉他，走出了團練室，鼓手小寶追出來問我今晚要不要一起吃飯，看著手上還握著鼓棒的他，我笑著搖頭，跟他說今晚已經有約。

「眞的不去？今晚大家約了要去『異速館』唷！」他說的是高雄一家頗有名氣的餐飲店，那是我一直想去，卻始終沒機會去的地方。

「眞的不行，我跟人家有約，而且已經快遲到了。」

「男朋友呀？」他的聲音帶著惋惜。

搖頭，我說只是女性友人。

「如果是男朋友也就算了，可是只是女的朋友……」

我揮手打斷了他的話，帶著微笑轉身。小寶不懂爲什麼女生會有跟男朋友一樣重要，甚至更重要的同性朋友，但這問題很複雜，我想只有等他下輩子投胎當女人之後才會明白。

約了櫻桃，我把自己以前做的筆記拿給她，這些筆記對她的重考應該有幫助。爲了她，我還特地挑了個假日，回台中去翻書櫃。

櫻桃的打扮跟以前有了顯著的不同，既無脂粉，也沒有奇裝異服，連原本燙捲染黃的頭髮也都回復成平常的黑髮。一問之下，才知道她已經辭去了調酒工作，現在靠著積蓄過日子，準備熬過這段重考生活。

「靠積蓄眞的夠嗎？需不需要幫忙呀妳？」我很懷疑她怎麼會有足夠的存款，既能支付學費，又能供給她的生活。

「本來是不夠的，不過多虧了那個錢鬼的幫忙哪！」

錢鬼？不用說我也知道她指的是蘇菲亞。櫻桃開心地說，她找蘇菲亞陪她去補習班報名，而且一報就是台大、政大的保證班，這種班的學費堪稱天價，補到明年七月，竟然要價十三萬。

「打劫呀，十三萬！」我咋舌。

「這就是我要約蘇菲亞去的原因呀。」櫻桃說，蘇菲亞在補習班當場拍桌子，然後拉開陣勢，開始殺價。她們走進補習班時是下午兩點，當時班主任說學費總共十三萬，等她們帶著微笑離開時，已經是晚上七點半，那時候學費只剩下五萬五。

「我決定過幾年等我要買房子的時候，一定也要帶她去。」我覺得心嚮往之。

看著櫻桃騎上了機車，載著一堆筆記跟講義離去，我走進了便利商店。儘管高雄已經是個大都會，但看到一個女孩背著電吉他、拿著啤酒走到櫃檯結帳，應該還是很匪夷所思的吧？店員用疑惑的眼光看著我，而我搓搓剛剪短不到兩天的頭髮，拎了酒就往外走。

獨自站在五福路邊，看著沿路的燈光逐漸亮起，絢爛的光影閃動，我忽然有股倦意。於是我點了一根薄荷菸，安靜地坐在路邊，與燈光同時飛舞的還有蚊子，香菸吸進體內的不多，大多是搖晃著煙霧驅趕蚊蟲。

這個城市在住了三年多之後，依然如此陌生。那是一種雖然熟悉，卻不怎麼融入的感覺，這是我此刻最深摯的體會。不知道跟我一樣，都在異鄉生活的朋友會不會也有這種疏離感呢？我把吉他靠在牆角，然後蹲了下來，打了一通電話給現在人在台南念成大的高職死黨。當年我們同屆，結果她沒重考就考上了大學，不過因為太混了，所以現在延畢，留下來補修學分，剛好又將跟重考過的我同時畢業。

「佳琳呀，是我，小喬。」這女人不知道在忙什麼，電話響了好久才接。

「什麼時間不好打，妳怎麼偏挑人家吃飯時間打來呀？」電話那頭，佳琳說她剛剛下課，現在每天晚上都要打工，所以吃完就要趕快出門了。

「好吧，其實也沒什麼事，我只是覺得有點悶。」我苦笑著。

「悶？妳哪一份工作被炒魷魚了嗎？」

「當然沒有呀，補習班做得很好，咖啡館的小老闆還對我告白呢。」

「妳音樂玩得不開心？」

「除了鼓手……也就是我們那位小老闆，有點死纏不休之外都還好。」

「那一定是妳那個男朋友在讓妳悶了？」

「他只會叫我帶蚵仔煎給他吃啦他。」我沒好氣地說。

佳琳想了想，沉吟了一下，然後用很鄭重的口氣說：「我知道了，妳肯定是又被當了。」

「放屁！才剛開學，不要詛咒我。」

電話那頭佳琳放聲大笑，她最喜歡聽我罵髒話，因為我的聲音太細，罵起髒話來不但沒有威嚴，而且簡直好笑到不行。

「喂，有點禮貌好不好，小心噎死妳，」我說：「我覺得我現在正處在一種鄉愁當中，鄉愁妳懂嗎？思念故鄉的惆悵哪！」

好不容易等她笑完，又等她撿起笑得碰到桌底下去的筷子，佳琳大口喘了幾下氣，用很認真的聲音對我說：「傻瓜，妳怎麼會是在思鄉呢？思什麼鄉？台中離高雄又不遠，妳也不是好幾年才回家一次。而且妳是在思什麼鄉？想以前念的學校，還是在想妳老爸那棟高級公寓？」

我說我也不知道。

「妳思念的，應該不是這些，妳思念的，應該是那個人，或者跟那個人交往的那段日子才對吧。」最後，她意味深長地說。

那個人？有嗎？

我承認我經常想起那樣一個人，也經常想起當年跟他短暫相處時的種種，可是我不覺得那個人還會對我的人生起任何實際上的作用，年少輕狂時的種種，早已雲淡風輕，許多應該放手讓它過去的，我早已不再眷戀。

我唯一記得，始終念念不忘的，是他帶給我的，一個叫作「自由」的觀念，還有那種朝著夢想一直走，怎麼都不要放棄的決心。這些，才是影響我最多的東西。

也因為這樣，所以我選擇到離家最遠的城市來念書，把所有當年曾有過的壓抑，全都轉換成鼓動自己飛翔的力量，讓自己忙得精疲力盡，但依然甘之如飴。

「妳確定妳這麼看得開？」佳琳還追著我打。

「當然，我連自己男朋友都沒時間管了，怎麼還有時間去想到那些過去呢？」

我笑著告訴佳琳，今天能夠有時間讓我坐在路邊喝啤酒，已經是非常難得的事情了。通常我的一天都需要四十八小時，還恨不得自己有兩雙手、四隻腳，最好還可以有兩顆頭。

「還說妳沒受他影響？妳以前最討厭忙碌的。」

「有嗎？」

「人可以騙人，可是不能騙自己唷！」

「我沒騙自己呀！」我笑了出來，眞不知道這女人在想什麼。

「催眠也是一種自我欺騙哪！」說著，她忽然尖叫了一聲，看來她那個便當是吃不完的了。

我笑著掛上電話，然後又點了一根香菸，跟著傳了一封簡訊。

據說我的忙碌都因爲你。我知道我會忘記你，要忘記你。現在的你好嗎？跑遍了高雄，再沒看過跟我送你一樣的鱷魚阿章。我快忘記你了，你呢？周，振，聲。

菸味有點嗆鼻，這不是我習慣的薄荷菸。這包從我放吉他的袋子裡拿出來，已經放了很久很久的香菸，萬寶路淡菸，是以前的他抽的。

有記憶，才有追逐的機會。
有追逐的機會，故事才會繼續。

03

把玻璃杯都擦得晶亮、該忙的工作忙完後，我坐在吧檯邊寫樂譜。自從組了樂團，我就開始學著寫譜。每個人操作的樂器不同，樂譜寫法就不同。即使是玩同樣樂器的人，也會因爲習慣相異，而各有各看得慣的譜。我們團裡只有我一個吉他手，所以既沒人可以幫我寫，別人寫的我也看不懂。

老爹走過來看了我一下，他手上拿著造型精緻的酒精燈，正準備給加了砂糖的愛爾蘭威士忌加熱，本來他打算拿根湯匙用攪拌的就好，不過個人給他的建議是，這樣實在很沒情調。

「這樣眞的會比較好看嗎？」他很疑惑，因爲用酒精燈加熱溶糖，其實只是噱頭。

「相信我，身爲一個老闆，手藝之外，儀態也是非常重要的。」我頭也沒抬地回答。

老爹煮咖啡的技術，用文雅的說法，叫作「精湛」，比較通俗的形容則是很「屌」。在這家咖啡館打工，除了錢是誘因之外，更重要的是這裡有許多讓人流連忘返的地方，比方老爹的手藝，以及店裡超級低的消費。

不過說消費低廉，每天來喝開銷也是很驚人的，套句愛喝酒的櫻桃所說的：「喜歡喝又喝不起的話怎麼辦？簡單，去那裡打工就對了。」

所以每個週末，我都是這裡的工讀生，只不過我是事情做得很少的那一種。大多數在咖啡館打工的時間裡，我總是跟老爹學習他煮咖啡的技巧，加強自己對咖啡的認識，多年來，我始終想開一家屬於自己的咖啡館，所以這也算是一個學習機會。

「妳已經寫了一個小時的譜了。」老爹點著了香精燈，開始用手旋轉那盛著酒的杯子。

「是呀，而且我可能還得寫很久。」我說反正沒客人，發呆也是耗時間。不知道怎麼回事，禮拜天中午的生意這麼糟糕。

「按理說，禮拜天是學生約會的好日子，可是妳卻閒得在這裡打工。」他很專注地看著杯子裡翻滾的威士忌與糖，嘴裡喃喃地說話。

「不是每個學生都喜歡禮拜天去約會的，到處都是人，有什麼好玩的？」我說：「而且我男朋友沒什麼禮拜天可言呀。」

「那妳可以去陪他呀！他不是什麼研究所的嗎？」

「首先，他不想我去打擾他，我也不想去研究室發呆。」我放下了筆，對老爹說：「而且如果我今天不把譜寫完，回去練好的話，你兒子會逼我跟他去約會的。」

「喔，那妳還是繼續寫吧。」他很黯然。只是不知道他是對他兒子的眼光而黯然，抑或是對我的遭遇黯然。

調製出一杯充滿濃濃酒香，喝起來又絲毫不醉人的愛爾蘭咖啡後，老爹要我寫完譜，把店內空間稍微調整一下，下午有一群學生要在這裡辦迎新會。

點點頭，每家大專院校的開學時間都不一樣，現在正值開學期間，最近店裡常有學生團體為了辦迎新而來包場地，這我已經司空見慣了。不過我告訴老爹說，等一下先讓我出去影印點東西，印完再回來佈置場地。

今天的高雄微陰，看起像是要下雨。大概因爲這樣，所以路上的行人也不多。咖啡館就在火車站附近，這裡的人潮原本應該不少，但因爲天氣影響，看樣子老爹的咖啡館今天只能依靠那群辦迎新的小朋友了。

我站在影印機前，等待樂譜一張張印出來，眼睛看著影印機，心裡想起以前的許多往事，當年我還在台中念書時，也經常拿著一堆跟同學借來的筆記，像現在這樣影印。

以前就讀的家商，制服是水手服，當同學或家人都稱讚那套制服很有特色時，只有我心中感到萬分厭惡。穿上了制服，表示我與別人沒有不同；背著一樣的書包，我跟大家乘載的也只是一樣的內在。那時的我很討厭參加社團或班級的活動，團康、聯誼，總是要大家努力地把智商降低，做些奇怪的動作，玩些奇怪的遊戲。

我總想要讓自己的生命跟別人有點不同，拒絕被裝在制式的容器內，總覺得我一定可以找到屬於自己的形狀。不過十七歲那年的我很笨，這些想法不但沒有讓我成功，而且還在管理嚴格的家商被記了兩支大過，但天可憐見，我其實不過是蹺家一天，去佳琳她家過了一夜，然後隔天把頭髮挑染成藍色，又剪一個階梯狀的劉海而已。

不過這些事情都過去好久了，現在想起來只覺得很可笑，眞不曉得當年自己是哪來的那份勇氣，居然妄想跟全世界對抗。

把錢付給影印店老闆，我拿著分類好的樂譜走出來，一份貢獻給社團，一份自己存檔，另外一份則是練習的時候要用的。走出來，高雄的陽光突破陰霾，帶來爲時應該不會太長的耀眼。

把樂譜拿來遮擋陽光，我慢慢走過馬路，心裡繼續懷念著從前。

那時的我不喜歡跟別人有一樣的想法，一群人要坐車時，我喜歡走路，大家都乖乖念書時，我老想出門散步。這些想法至今未變，但我已不再受到什麼壓力，因爲我離開了台中。在大學裡，只要不影響別人，我可以盡情地依我個人的喜好行事，盡情地做許多當時不能做的事情，比如玩音樂，比如打工，甚至是戀愛。

音樂是後來培養的興趣，打工是爲了維持經濟跟有步驟地朝我的夢想前進，至於戀愛，我想這可能是我做得最差的一件事情，因爲我不是一個很喜歡依偎著男朋友的小女孩，而事實上，我男朋友也忙得沒時間讓我去依偎他。

每當我想起那段最荒唐的高二生活時，忍不住就會想起那個男孩。始終壓抑著自己個性的我，因爲高二上學期一次去大雪山聯誼，認識了就讀於高工的他。那小子是個連直流電或交流電都搞不清楚的電機科學生，他的專長是被罰伏地挺身跟半蹲，偶而會讓壘球棒接觸壘球以外的東西，比如別人的腦袋，而他最大的收集，是記過單。

但是當時的我，很羨慕那個男孩的生活，多麼想要跟他一樣擁有自由的靈魂，可以騎著機車，徹夜在外遊蕩，可以隨性地蹲在路邊吃泡麵。所以當那次聯誼，從大雪山一路滑下山路時，我就決定了我要喜歡他。

儘管，那時的他，喜歡的是別人。

我想正如佳琳所言，我懷念台中的原因，其實是懷念過去有他在的日子。但遺憾的是，當我們高二上學期結束，發生了我蹺家被記過的事件之後，彼此的聯繫就變少了，大家都忙於課業，奔波於補習班與學校之間，以致於最後竟然誰都失去了誰。

然而我始終沒忘懷的，是他在我離家外宿，被逮到之後的那幾天，所跟我說過的話。他說其實我們誰都不自由，只要穿著制服，我們就都不可能擁有眞正的自由。而我的任性，只是爲了滿足於自己想做的樣子，恣意，而且不受約束。他說：「如果妳已經做夠了妳想做的事情，那麼，妳是不是應該回頭去做一些妳該做的事情了呢？」

我牢記著他說過的話，所以我重考一年，以高職學歷考上了大學，而且是離我家很遠的大學。在這裡，我該做的就是讓自己的成績每次都過關，雖然很低空。

而在我開始有能力去過我眞正想過的生活時，我曾想過各種辦法想要找他，想再次跟他說謝謝，因爲是他，才讓我現在時常提醒我自己，要懂得「欲爲」與「當爲」這兩者之間的均衡；也因爲是他，才讓我這幾年來有了信奉的格言與追逐的目標。而在跟他失去了連絡之後的這幾年，我選擇偶而買一包他習慣抽的香菸，點幾根來紀念當年有他在的日子。

「媽的走路不長眼睛呀妳！」想著想著，巷子裡有部車忽然開出來，差點把我撞飛。

「靠！你懂不懂什麼叫作行人優先？駕照拿去擦屁股了是不是呀你！」

開著小貨車的司機非常錯愕，我則是滿臉怒容。也許是把他嚇壞了，小貨車在我大步走過馬路後，飛快地轉彎而去。點了一根香菸，陽光依舊炙熱，我又想傳封手機訊息給那個現在不知下落何方，叫作周振聲的男孩。

我最近老是想起當年，而今的你又是否會經常想起當年的我？
若想起，又是否與我一樣總充滿遺憾？

04

回到咖啡館時，裡頭已經坐了一堆人，吧檯這邊老爹正在努力調製著咖啡，他露出非常痛苦的神色。

「你好像癲癇病快要發作的表情喔。」我把樂譜放下，看看已經挪好座位，聚成一團的學生們，再看看苦著臉，正在煮咖啡的老爹。他的襯衫已經解開了兩顆釦子，袖子也挽到手肘上，連兩撇小鬍子看來都顯得有點凌亂。

「我的死因除了癲癇之外，還要加上一條叫作被妳遺棄。」他看都不看我，目光專注於一杯藍山，然後說：「大小姐行行好，去幫那些孩子加點水吧！他們要每個人都喝到咖啡，至少還要一個小時哪！」

我笑著繫起圍裙，提起水壺。店裡只老爹有煮咖啡的本事，我們這些工讀生每個人都是還在學習中的半調子，為了避免砸招牌，他不輕易讓我們調製客人要的咖啡，頂多只是讓我們去處理熱桔茶之類的飲料而已。

那群大學生們約莫有二十來個，他們佔據了整家店，喧鬧成一團。看來就算有其他客人，也會因為他們的吵雜而離開。我心裡祈禱著，希望他們除了打屁聊天之外，還可以多點些餐飲，不然老爹會哭泣的。

這群孩子們正在進行自我介紹，我穿插其間，在他們的杯子裡一一加滿檸檬水。今天店裡的工讀生只有我一個，所以我已經有了萬全的心理準備，要跟這些死小孩奮鬥到底。

「他們是哪個學校的？」老爹搔搔頭，擦去了汗水。

「不知道，好像是中部的學校吧。」我把已經倒空的水壺又塡滿水，開始切檸檬片。

老爹張望了一下，又問我爲什麼台中的學校會跑到高雄來迎新？

「有些學校的系會比較好心，會派學長姊到外地去先跟學弟妹認識呀！打打關係，讓他們團結一下嘛。」

我心不在焉，腦袋裡想的是當年我考上中山時，學長姊們到台中來辦迎新會，跟我們見面時的情景。那時跟我連絡的是一位雖然住在高雄，但是卻對高雄一點都不熟的學長，後來都是那個學長的朋友在帶我認識環境。學長的朋友念我們學校物理系碩士班，人很幽默，不過話卻不多，所以大家都叫他小默。我搬來高雄之後，小默騎著機車，載著人生地不熟的我到處跑，幫助我認識高雄的環境。當了他一年的小學妹之後，我改當他的女朋友。

不過說是這樣說，我一個月大概見不到他幾次，這個人現在陪物理儀器的時間，比陪我還要多很多。若非幸好我也不是個很需要人陪的人，可能我已經哭鬧還兼上吊好幾次了。

「那怎麼從來沒聽妳要去哪裡接學弟妹？」老爹打斷我的思緒。

「因爲我很忙呀。」

「忙什麼？」

「忙著切檸檬片呀！」說著我拿起刀對他揚了一下，老爹笑了出來，手上奶油沒拿好，在咖啡上不小心擠了一大坨。

自我介紹之後，那些學長姊們開始將大家分組，似乎正在聊著學校生活的種種。本想湊過去聽的，但老爹拿了一張點餐單給我，所以我只好進廚房去忙，經過時，我稍留意了一下，那些系會派來的學長姊都身穿紅色上衣，相當顯眼。

將馬鈴薯切片前，我先把料理包放進微波爐。大部分店裡供應的餐點都來自廠商那邊叫貨的料理包，這樣方便得多，而且老爹也比較能專心在煮咖啡上。

點餐的是兩個大一的小女生，送餐時，我聽見一個戴著米老鼠圖案帽子的學長正在說話：「大學的課程，其實跟高中差不多。在學校裡眞正要鍛鍊的，是你對自己的自我要求能力，以及你處理事情的能力。」

送完了餐點，我走回吧檯，老爹還在忙著煮咖啡，而我則幫忙做些簡單的花茶。米老鼠的聲音仍持續傳來：「到了一個完全自由的環境裡，只有你知道自己接下來要做什麼，許多時間的運用與安排，都要靠自己去斟酌，導師不會管你這些，這就是考驗一個人自律能力的時候了。」

他說話的內容，在我心中起了一點迴響，雖然他所指的是新鮮人在大學裡該留意的學習態度，然而卻讓我想起了自己這幾年來的生活。

「學長姊們今天來這裡，最主要的目的，就是傳達這個觀念給你們，希望你們過幾天到學校時，都已經做好了萬全的準備，要面對你們的新生活。」米老鼠說著，忽然停了一下，然後我瞥見他拿起手機，接了電話。

我並不認識他，可是我覺得自己很贊同他的說法，就在我幾乎忍不住要走過去，跟他表達我的觀點時，他卻站了起身，經過我的身邊，一邊講手機，一邊走向店門口。

「嗯嗯，學長，我有照你交代的跟他們講，就像你以前跟我們說的一樣嘛，該做的與想做的，對吧？」米老鼠笑著，打開了店門，對外張望了一下。

我沒聽錯吧？手上拿著水果刀的我，心裡猛然一陣悸動，他在跟誰講電話？怎麼會講出這麼關鍵的兩個詞？「該做的」與「想做的」？我聽得心驚，好想衝過去抓住他，問他現在到底在跟誰說話。

「對，沒錯，你從車站那邊走過來，經過7-11，看到咖啡館的時候停下腳步，會看到我就站在你旁邊，在玻璃門的裡面。」他笑著說：「哎唷，放心啦！我不會對學妹亂來的，我可不希望被你的壘球棒敲破頭。」

佇立在吧檯邊，我目瞪口呆，握著刀的手有點無力。跟他說話的那個人，也會用壘球棒打人嗎？嚥了一口口水，我彷彿聽見了自己的心跳聲。老爹察覺我的出神，走過來拍拍我的腦袋，問我在幹什麼。我沒回答，只是微張著嘴，看著米老鼠的背影，然後視線再穿過他，盯向店門。

今天高雄的陽光會間歇性地探頭，但偶而又有細雨飄落幾滴，像極了我此刻起伏劇烈的心情。老爹一頭霧水地站在我旁邊，陪我看著那男孩的背影。

這時候有個穿著同款紅色上衣的男孩經過了店門，倏地停下腳步，並且在往店內看了一眼之後，立即迸出笑容。他推開門進來，對原本拿著手機在門口等的那隻米老鼠說：「死小子，連出來迎接都懶。」

「哎唷，學長你也算半個高雄人耶，這裡又不是多難找，我們從台中來都不怕迷路了，你怕什麼呢？」

「放屁，誰告訴你我算半個高雄人的，我只是剛好有老娘住在這裡而已。」

他笑著走了進來，經過我跟老爹時，眼光完全沒停留在我們身上，直接大步踏進店內，跟那群小朋友打招呼，而米老鼠則是一臉喜悅地跟了過去。

「妳認識他？」

「很眼熟。」我跟老爹誰也沒看誰，只是看著最後進來的那個男孩。他一到裡面，就被那幾個穿紅衣的學長姊包圍住，大家開心地跟他聊了起來。

「怎樣眼熟？」

「不知道，可能他上輩子有倒過我會或跳過我票。」

「眞的假的？」

「當然是唬你的。」我把刀往老爹臉上虛刺一刺，他笑著退了一步，轉身又進吧檯去忙了。

而我目光始終不離那一群年輕人，好想過去探個究竟，那男孩有許多舉動跟神情都非常神似某人，是台中來的，是半個高雄人，打人的壘球棒……

這世界很大，我知道沒有那麼多巧合。幾年來我查得到他捐獻五百元給高工校友會，成爲校友會委員之一；查過歷屆四技二專榜單，沒出現過半個跟他同名同姓的人；甚至我還刻意去找九二一地震的罹難者名單，知道他也還活在這個世界上，可是除此之外，就是找不到他的人，完全沒有一點關於他下落的消息。而今那麼多年也都過去了，沒道理好端端一個禮拜天，他自己跑來被我遇見。

「學長，那你到底是怎麼找到這裡的？」米老鼠又問那個人。

「開玩笑，我是誰你知道嗎？我是你無敵的學長周振聲耶！」那個男孩大聲地回答他。

「鏗！」我手上的刀掉了。

緣分的延續，有時帶來的不只是悸動，還是手軟腳軟。
我差點癱倒，被老爹扶起來時，領悟了這個道理。

05

老爹看著恍惚的我，我則看著談笑風生的那個男孩。

他帶點頑皮的表情，搓搓新生學弟的腦袋，問他們今天聚會之後，有沒有得到什麼啓發。我沒心情去管他跟學弟們說什麼，我只是呆愣愣地望著，想過去問他：爲什麼在過了那麼久，當我終於死心放棄找你的時候，你就這樣毫無預警地，忽然闖入了咖啡館裡，像當年一樣讓我措手不及地遇見你呢？

「他一定欠你很多錢喔！」老爹的聲音從我後面傳來。

「他欠的可多了。」我握緊了剛剛拾起的刀。

我想起大一那一年。那時的我像個精神分裂者一樣，在高雄念書時都很正常，可是一回到台中，就跟佳琳在台中市亂逛，又或者我會上網隨意搜尋，總希望可以在不經意間，發現一點飛鴻雪泥的足跡，然而我一無所獲。

而知道我的無法忘情，所以佳琳也盡量陪著我。在那段我還經常茫然而惶恐的日子裡，除了當時尚不是我男朋友的小默之外，還多虧了佳琳經常陪伴，她總鼓勵我多花時間在自己未來的經營上，讓我慢慢找到自己的路。

就在那段有意無意間就不由自主去尋找他的日子裡，我很喜歡望著躺在床頭的鱷魚阿章發呆。鱷魚阿章在屈臣氏被陳列販賣的時間並不長，這隻布娃娃是我高二時買的，那天下午，我買了一隻鱷魚阿章，送去那男孩就讀的學校，隔著鐵柵門，交到他的手中。而之後我又買了一隻，放在自己房間，這件事情，當時我沒告訴他，更之後，我已經沒有機會告訴他。

直到來高雄的第一年過去了，我決定愛上別人，把他的存在當成是偶而發作的偏頭痛，只在秋天來臨時想到一下。大多數的時候，我不再對任何人提起，包括小默在內，我只是努力朝著更多元的方向，去徹底實現一些當年我無法實現的想法。

我知道每個人的年輕歲月裡，都會有一段瘋狂的愛戀，儘管有時它只是單戀。我也知道這份感覺是最美麗的，縱然沒有結局，或者結局教人心碎。美麗，是因爲往事不會再重來，當年的莽撞也不會再重來。

我想，那就這樣過去了吧！當我忙碌往返於學校、補習班和咖啡館之間，當我在練團室裡揮汗如雨，或在恆春的陽光下閉目沉思，或與我的男朋友小默窩在宿舍裡吃著蚵仔煎時，我想那些應該就從此都過去了吧！

時間會沖淡很多鮮明的回憶，只是我萬萬沒有料想到，當我以爲一切都塵埃落定，自己也差不多都死心了的時候，他就那樣推開店門走進來了。

「請問起士蛋糕是哪位的？」端著蛋糕跟水杯，我走了過去，他們正在聊著關於選課的問題。那個周振聲手指挾著香菸，正開心地跟一個小學妹說話，眼裡完全沒注意到我。

我的髮型跟當年差不多，唯一不一樣的地方，也許只是多了幾條魚尾紋，還有現在多戴一副淺藍色鏡片的眼鏡而已。

「那請問拿鐵是哪一位的？」站在他旁邊，他沒看到我，那我走到他對面來好了。

「我的我的。」米老鼠招呼我。

「回沖的桔茶呢？」我又問，而另外一個女孩舉手。

周振聲還是繼續開心地聊著，我在他面前分送著飲料，目光始終牢牢盯緊了他的臉，可是他竟完全沒有理我。

就在我分完所有飲料，準備帶著失落走回吧檯時，他這才對我抬起了頭：「小姐！」

「嗯？」他終於覺得我面熟了嗎？是否感到有點似曾相識的味道呢？我雙手緊捏著飲料托盤的邊緣，隔著鏡片，用我非常緊張的眼神看著他。

「麻煩換個菸灰缸給我好嗎，謝謝。」他依舊是純眞的笑容。

「幹拎老師。」我心裡直覺地這樣說。

複雜的心情久久無法平復下來，送完餐點之後，我站在吧檯裡，眼睛不時看著那群人的互動，結果卻連檸檬片都切歪了。老爹雖然不明所以，不過他卻不再要我去送飲料，只是讓我安靜地在角落裡自己忙碌著。搞定了幾壺桔茶後，我端了杯白開水，蹲在吧檯最裡面，慢慢喝了起來。

「妳還好吧？」老爹幫我把桔茶送過去，伸手在圍裙上擦了擦，點根菸來陪我蹲下。

「老爹，你相信緣分這種東西嗎？」

「信哪，當妳活到我這個年紀之後，很多事情妳都會相信的。」

我苦笑著，這衝擊對我來說如此巨大。稍稍探頭，他們正在聊著台中市的幾個夜市，說到逛街該去哪裡逛，又說到如果要交男女朋友，該到哪個大學去物色對象。

「他好像不認得妳。」老爹也看了看那邊。

「嗯。」點個頭，我覺得很難過。擦肩的瞬間，我聽出了他的聲音，認出了他的容貌，甚至將所有的回憶都快速翻了一遍，這個人的一切之於我是如此鮮明，可是他卻已經不認得我。

「等妳心臟恢復原來的跳動速度時，記得告訴我，到底妳跟他發生過些什麼事情。」老爹彈了一下菸灰，說：「如果需要律師的話，我可以幫妳打幾通電話。」

沒去理會冷到極點的老爹，我給自己也點了一根菸，濁重的煙味竄進肺裡，我開始沒頭蒼蠅般胡思亂想。應該再過去跟他相認嗎？剛剛那樣在他面前晃來晃去的，他都沒能認出我了，現在我總不能走過去直接跟他說：「嗨，你記得我嗎？我是五年前喜歡過你的葉宛喬。」這樣未免太愚蠢了點吧？

把水杯抓在掌心裡，我盯著它出神，這是怎麼了我？我可不是個畏畏縮縮的人呀，難道這個人一出現，立即就打破了我五年來長期訓練出來的堅強了嗎？不，那是不可能的，我只是在該不該走過去跟他相認的這一點上面，遭遇到一些技術層面的困難而已。

「現在有個女孩子坐離那個男生好近喔。」老爹朝那邊張望了一下，神祕兮兮地又對我說。

「那個男的叫作周振聲，叫他阿振就可以了。」我動也沒動地回話。

「喔喔，阿振，阿振。」老爹還喃喃複誦了一下。

那女孩長什麼樣子我不知道，她是不是阿振的女朋友，這個也無從得知。但這卻讓我忽然想到了一件事情。

以前阿振喜歡的那女孩呢?她還在嗎?她後來是否變成阿振的女朋友了呢?我們這些人的糾葛，在五年多前的那個秋天複雜到了最頂點，那時的我喜歡阿振，阿振跟他的死黨則喜歡著同一個女孩，不過女孩喜歡的是阿振那死黨，所以，我跟阿振都是單戀。

而這之後呢?既然我對阿振的後來一無所知，那麼倘若我冒昧過去跟他相見，會不會造成什麼影響呢?

「老闆，麻煩買單一下。」是那個米老鼠，他攀在櫃檯上，我抬頭剛好看見他雪白的門牙。

「嗨，妳好。」米老鼠還向我打了招呼。

「嗨。」我點個頭，繼續抽菸。

老爹幫他們結過了帳，米老鼠男拿起放在櫃檯上的咖啡館名片，連著零錢收進自己的皮夾裡。看到名片，我心念一動，開口問他，想知道他們是什麼學校的。

「我們呀，我們是從台中來的，來這裡接學弟妹，妳看到穿紅衣服的都是二年級的系會幹部，還有剛剛最晚到的那個學長，他是四年級的，是我們前任的活動部長。妳知道，最老資格的那一個，通常都最會遲到。」結果米老鼠跟我說了一堆瞎子都看得出來的事實。

「我是問你，你們是哪個學校的?」我有點沒好氣。

「喔，妳知道台中嗎?那台中的學校妳知道嗎?台中市區有好幾所大學妳知道嗎?台中市最南邊的大學妳知道嗎……」

他完全沒察覺我的殺氣，還自顧自的講著，我很後悔挑了一個最長舌的來問話，結果是他每說一句，我就得點兩次頭。

「如果妳要找我的話，來文學院就對了，我是歷史系的，我叫彭紹華，活動組的組員，未來組長熱門候選人，認得我的米老鼠帽子就對了。」

我點得頭都快斷了，好不容易等到他漫長的自我介紹結束，看他走回座位區，這才鬆了口氣。怎麼他是歷史系的嗎？高工畢業不是應該念四技二專嗎？怎麼會跑到歷史系去了呢？我記得阿振以前是電機科的，從電機轉到歷史，這中間沒有任何障礙嗎？

不過就在我想再探個頭，看看他臉上有沒有歷史系學生的書卷氣息時，我的手機響了。

「眞搞不懂妳到底在幹嘛，前天說要打電話給我，而妳忘記了；昨晚說今天要打給我，但是現在都已經快傍晚了，妳要不要解釋一下理由呢？」電話中的男生用有點氣悶，但還不失幽默的口氣說著話：「分析儀還會發出定時的嗶嗶聲，而妳卻像解體的分子，消散得無影無蹤。」

我無言了，這位物理系的大天才正在發飆，我一如往常扮演著被飆的角色。

「橡膠棒在毛髮上磨個幾下，就可以產生電荷，我該拿什麼在妳頭上磨幾下，好讓妳想起該打電話給我呢？」他很無奈地說。

這個人是我的男朋友，也是我大一那一年，帶著我看遍港都風光的人，他叫謝廣言。個人認爲不管是本名的廣言或綽號的小默，名字都比剛剛那個彭什麼的聽起來有前途不少，眞的。

你始終沒有認出我，也沒發現我注意你的目光。
惱人的不是你終於走了出去，而是我始終無力告訴你我是誰。

06

懷抱著悵然的心情，把桌面上的狼藉收拾好，再將桌椅擺回原位，我安靜地不發一語。

阿振跟幾個二年級的學弟妹走出咖啡館時，都還維持著一貫的笑容，他們聊著高雄的天氣，聊著高雄哪裡好玩。我在他的旁邊擦拭吧檯，還喊了一聲「謝謝光臨」，可是他連正眼瞧我一下都沒有。

老爹煮了一壺桔茶給我，喝著溫熱的茶，嚐到一股苦中帶酸的滋味。為什麼他會不認得我呢？我知道人要忘記另外一個人，其實並不難，只要分開的時間夠久，記憶總會變淡。可是我也知道，這兩個分開的人，倘若對方曾經在心裡重要地存在過，那就算時間過了再久，只要再相逢的話，也都應該能夠一眼就認出對方來不是嗎？更何況，我跟他分開才五年，怎麼他會幾度與我擦肩而過卻渾然不識呢？

外面終於下起了雨，晚班工讀生匆忙地趕來，一邊收傘，一邊問我今天的生意如何。她說我看起來很累，還以為今天應該很忙，可是一轉頭，店裡卻連半個客人也沒有。

「她剛剛遇到一個客人，那個客人一個抵得上千百個。」老爹端著一盤自己要吃的焗飯，從廚房走出來。

「真的假的？到底是誰來了？郭品超？金城武？還是誰？」她露出極為艷羨的表情。

「我爸爸。」然而我給了一個會讓她嘔血的答案。

老爹笑著坐下來開始吃飯，我則苦笑著整理自己的東西下班。撐著傘過馬路，我在細雨紛飛裡，往火車站的方向漫步著，還不忙著騎車回家，我想我需要一點緩衝的時間。路上我停了下來，看著被建築工地環繞的高雄火車站，行人擾攘。阿振跟他的學弟妹們要回台中了嗎？那個我熟悉的城市哪！

望著斜風細雨裡的火車站，我茫然地閒晃了好久，直到天都已經黑了，路上行走的車輛也已經開始開車燈了，這才大夢初醒一般，把傘收起來，我決定淋點雨，再帶著一股莫名的失落回家。

那一晚我終究還是沒去找小默，因爲後來我打電話給他時，他說正在等一個很重要的實驗數據出來，所以約了過兩天再見面，掛電話前，他特別提醒我，下次見面我得補償他一下，補償方式是帶給他的蚵仔煎，裡面要多加一個蛋。

晚上我睡得極不安穩，睡前一直想起下午的事，阿振的頭髮比以前長了些，他沒戴眼鏡，不曉得是一直都沒近視，或者戴了隱形眼鏡。那傢伙以前很不會保養臉，額頭上經常帶著幾顆十幾歲少年特有的青春痘，不過現在似乎好多了。下午我再看他，似乎還乾淨得很。

然後我想起小默打來的那通電話，揣想他在研究室裡對著電話發牢騷的樣子。他的名字雖然叫作「廣言」，不過其實卻是個平常話不多的人，有時候一天難得說得上幾句。只是他很幽默，總是挑在最關鍵的時候才開口，而且語不驚人死不休。所以研究室的同學們給他取了個跟名字相反的綽號，叫作「小默」，還眞的是既沉默又幽默。

轉個身，我喝了口放在床頭櫃上的礦泉水。又繼續想下去。

話說小默的幽默，最近好像在玩躲貓貓似的，已經不怎麼常見了。近來接到他的幾通電話，話題都跟「辛苦」有關，有時是抱怨研究很辛苦，有時則是抱怨他等我電話等得很辛苦。他是個惜字如金的人，只有在發牢騷的時候會揮霍無度而已。

我想起很多關於他的好，也想起當初自己剛到高雄時，徬徨無依的樣子，當時多虧了他，否則可能我會想買日常用品，卻連家樂福在哪裡都找不到。

想著想著，我在朦朧中睡去，然後又猛然驚醒，反覆持續了幾次之後，我決定暫時放棄睡眠。睜開眼，剛好看見天花板上的黃色小夜燈。房間裡寂靜無聲，只有窗戶因爲面向海的方向，有海風吹動玻璃，發出「喀喀」的輕響。

窗外是鼓山渡口，可以看到船隻進出港，這裡是高雄。我提醒了一下自己，這裡是高雄。

那是一種很詭異的感覺，這感覺就這樣持續了兩天。當我在補習班改考卷時，或當我在教室望著教授發呆時，我都覺得自己好像大一那時一樣，精神又分裂了。

「妳好像魂不守舍的，幹嘛了，男朋友跟人跑啦？」蘇菲亞剛剛改完一疊寫滿扭曲的注音符號考卷，兜轉著紅筆問我。

「呸，少詛咒我，妳男朋友才跟人跑了。」我才拿著上課日誌坐下來開始寫，她就轉過頭來開我玩笑。剛剛應徵進我們安親補習班的蘇菲亞，表現非常優異，現在已經身兼三班的導師。

「我男朋友每個到最後都跑了，這又不是新聞。」她倒無所謂得很，「不然妳是怎樣？這兩天臉色都很古怪，又經常發呆。」

我笑著說可能是沒睡好，也可能是生理期快來了，所以人有點焦躁不安。

「需不需要弄點補品吃吃呀？我有朋友做傳銷的，賣的蜂王漿不錯，對女孩子身體很好唷！」

微笑著跟她說不用，傳銷的產品向來不便宜，怎麼吃得起？況且其實我身上也沒什麼大毛病，不過就是沒睡好而已。

寫完上課日誌，已經接近下班時間，星期二晚上，班主任通常很早離開，偌大一個辦公室裡只剩下我跟蘇菲亞，還有一個正在狂講手機的會計小姐。

「蘇菲亞。」我用紅筆戳戳她的背，「妳有沒有想過，妳的人生目標是什麼？」

「人生目標？」回過頭來，我對著一臉疑惑的她點點頭。

「當然有呀，每個人都應該要有的，不是嗎？」她的笑靨如花，「我人生的終極目標，就是弄到一棟海景別墅，有車位跟花園，當然游泳池也是必須的。其次呢，我希望我的十六個銀行戶頭裡都裝滿了錢，海外基金每年都漲，跟的那四個會都是我最後一個收錢，然後最有行情的三多路上，我希望至少有兩棟房子的產權登記是我的名字。除此之外，也許我會擁有兩三家店鋪，賣些什麼來打發時間這樣。」

我聽得目瞪口呆，怎麼這女人想錢已經想到了這等喪心病狂的地步呀？

「妳的人生目標不會只有財產問題吧？愛情呢？愛情不是目標嗎？」

「如果這個男人比我更會賺錢的話，那他自然就成了我的目標之一囉！」她笑得更燦爛了。

我愕然搖頭，看來這問題問她是沒有用的。

「不過這些目標都太遠了，我比較近的目標妳要不要聽聽看？」

「說吧。」我已經不抱任何期待了。

「剛剛櫻桃傳了訊息給我，說她已經快被重考班的講義壓死了，約晚上要去PUB坐坐，妳呢，去不去？」

看著她雀躍的表情，我搖了搖頭。明亮的日光燈下，我又想起了阿振說過的話，他說人生不過兩種事情要做，一個是該做的，一個是想做的。我很想跟她們去鬼混喝酒，可是我該做的，是等一下下班之後，到小默的宿舍去找他，今天禮拜二，是我這可憐的男朋友每個禮拜唯一可以不用在實驗室掙扎的一天晚上，按照慣例，我得去陪他吃消夜，他最愛吃的是蚵仔煎，而且今天晚上的要加兩個蛋。

人生之中不過兩件事，該做的跟想做的。
愛情算是哪一種？我看只有蚵仔煎知道了。

＊07＊

走進小默宿舍的時候，這個男人正在填寫奇怪的表格，一大堆英文代號我看不懂，另外還有一堆奇怪的數字串在一起。

放下消夜，我安靜地坐在床邊，看著他埋首用功的背影。當初認識他時，我對物理完全外行，認識他這幾年來，我也沒有進步到哪裡去。唯一學到的，就是安靜，非常安靜。因爲他在計算時，只要稍有雜音干擾，就會陷入莫名的混亂中，甚至還得重新計算。這對我來說，無異是加倍折磨，所以我寧願坐在這裡，把自己想像成一根柱子，熬過這幾分鐘，免得等一下要陪他沉默更久。

長久下來，我已經很習慣跟著大家一起叫他小默了。看著他專注於計算時，那勤奮認眞的模樣，能擁有一個這樣爲了未來與夢想，投入自己無數心血與精神的男朋友，我覺得很幸福，也很可靠。不過這種幸福跟可靠的感覺沒持續多久，因爲才一下子，我就覺得悶在這房間裡不能出聲音、不能亂動，實在是很無聊。隨手翻閱他的漫畫，那本漫畫非常無聊，叫作《看漫畫，學物理》。

「妳知道引力的作用嗎？」過了良久，他左手才終於放下筆，右手離開了工程用計算機，轉頭對我說話。

「我知道引力這種東西在歷史上發生了三次作用。」放下漫畫，我說。

「喔？」他顯得很有興趣，露出了一副寬仁導師般的慈祥笑容，「來，說說，說說。」

「第一次是成龍在『A計畫』裡面，從鐘樓摔下來時證明的，那一場戲很精采。」

「嗯，這個我看過，第二個呢？」

「第二個是更久以前，有顆蘋果砸到了某個科學家的腦袋。」

「嗯嗯，這是連國小課本都有的內容，記性不錯。」他非常開心，「第三呢？」

「第三則跟引力無直接關聯，但它證明了蚵仔煎裡的蚵仔也是會睡著的。」我笑著。

安撫這個男人並不難，看著他開心地吃著消夜，我覺得一切都很寧靜。吃飯時，他簡單提到一些正在做的實驗，我聽到一堆奇怪的名詞，也聽到幾個似曾相識的科學家的名字。

他窩在小茶几前，將消夜慢慢吃完，開始喝著我帶來的冬瓜茶，我則坐在他對面的床緣，靜靜地看著他。房間沒開大燈，只有書桌那邊的檯燈將光線無力地遞送過來。

「不要說我都不關心你，看吧，我連你的冬瓜茶都幫你張羅到了。」說實話，晚上十一點要找冬瓜茶，眞不是件簡單的事情。

「是呀是呀。」他喝著冬瓜茶，臉上漾著笑容。這個比我高一個頭的大男生，此刻看起來像個小孩。

大約快一個禮拜沒見面了，儘管同在一所學校裡，但是他所處的理學院簡直是深宮內苑；而我是個上課來，下課就走的打工族，要想在學校見面，那幾乎是不可能的事情。

這讓我不免感嘆，當初我還是大一新生的時候，小默沒去自己系上的迎新會，卻跟他的朋友一起來接我，那時的他還沒有那麼多的實驗跟研究，也沒有這麼多需要計算的東西佔據了我們相處的機會。我常常在想，雖然這樣的相處方式讓我多了很多自己的時間與空間，不過相對的，卻也讓我一直以來都沒能好好享受一下眞正的甜蜜，中間利弊得失，到底應該怎麼估算呢？

「想什麼？」他問我。

「我在想，爲什麼伽利略被蘋果打到腦袋的時候，會想到萬有引力的問題。」

「伽利略？」小默瞪大眼睛，「那個被打到頭的不是愛因斯坦嗎？」

後來我終究沒把阿振的事情對他提起，因爲連我自己都還沒有整理好。而且那天的最後，我們的氣氛有點僵硬。躺在小默懷裡，他問我明年畢業有什麼打算，我答不上來，只說想回台中休息一陣子再找工作。

他的研究沒那麼快完成，他老闆也不會輕易讓他的論文通過。屆時我若離開高雄，他便再無法人在家中坐，消夜從夜市來。

「所以你們就吵架了？」後來佳琳在電話中問我。

我把那天的情形都告訴她，然後跟她說，這也不算吵架，情侶之間有點彆扭而已，哪對情人能永遠甜蜜呢？

「如果你們相隔八百公里的話就算了，可是你們學校管學院跟理學院的距離，應該不到八百公尺吧？」佳琳用懷疑的口氣問我，相隔才八百公尺，能不能算是遠距離愛情？

關於這個問題，我想箇中緣故大概是誰都無法了解的吧？兩個本來就不是很喜歡耳鬢廝磨的人，感情的存在只需要心裡的一份認定就夠了，八百公尺也許很短，也或許很長，但重要的是，我們在各自的生活中，都不忘記對方在彼此心裡的存在，還有我們那份蚵仔煎的交集。

「哈哈哈哈哈……」佳琳笑得非常狂妄，幾度岔氣，「看來妳還是把愛情想得很簡單嘛，不要把妳定義的愛情，看成你們兩個人定義的愛情，如果一切眞如妳所想的那麼簡單，那這位謝小默先生，又何必打電話給妳，問妳可不可以不要不如一台破爛儀器呢？」

佳琳的話，讓我陷入了一陣迷惘中。我這樣做錯了嗎？我無法向她解釋的是，其實我跟小默有過約定，我們盡量不妨礙彼此的生活，也不影響對方追逐理想的抱負，他打算攻讀博士班，將來想進中研院；我想好好享受充實的大學生活，努力找尋適合自己飛翔的天空，這是我們的約定，幾年來的相處模式，也都順應這裡而來。

當然我承認我的想法的確有點過於簡單，也承認有時候我會因爲這樣而稍稍忽略了小默，可是這總好過我違背兩個人的約定，也好過我違背自己的理想吧？

「算了，不提這些，關於那個周振聲呀，妳不打算回去找他嗎？」佳琳話題一轉。

我說這個我還沒有決定。咖啡館那天發生的事情，只有老爹跟佳琳知道，不告訴小默，是因爲我還沒整理好自己的想法，況且那天晚上也不適合說。

「有些事情錯過了，就無法再重來。如果老天爺給妳一次機會，而妳又放過了的話，那祂以後就不會再給妳機會了。」

「這個我懂，只是……」

「不管妳抱持著的是什麼心態，反正我都站在妳這邊，但是我還是要提醒妳一件事情……」

佳琳問我是不是因爲周振聲的出現，讓自己對小默有點心不在焉，她說她有點擔心，畢竟當年是我喜歡周振聲，而初戀的情人總具有一種魔力，那就是不管時間經過了再久，只要再度相遇，都還會產生作用的一種魔力。

「不要開玩笑了，他現在最多只能是我的朋友好嗎？我有男朋友了，而且除了男朋友之外，我還有好多好多夢想要去追求耶！」我笑著。

「是嗎？如果是這樣的話，那爲什麼連謝小默那個智障的幽默妳都沒有反應？」

「智障的幽默？」

「廢話，蘋果掉下來砸到的是牛頓吧？」她用很受不了的語氣說。

這問題不久之後，我拿去問周振聲，問他蘋果掉下來砸到誰。他沒回答我，但是卻打了一通電話，他說他要去問蘋果。

* 08 *

回台中的前一天下午，櫻桃把一些她挑選過後，確定用不著的講義拿來還我，我們約在咖啡館，而蘇菲亞當然也不會錯過這個喝免費咖啡的好機會。

「本店賣的藍山咖啡絕對是合理價錢。」聽著桌子那邊，蘇菲亞看著價目表大呼小叫的樣子，老爹顯得很神閒氣定。

「牙買加的藍山從產地到種植，都是需要相當小心在意的。我們在做一杯咖啡時，會特別注意到調製的過程，畢竟一杯一百八，絕不能隨便亂做，要給客人一百八的消費價值感。但是妳看那個女客人，」他指著那一頭的蘇菲亞，「她顯然不懂，我給她一杯高級咖啡，她居然還是加了兩包糖，放涼了之後咕嘟就是一大口。」

我一邊幫忙洗杯子，一邊聽老爹講話，表情不知道該哭還是該笑好。

「這是個無情的社會，羊太傅說得好，人生不如意事，十有八九。」老爹黯然。

「不要那麼悲觀，至少你賺到了一百八。」我說：「這世界本來就多的是讓我們黯然的事情嘛，對吧？」

「嗯啊，就像我兒子的眼光，」老爹說昨天早上來開店前，看到他家客廳桌上放著一封情書，是他兒子寫給某人的。

「幹拎老師。」我啐了一口，因爲那封情書現在就躺在我的包包裡。

大家坐下來喝了一杯咖啡，聊起了最近的狀況。櫻桃被補習班課業壓得喘不過氣來。

「我只是蹺了半節課去看醫生，班導師居然打電話到我老家去，跟我爸媽說我蹺課了。」櫻桃欲哭無淚地說。而相較於櫻桃的一臉菜色，蘇菲亞就開朗許多，因爲賣力工作，她比其他人用更短的時間，通過了安親班的試用期，獲得較高的薪水，也得到更多福利。這兩個際遇天地般懸殊的女人，都喝著藍山咖啡，我猜想她們嚐起來的滋味一定大不相同。

「雖然花了五萬五，可是如果妳覺得難熬的話，我看不如還是放棄吧？當一個有證照的調酒師，至少妳過得也還不差呀。」蘇菲亞說。

癱坐在椅子上，櫻桃輕輕閉著眼睛，「巴比倫文化最大的特色，是他們最早出現文字、城市結構，還有法典……」她喃喃自語著，然後又坐直了身體，看著我們說：「我知道搖晃著酒瓶，我就可以輕鬆賺錢，但我也知道，那已經不是我想要的生活。巴比倫和那些該死的歷史跟我一點關係都沒有，但我明白，只要我把這些東西一點不差地塞進腦袋裡，總有一天，我會走到我想走到的地方的。」

我們都沉默了下來，看著櫻桃的滿臉愁容。她的歷史成績之爛，是有目共睹，經常都搞不清楚歷史年代跟人物之間的關係，之前我還曾經半夜接到她的電話，接通第一句話，就是問我鄭芝龍和鄭成功到底誰是爸爸、誰是兒子。

不忍心讓她繼續無止盡地瞎子摸象，我說這趟回台中，我再翻點歷史筆記來給她好了。

而蘇菲亞顯然也不想看見櫻桃這愁苦的模樣，轉個話題，問我的夢想與理想。

「不知道，以前想當全高雄最棒的女吉他手，不過現在我比較想開一家咖啡館。」

「咖啡館？」蘇菲亞瞪大了眼，馬上問我投資插股的可能性。

「這家咖啡館目前還在八萬英尺的高空漂浮哪！」我笑了，「只是覺得如果可以像現在這樣，有個屬於自己的地方，好好坐下來跟自己的朋友聊天，然後經營它，我覺得會很棒吧。」

我說我喜歡像老爹這樣的經營方式，也許可以自己回台中開一家分店，然後我開始介紹我理想中的咖啡館應該怎樣怎樣擺設，又該訂立怎樣怎樣的規矩，等我說完之後，我看看大家：老爹趴在吧檯睡著了，櫻桃還在喃喃自語地背誦著兩河流域的古文明特色，只有蘇菲亞最捧場，她問我：「我先拿一百萬給妳夠不夠？」

昨天下午，我們三個女人在喝咖啡時，後來還聊起了愛情的問題，我才跟她們炫耀說今天晚上我要去小默那邊過夜而已，蘇菲亞就笑著說，也許我應該去跟小默同居，這樣我就連騎車過去都省了。

「不，千萬不能同居。」櫻桃則有不同的看法，她說一對男女在熱戀時，都會希望同居在一起，可以朝夕相處，可是像我跟小默，早已過了激情的第一年，這時開始會出現許多稜角，一旦選擇同居，勢必會發生更多問題，過度勉強，只會加速決裂那天的到來。

「愛情什麼時候變得那麼有條理了？還第一年的激情期呢！」我笑著。

「本來就是呀！」櫻桃很嚴肅地說：「要是能夠協調好就沒事，要是有些地方始終無法溝通的話，那感情差不多就完蛋了。」

我露出微笑，眞慶幸跟小默已經走到了第三年，目前還平靜無波。我不怕人世間的種種變化，因爲我相信我總有能力處理得來。但惟獨感情，我希望永遠這麼順遂就好。小默是阿振之外，我第二個喜歡的人，也是第一次眞正交往的對象，要是感情有變，我怕我會手足無措。不過值得慶幸的是，我跟小默之間還算很穩定，我也不需要擔心些什麼。

蘇菲亞還在鼓吹著男女同居的許多好處，什麼家事與房租都可以共同分擔，什麼便當可以派男朋友去買之類的，我笑著說，我房間的紗窗破掉是小默換的，浴室的水龍頭故障，也是小默換的，遇到我不能處理的事情，就算我男朋友沒跟我住在一起，我還是可以打通電話要他過來。

「可是他每次都能馬上過來嗎？」櫻桃問我。

「這個……」

「每次來都很心甘情願嗎？」她又問。

「這個……」然後我無言了。

帶著惆悵的心情上了火車，復興號的老車廂瀰漫著一股叫人懷舊的味道，我靠著椅背，慢慢閉上眼睛。

「我這趟回台中，你有沒有想吃什麼東西？我帶回來給你。」昨晚我問小默。

「如果有時間去買的話，就帶一些雞爪凍跟奶油酥餅吧！」

「如果沒有時間的話呢？」

「那就妳回來就好。」他微笑著。

昨天晚上，我在他的懷裡安靜睡去，徜徉於他的懷抱之中，彷彿一切都在那當下暫時停止了似的。

火車慢慢啓動，開始往北前進。在小默的宿舍待到中午，我回到自己的狗窩又摩蹭了半天，結果原本預計一早要回台中的，硬是被我拖延到了傍晚才上車。

老車廂讓我回味起大一時的往事，那時的我背著一大包行李隻身南下，在車站出口有個高大的男生，他穿著很合身的上衣跟休閒褲，晃到我的面前，問我是不是中山的新生，還跟我自我介紹，說我可以直接叫他「小默學長」就好。

感情眞的有所謂的激情期與平淡期嗎？摩擦眞的會在某些特定的時段裡出現嗎？我跟小默之間一向維持著略帶冷淡的相處關係，而我承認，這的確是經過第一年激情的愛戀之後才開始的，但那是因爲我們都忙，彼此各有各的事情要做，因此才有的不得已結果。

更何況，我們彼此之間那所謂的「激情的愛戀」，也不過就是騎著野狼機車在高雄縣市到處逛，以及吃了很多夜市裡的蚵仔煎而已。

有點忐忑的我終於喪失了睡意，窗外的世界已經陷入了一片黑暗，有時火車經過城市，便勾帶起點點流光，從我眼前掠了過去。

從小默的出現作爲起點，沿著時間的脈絡，我往回追溯自己的記憶，然後又想起了阿振。這個人過去的點點滴滴，正如掠過車窗外的流光一樣，迅速地在我腦海中滑過。

這趟回台中，是不是我也可以去找他呢？就像大一那時候每次回台中一樣。不過這一回，我將不需要再盲目亂闖，我已經知道了他現在就讀的學校。

火車在鐵軌上快速行進，發出了陣陣規律的聲音，每一次聲響，都像在給我一陣鼓勵。胸口中有股悸動的感覺，哪怕只是匆匆一瞥都好。我想，這趟回去，除了幫櫻桃拿筆記，順便搜括幾件長袖上衣之外，我應該再去找他。

從哪裡結束就從哪裡再開始，所以我回台中。
怎麼失去就怎麼找回來，所以我要去找你。

09

蹺掉了禮拜一的課，騎著我媽的破爛機車，沿著國光路往大里方向跑。路面有點破舊與坑洞，路旁的房子也年輕不到哪裡去，我帶著緬懷的心情，看著一路上的建築，然後跟自己心裡，那印象中的台中做比較。同樣是台中，舊的台中似乎比較有人情味，後來的台中則像後來的人，我說的是那個白目到對我完全視而不見的傢伙，簡直一無可取。

路上我開始計畫，要找到阿振，得先找到那個米老鼠，因爲我相信以米老鼠的知名度，一定比阿振好找，再加上他那雞婆的個性，一定可以幫我找到阿振。

至於這樣臨時起意地來找阿振，會不會對我跟小默之間的感情造成影響？我沒有想太多，有些事情做起來如果太過瞻前顧後，那便會缺少前進的動力。我不敢多想，是因爲我怕再想下去，搞不好我就掉頭回家了。

於是我告訴自己，這樣一時興起的舉動，完全只是爲了一個多年不見的老朋友，我認爲只是這樣子。不過儘管我這樣告訴自己，心中仍然不免躊躇，心一躊躇，車子的速度就慢了下來，騎了快二十分鐘，我才抵達目的地。在校門外停車，還先稍微整理了一下自己的儀容，這才踏進學校大門。

今天的天氣很好，陽光普照，許多九二一地震後重建的大樓正折射著刺眼的陽光。校園裡有拍婚紗的新人、閒踱步的學生，每個人臉上都露出台中生活特有的悠閒。只有我很忐忑，在自己熟悉的城市裡，沒想到腳步也可以踩得這麼不踏實。

問了幾個學生，他們叫我進了校門之後往右走，去找綜合教學大樓，文學院的幾個系都沒有系館，系辦跟教室都在綜合大樓。

大樓很新，樓層分布表說明了歷史系的位置在六樓，我在電梯門打開時看見一群年輕的學生笑鬧著走了出來。

看著人群湧出，我忽然失去了直接上樓的勇氣，結果就這麼逗留在大樓入口旁的小石桌前。好希望手上的礦泉水可以變成啤酒瓶，喝口啤酒，也許我會鎮定一點。

後來我又走到教學大樓外面來，在入口附近徘徊，還點了一根薄荷菸，用力吸了兩口。我幹嘛這樣鬼鬼祟祟的呀？到底是在緊張什麼呢？問我自己，不是已經講好了嗎？要本著尋訪故舊的誠意哪！抬頭望天，我摸摸自己的良心，確實沒有任何打算對不起小默的意思，我還是愛我男朋友的，我確定我還是。

踩熄了菸蒂，我深呼吸了一口氣，跟自己說：是的，我只是一時興起，還吃飽太閒，才來逛逛校園，順便看看有沒有機會遇到老朋友而已。

再度踏進大樓裡，這次我用不一樣的眼光，去看那塊樓層單位分布表，心想這該死的周振聲，好端端的電機老本行幹嘛不繼續念下去，跟人家讀什麼歷史系呀？害我在四技二專的榜單上看了好幾年！這個學校最有名的就是電機系，看看人家多有錢！有自己的獨棟大樓，歷史系卻只能跟別人一起窩在綜合教學大樓裡頭，活像買不起透天，只能窩公寓的小老百姓。

我假裝自己其實是憤怒的，也假裝自己其實是無聊的，總之我站在電梯外面，擺出一副不動如山，什麼都不怕的模樣，準備等門一開，就大踏步進去。

「唷！咖啡妹！」結果門開了，映入眼簾的是米老鼠帽子。

「我就知道妳一定會來台中的，這不是我彭紹華往自己臉上貼金，我的預言能力堪稱歷史系的一大特色……」他聒聒雜雜地不斷說著，而我只是盯著他那頂鮮紅色的米老鼠帽子看。

這頂帽子的確有種神祕的力量，上次藉著它，我見到了睽違五年之久的周振聲，我希望今天它能再度發揮神奇的功效。

「嗨，好久不見。」我擠出一個微笑。

剛從電梯裡出來的米老鼠，不由分說，把他手上一大疊的筆記分了一半給我，結果我腋下夾著礦泉水瓶子，手上捧著筆記紙，就這麼錯愕地，跟著他從綜合教學大樓晃了出來。

「妳以前來過我們學校嗎？」

「嗯啊。」

「妳對台中很熟呀？」

「嗯啊。」

「妳這趟來台中有特別想找的人嗎？」

「嗯啊。」

「哈哈哈哈……」他突然仰天長笑，臉上露出了志得意滿的神情。

穿過校園，米老鼠不斷介紹著學校裡景色，改建之後的中興湖、嚴禁跳水的校規，還有一大堆奇奇怪怪的靈異傳奇。

走到了湖邊，米老鼠停了下來，跟我介紹湖邊據說非常凶的兩隻天鵝，然後忽然轉過頭來看著我，「告訴我，妳從遙遠的國境之南，來到這美麗的城市裡，妳是爲了誰？爲了一個怎麼樣的少女夢想呢？」

他的眼神非常深情，長長的睫毛顫動著，雖然有點鬍渣，但卻無損於娃娃臉的可愛。如果我是個十幾歲懷春的少女，我一定會在這湖光山色與美少年的目光中醉倒。但可惜，我今年已經有投票權了。

「首先，我已經只剩一條少女的尾巴了，而且我不是來自什麼國境之南，我本來就是台中人。」捧著一疊看不懂內容的筆記，夾著的礦泉水瓶差點掉了下來，我說：「再者，我並不是爲了看到閣下眼裡放出來的電而來，況且這裡眞的很熱。老實說，如果不介意的話，我想快點幫你把東西送到你要拿去的地方，然後我只想請你幫個忙，告訴我一下，該到哪裡去找上次在我們咖啡館裡，最晚到的那個周振聲。」

「啊？」

看著我篤定的眼神，他的電力忽然完全潰散，美少年當場變成了苦瓜臉。

「原來妳要找阿振學長喔？」

「嗯啊。」

「妳跟他原來認識喔？」

「嗯啊。」

「不是找我的喔？」

「嗯啊。」

他的臉揪成一團，剛剛的俊美精神全都不見了，米老鼠帽子底下，那面孔令我想到的，是今天早上我吃的包子。

想找一個人並不需要太多理由。

喜歡或拒絕一個人也一樣，這是感覺問題。

*

10

*

看著他頹喪的腳步，我忽然覺得很好笑，這感覺不就是五六年前，我在阿振口中，聽到他親口告訴我，他喜歡的是別的女孩，那樣的心情與反應嗎？不過那時候的我們，總要經過了漫長的煎熬與周旋，才能把自己的情感表達出來，現在的孩子可真不簡單，示好示愛直接了當，被拒絕時的難過更是表現得毫不掩飾。

「學長這時候應該在圓廳那邊，我就是要把這些資料送過去給他。」米老鼠像是想起了什麼，忽然回頭對我說：「不過妳等一下先不要說話喔，我另外有點事情要通知他，妳最好先別出聲音，以免他會很尷尬。」

「尷尬？」看著米老鼠用愁苦表情點頭，我心裡起了好大的疑惑。

「這個以後有機會妳自己問他，我不能跟妳說太多，說太多會被揍。」他有點膽怯地說。

學生活動中心是一棟圓形的建築，讓它得到了「圓廳」的別名。走樓梯上來，經過好幾個社團辦公室。踏上樓梯，穿過陰暗的走廊，我跟著米老鼠來到轉角的社窩。他轉身把我手上的資料全都拿進社辦桌上放好，然後要我跟著他繼續往上走。

「學長這時候通常會在頂樓曬太陽。」他說。

圓廳的頂樓是塊沒處躲陽光的空地，而那是個我怎麼都不覺得適合曬太陽的時間，熱，而且悶。我納悶著，不知道阿振一個人在頂樓幹嘛。陽光在門打開後映入眼簾，刺眼得讓我不得不以手遮眼。

「咦？」米老鼠發出了疑問的聲音。

空蕩蕩的天台，不要說周振聲了，我看這裡連螞蟻都沒有。靠著牆，我眺望四周，米老鼠在天台上轉了一圈之後，臉上佈滿狐疑之色。

「妳等我一下，我去廁所看看。」他說。

點個頭，沐浴在陽光下，讓我有種昏昏欲睡的感覺，能不用再走路，對我來說是最大的恩惠。看我點點頭，米老鼠轉過身才剛開門，有個人恰巧也在門的另一邊出現了。

「學長？你剛剛不在呀？」

「我去大便。」

「喔喔，難怪有股臭味。」

因爲門被米老鼠拉開，所以門扉遮住了他們兩個人的身影，但從聲音聽起來，阿振似乎很萎頓無力。不過我覺得那是裝出來的，因爲米老鼠那句話一說完，馬上就挨了一拳，我聽到他的慘叫聲。

本想過去打招呼的，不過我猛然想起，米老鼠好像有什麼事情要跟阿振說，所以我想我還是在這裡等一下，順便竊聽看看好了。

「找我幹嘛？」阿振靠在門邊，他點了一根菸，我看見煙霧從門邊蔓延出來。

「昨天晚上我聽你吩咐，打了一通電話給學姊，把你要說的話都跟她說了。」

「喔，那她怎麼回答？」阿振的聲音有點懶洋洋的。我想知道米老鼠口中的「學姊」是誰。

「她說你永遠都是那個樣子，對自己的感情這麼不積極，她很懷疑你以後要怎麼照顧她。」

然後我聽見阿振低聲罵了一句髒話。

「我有努力跟她解釋過了，可是顯然學姊並不是很想接受這些觀點。」米老鼠的聲音透露出尷尬與爲難，「簡單地說，就是學姊說你不夠關心、不夠在乎她，她說她感覺不到。」

隔著玻璃門，我看見阿振揮揮手，示意米老鼠不要再說下去了。

怎麼他的感情不順遂嗎？當年的阿振因爲跟自己的死黨同時喜歡上同一個女孩，所以難過了很久，而現在呢？好不容易交往的女朋友，因爲兩個人相處的問題而鬧彆扭，他會怎麼辦呢？

門的那邊，阿振跟米老鼠同時陷入沉默，看樣子他們一時之間都找不到話好說。

「對了，學長你記得咖啡妹嗎？她來台中了。」結果是米老鼠先轉移了話題。

「誰啊？」

我聽見米老鼠開始向阿振介紹我：「上次高雄辦迎新茶會，那個跟我搭訕的咖啡妹呀！」

「喔，我想起來了，你說她用愛慕的眼光一直看著你，離開前你還拿衛生紙給她擦口水的那個嘛……」

接著換阿振挨了一拳，輪到他慘叫了。米老鼠笑得很尷尬，他說：「很遺憾的，原來她不是高雄人，她來台中也不是爲了找我。」

「不然呢？」

接著米老鼠刻意把聲音壓低，不知道說了些什麼，然後我聽見很倉卒的跑步聲，這小子居然趁我開扁前先逃走了。

那扇門彼端的人停了一下，似乎正在整理情緒，所以並不急著推開門轉過來面對我。我心裡猛然一陣緊張，背部離開了牆，面對著門，等他走出來。終於要跟他面對面了，在這要見面的當下，他在想些什麼呢？而我，我可是什麼都想不起來的，心中一片慌亂。

那些過去我曾想望很久的，以及始終揮之不去的，霎時間以極快的速度在我腦海中閃過一遍，五年多了，轉眼五年多了，我們終於要見面了！我大口呼吸，企圖讓自己鎮定下來，可是沒辦法，我聽見了自己劇烈的心跳，雙手掌心不斷冒汗，卻一點力氣也沒有。隔著門，我找不到比緊張更適合形容此刻心情的字眼。

「我記得我要離開前，應該有拿錢請紹華過去買單的。」他躲在門後面說話。

「我知道，我不是來追債的。」我嚥了一口口水。

「那些擦口水的什麼的，也不是我說的。」

「我也知道，我不會錯殺無辜的。」

「那請問妳找我有什麼事？」他的聲音有點顫抖，好像門這邊站著的人不是我，而是什麼多頭怪獸似的。

「我……」心念一動，我忽然想到一個問題：「我想問你一個問題，希望你用歷史系的專業能力幫我解答。很多很多年前，有個科學家被一顆蘋果打到頭，因此發明出一套萬有引力的理論，請問那個科學家是誰你知道嗎？」

接著那邊安靜了，他佇立在門後，我看見他站直了身體卻沒什麼動作。

「哈囉？」我試著出聲音，可是卻發現自己的聲音也在顫抖。

「抱歉，蘋果的電話沒人接，晚一點我再幫妳打電話問它好嗎？」他的聲音非常怯懦，不知道在警戒著什麼。

他搞笑的回答讓我聽了差點沒笑出來，緊張的情緒稍稍減緩一點點，我忍著笑意跟他說好。

「那如果沒事了的話，我想準備回教室上課了。」

「等等！我還有個問題！」我上前一步，「還有個歷史問題要問你！」

門後的人又愣了一下，我聽見他喃喃自語，說著那天在高雄咖啡館裡應該沒有打破什麼東西，沒道理被店家追到學校來之類的蠢話。

「這問題困擾了我很久，我知道只有你能回答我。」我鼓起了勇氣，我知道我要問什麼，我要問的，是一個在心中存放了五年多，始終沒有忘記的問題。

「什麼……什麼問題？」

「爲什麼原本念高職電機科的你，後來會選擇念第一類組的歷史系？爲什麼？你知不知道因爲這樣，所以讓我找你找了五年卻一無所獲……」我聽見自己的聲音忽然哽咽。

而門終於推開到底，我看見變得有點憔悴的阿振，他睜大了眼睛，正眼看向我。

不用回答我的那麼多個「為什麼」，你只需要向我確認一件事情就夠了。

你記得我，你記得我，我只想要你記得我。

＊ 11 ＊

秋天的風略帶涼意，我們走到中興湖邊坐下，這裡的麻雀跟鴿子都不大怕人，就在我們附近徘徊著。

安靜了好久，寬闊的校園裡，我靜靜地跟著阿振走下樓，踩著滿地落葉，穿過幾棟建築，來到剛剛跟米老鼠經過的湖邊，他又點了一根香菸，旁若無人地直接坐在石頭上，看著湖水發呆。我已經不記得當年的他的背影，只感覺他現在的身型很單薄，寬大的衣服隨著風飄呀飄的。

「你那時候並沒有認出我。」過了很久，我想總得有人說話才是。

「這個嘛……」他嘴裡嘖嘖，用手搔搔頭髮，「老實說我覺得我這輩子……」

「不會再見到我了？」我幫他把話接了下去。

阿振點點頭，將只吸了幾口的香菸彈擲進了湖中。

然後我們又沉默了。看著湖面上偶而有烏龜浮上來，偶而有小魚群游過去，我忽然覺得好笑。曾經，我有很多話想跟這個人說，這些年來我偶而會這樣練習著，如果有一天，讓我再遇到這個在我成長時期，影響我最多也最重要的人，我要跟他說些什麼？我該從哪裡開始說？可沒想到一旦眞正見了面了，他就在我眼前了，我卻原來什麼也想不起來。這是爲什麼呢？

「妳這幾年過得好嗎？」突然換他開口了。

「嗯。」我閉著雙唇，給他一個帶著微笑的點頭。

「我後來經常晃到你們學校附近去，」他看著遠方的天空，慢慢地說著：「那裡改變了好多，有新的百貨公司，也有新的泡沫紅茶店，而唯一不變的……」停了一下，他說：「只有家商女生永恆性感的水手服。」

到底一個人接受大學教育，爲的是什麼呢？我忽然有種對大學教育的失望感。而這失望感化作實際的行動，則是他被我架了一拐子。

「這是事實嘛！」大聲呼痛的阿振，依然不改笑容。

不過這個不怎麼好笑的笑話結束之後，我們似乎彼此就這麼熟了起來。他又點了一根香菸，聞到煙味，我才想起今天出門竟然沒帶菸，進校門前我在7-11買水，也忘了買菸。

「沒換牌子呀？」我指著他的Marlboro Light。

「有些東西會隨著時間改變，有些則永遠不會。」

「喔。」我沒再說什麼，可是心中卻起了聯想。什麼事情是會改變的？又有些什麼是不會改變的呢？

「你以前那個死黨呢？還在嗎？」我指的是蜻蜓，他曾經是阿振高工時候最重要的朋友，也是跟阿振喜歡上同一個女孩的另一個人。

「蜻蜓出國了，他老媽不曉得從哪裡弄來一大筆錢，把他丟到加拿大去了。」

「那……歷史系念得怎麼樣？」

「普普通通，重考考上的時候還志得意滿，後來發現自己很後悔。」

「後悔？」

「如果妳朝思暮想考上歷史系，想一窺中國歷史的堂奧，可是教授卻叫妳背下宋朝首都汴京城的水利設施，妳會不會後悔？」

「喔。」結果我又只會這個語助詞。

掏出口袋裡的手機，他瞄了一下時間。看著手機上面一直閃動著訊息的信封圖案，我問他要不要先看一下。

「那只是提示著訊息快滿了，要我刪除而已，不是新的訊息。」他說。

阿振問我後來的生活，聳聳肩，我跟他說這幾年來我一直都在高雄，偶而回台中，不是在家睡覺，就是跑到他以前念的高工附近去閒晃。

「爲什麼後來妳的電話怎麼也打不通了呢？」他問我。

「當時很笨，只想著要怎樣逼自己認眞念書，所以我把電話全都刪了，手機也給我爸保管，」我嘆口氣，「結果後來後悔也來不及了，只好到處瞎逛，看能不能矇得到，或許有機會就在台中市的某個街角遇見你。」說著，我想起那些在街上閒晃的週末，想起當時的失落，忽然又覺得有種鼻酸的感覺，趕緊停下了說話，以免眼淚不小心就掉了下來。

「可惜的是沒有。」他接著話。

「嗯，看來我們都逛錯地方了。」我笑著。我到他以前的學校去晃，他卻跑去我過去就讀的家商，難怪我們從來沒遇過對方。

看膩了湖邊的景色，阿振帶著我走了一圈校園，逛到了操場附近，看著一堆學生打籃球。我們坐在球場邊。

籃球場再過去一點就是操場，五年前，我跟阿振在這裡玩了一個遊戲，那時的他正要參加壘球比賽，我說我丟十個球讓他接，如果他漏接了其中一球，就得說一聲他愛我。

坐著，我無法清楚看見操場，而腦海中的記憶，則始終泛著一層黃色的光芒，就像老照片那樣。我還記得，最後一球丟過去時，發生了不規則彈跳，而他拚盡了全力，最後把球給接進手套裡。

那是我唯一一次向男生告白，當然也是我唯一一次被拒絕。

這些記憶片段在腦海裡一湧而過，我問他怎麼會想來這裡念書，他想了想，給了我一個很有趣的答案：「因爲這裡離我以前的高工很近，住的地方不用搬家。」

那是個還算不錯的下午，雖然大部分的時間我們都安靜著，偶而開口，聊的話題也言不及義，只是說說彼此的遭遇，聊聊各自念的學校，觸碰不到什麼切身的問題。

我想不管我們再怎麼聊，這眞正重逢的第一天，彼此之間應該都還隔著一道牆吧？而這道牆，應該就來自於我們長達五年多的分離吧？我不知道他是怎麼想的，也不知道這五年來在他身上發生了些什麼，所以有很多話我不曉得我該怎麼說。

我總是微笑著，能夠跟一個老朋友重逢，這份喜悅是不需要語言就能表示的，我猜他也是一樣的心情，雖然這傢伙微笑的樣子還是跟當年一樣呆。

就這麼慢慢地，球場裡的人逐漸變少了，他拍拍屁股站起來，說晚上還要跟系學會的幹部們開會，得回宿舍去準備準備了。

今天是美麗的一天嗎？我抬頭看著黃昏的天空，再看看臉上線條變得比少年時候更明顯，稜線也更分明的阿振，我想應該是的。

送我走到校門口，我在發動機車時，問了他一個剛剛來不及問的問題：「我很好奇，爲什麼你手機裡面的訊息，快滿了也不刪除掉一些？」

「因爲那裡面還有一點美好的回憶呀。」

「回憶美好，難道現在的經歷就不美好？」跟著我想起了米老鼠在圓廳頂樓說的那些事情，有個「學姊」說過的一些話。

阿振又搔搔頭，嘴角邊的笑容掛著無奈，說：「如果妳的另一半冥頑不靈，不遵王法、不聽教化、不服規勸、不可理喻的時候，那還有什麼美好可言？」

「這麼嚴重？」

「嗯，所以本庭正式宣判，上訴無效，她已經出局了。」說著，他在大馬路邊做了一個很丟臉的拉弓動作，那是棒球運動當中出局的意思。

不過也就在這同時，我聽到一聲很輕微的和弦鈴聲，阿振把手機拿出來，按了幾下。那是一封新簡訊，他開來看時，我也微側一下身子，看看上面寫什麼。

不要再叫你學弟來求我，去死吧，沒有用的傢伙！

簡潔有力，非常乾脆的幾句話。他很火速地把這則訊息直接刪除，然後面如土色地看我，我則趕緊縮回身子，尷尬至極地看著他。

「我剛剛說的是她出局，對吧？」

「嗯啊嗯啊。」

「所以今天被甩的是她，沒錯吧？」

「嗯啊嗯啊。」

「那就好。」

「嗯啊，恭喜恭喜。」我擠出非常爲難的笑容，還對他伸出了手。

他的掌心很溫暖，像極了當年他拒絕我的告白那一天，牽我手走最後一程的黃昏。

值得喜悅的是我們再重逢，更值得喜悅的是重逢時的我們都有笑容。

* 12 *

高雄的晚風也開始微有涼意了。上課日誌寫完後，我打卡下班，蘇菲亞跟在我後面出來，我們約了櫻桃到老爹的咖啡館見面。

櫻桃在補習班的各科目成績都很優秀，比別人賣力的她，聽說接連幾次模擬考都名列前茅，班導師跟主任對她莫不看重有加，而她唯一的致命傷只在歷史。把一疊筆記都交給她，希望這些東西能讓她的歷史成績有點起色。

完成了筆記傳承的神聖任務，我問櫻桃有沒有特別想考的學校。

「警察大學。」她非常篤定地說。

這四個字讓在旁邊抽菸的老爹也傻眼了，台、政保證班的優等生，志向居然是警察大學？

「不要開玩笑了好嗎？早知道妳要考警大的話，我就不需要去幫妳殺價了呀！妳好歹考個台大、政大來讓我去跟別人炫耀一下吧！」蘇菲亞覺得很不可置信。

櫻桃說她看過前幾年警察大學的過關門檻，發現以她的成績，要考進去根本不是問題，唯一的障礙，可能只是體能而已。

「那妳現在根本不應該在這裡，妳應該去跑操場才對。」我說。

雖然我知道人各有志，但這種志向也未免有點怪怪的。櫻桃說，以前在當調酒師時，酒吧常有警察單位來臨檢，她就是從那時候開始，對女警有了非常好的印象。

聽她說完了目標，換蘇菲亞說了一個令我咋舌的話題。

「我考慮半年之後，自己跳出來開一家補習班，我要成爲全高雄最年輕而有錢的單身女班主任。」

不到一個月的時間，蘇菲亞已經摸透了整個補習班的營運方式，上至人才招攬與培養，下至跟水電行的連絡，全都一清二楚。

「妳該不會當初進補習班打工的時候，就已經包藏禍心，想自立門戶了吧？」

蘇菲亞對我的問題笑而不答，卻告訴我說，她幾年來熱中於存款與投資，目前總資產已經多達上百萬元，與其把這些錢放在銀行等著被搶，不如拿來做更有效的運用。我很相信她嘴裡說出來的這個數字，因爲她是我認識的，第一個玩股票、搞投資的大學生。

相比之下，我覺得我的喜悅似乎就有點微不足道了，學校畢業之後，我沒有特別想做的事情，當一個優秀的女吉他手，似乎也不是多好拿出來說嘴的事情，唯一比較像樣的理想是開家咖啡館，不過從上次說了到現在，我可連一點更切實際的做法也沒有。本來想在今晚，把我跟阿振的事情告訴她們的，可是現在忽然失去了想說的欲望，好像人家值得開心的都是遠大的未來目標，而我呢？喝著咖啡，我有點汗顏。

後來我幫著老爹關店打烊，他熄滅了招牌燈，鐵門也放下了一半，然後問我還要不要再來一杯咖啡。

「我要愛爾蘭咖啡。」既然是老爹請客，我當然挑又貴又難做的。

「好呀，」他開心地吃著我從台中帶回來的太陽餅，然後說：「我授權給妳，妳自己做。」

於是結果就演變成老爹很開心地坐在吧檯前，而我在吧檯裡忙東忙西的畫面。趁著繁瑣的愛爾蘭調製過程，我把我跟阿振的往事對老爹說了一遍，然後告訴他我這兩天的奇遇。

「有打算要琵琶別抱嗎？」老爹指點著我，要我的手穩一點，酒精燈的火正讓酒杯逐漸加溫，威士忌裡的砂糖開始溶化。

「別開玩笑了。」我說這時候的周振聲，對我來說陌生得幾乎像個新朋友，而且我怎麼可能當作這五年多來的一切都沒發生過，就這麼時光倒流，回到當年去？

「雖然我也不知道這五年來，我到底做了些什麼。」我說：「甚至不要說五年了，光大學的這前兩年多，我都不知道我在高雄到底混出了些什麼名堂。」

今晚櫻桃與蘇菲亞的一番敘志，的確讓我有很大感觸。不過老爹卻笑了，他要我在完成我這杯愛爾蘭之後，再弄一杯濃縮咖啡給他。

「愛爾蘭的複雜跟細膩，乍看之下就好像一個人豐富的人生，的確可歌可泣。」他看著我，「手不要抖，馬步站好，看看妳的威士忌跟咖啡都快混在一起了。」

好不容易等我完成，他急急催著他要的濃縮咖啡。所以我只好用鼻子吸著愛爾蘭的香氣，一面等我的愛爾蘭稍微涼一點，一面又開始繼續弄老爹的義式濃縮。

相較之下，義式濃縮咖啡的製作可就簡單多了，我做起來相當俐落迅速。

「可是妳注意到了嗎？沒有複雜手續的義式濃縮，其實最有它單純的香，可以回味最久。」老爹嗅著咖啡香，微笑說：「簡單而且單純的生活，有時候比輝煌又複雜的人生更來得香醇哪！」

是這樣的嗎？拎著要給小默的奶油酥餅，我在停車時還回想著老爹說的話。雖然那當中暗藏了很多弦外之音，可是我卻還有點懵懂。老爹是在安慰我嗎？我感覺很像，可是似乎又有哪裡不大對。

小默的房間跟往常一樣，只有檯燈亮著。我進來的時，他正躺在床上熟睡中，手上還捧著那本《看漫畫，學物理》。把背包放下，我點亮了房內的大燈，正要將奶油酥餅放到他的書桌上時，卻發現書桌的角落另外有些東西：那些是看起來不是很精緻，有些烤得有點焦，不過上面灑了不少蜜餞類的糕點跟餅乾，全都用個塑膠袋裝著。

盯著那包糕點愣了一下，這很明顯是手工做的，是誰做的呢？我回頭看看還在打呼的小默，然後又看看書桌，桌上有張紙片壓在手機下面，上頭寫著：

有你愛吃的核桃跟杏仁片，沒有讓你搖頭的葡萄乾，我是超級貼心可愛小小庭。

超級貼心可愛小小庭？我把檯燈扭過來一點，彎下腰去，湊近那張紙片，好看得更清楚些。「超級貼心可愛小小庭」，沒錯，就是這九個字。

「靠……」連我手裡的奶油酥餅似乎都要發怒了。

複雜的人生很豐富，簡單的人生也未必沒有美感。
愛情亦同，只要你用心體會。

* 13 *

我從來都沒聽過小默認識的女生當中，有誰是會做糕點跟餅乾的，是什麼人在我最放心的時候，用一根針插入了我以爲牢不可破的愛情裡嗎？或者小默對愛情有了不一樣的需求，就像之前他對我的抗議一樣，現在他要的是貼心的呵護跟關注了嗎？不然對這麼肉麻兮兮的紙條內容，物理性很強的他怎麼可能忍受得了呢？有種恍惚的感覺，這恍惚讓我接連彈錯了兩個和弦。

「妳還好吧？」小寶問我。

點點頭，走出了團練室，我點了一根香菸。

「少抽點菸，對身體不好。」

「很煩耶！」我瞪他。

也許是心情的關係，我覺得連風吹起來都燥熱不堪。這兩天小默埋首於研究室中，爲了不打擾他，我選擇也讓自己忙碌著。只是，一顆心原來並不會因爲事情繁雜就轉移注意力，我還是很在意那個做餅乾給他的女孩，更在意小默在接受那貼心的餅乾時，是什麼樣的心情與反應。

「小寶，如果今天有個女孩，迎合你喜歡的口味，爲你特別做了小餅乾跟蛋糕，你會不會很高興？」

「會呀！」小寶開心地說：「我喜歡吃巧克力喔！還有還有……」

看著他天眞地開始說著自己的喜好，我很啼笑皆非。不想刺破他單純的美好想像，也沒打算跟他說太多自己的感情事，我抽完了菸，又走回團練室。

進來之後，大家開始做新歌編曲。會接觸音樂，是因爲自己喜歡聽歌，現在的我雖然吉他程度普通，不過還能自己寫寫歌。會加入這個樂團是因爲老爹，他把他的寶貝兒子介紹給我認識，從此才又與這幾個團員有所交集，他們都是小寶在樂器行熟識的朋友，年紀也相仿，整個團就只有我超過二十歲，而也看在我最年長的份上，通常編曲都由我來主導。

只是那個心情極爲複雜的傍晚，我完全不知道自己在做什麼，連貝斯手建議將我新寫的慢板情歌做成五拍的怪音樂，我都忘了要反對。茫茫然練完了團，小寶看我魂不守舍，問說需不需要陪我出去走走。

「不了。」我看了一下時間，還差半個小時六點半，我得趕快吃個飯，換一下衣服，今天補習班還有打工。

離開團練室之後我趕過去補習班，路上才隱約覺得自己其實並不喜歡什麼五拍的怪音樂，一般來說，歌曲都是四拍爲一小節，哪裡有人玩五拍的？就算是電影「不可能的任務」的主題配樂，那個五拍也不過是噱頭而已。

我心裡爲自己的來不及反對而懊惱著，到了補習班之後，本來還想打通電話給小寶，跟他討論一下，但沒想到班主任七早八早就拉了大家開會，遲到的我先被訓了一頓。

耳裡聽著主任的訓話，我覺得眞是倒楣透頂了，好不容易被嘮叨完，接著主任說起要開分班的事情。新班的一切都還在籌備中，但確定的是將從原來班底裡調動一些人手過去擔任重要職位，我知道這種事情跟我絕對扯不上關係，因爲我雖然已經在這裡工作了好一段時間，但薪水還是工讀生的等級。這時蘇菲亞湊到我旁邊，小聲地說：「妳看著，主任挑選過去的人當中一定會有我。」

「開玩笑，妳也只是工讀的耶！」

蘇菲亞笑了一下，露出非常自信的眼神，而果然會議結束時，主任宣布的名單當中就有她。

這世界到底是哪裡出了問題呢？沒有嫉妒蘇菲亞的意思，我只是感到詫異與納悶而已，整個晚上我老感覺班主任看我的眼神很不對，跟我說話也總是含針帶刺的，一副好像在質疑我工作不夠賣力的樣子。我想蘇菲亞的優異表現大概讓主任起了對比的心理吧。阿彌陀佛，一樣是來打工，我跟蘇菲亞的目標本來就不一樣，她是爲了早點學完東西，出去自立門戶，而我可只是想賺點微薄的生活費而已。

到底爲什麼我要讓自己這麼忙碌呢？下班騎車回家的時候我一直在想。我完成了什麼夢想嗎？我存了很多錢嗎？我覺得很可悲，原來我汲汲營營了三四年之後，唯一跟這世界抗衡而得到的，居然只有我媽答應讓我在嫁人之前可以騎機車而已。

什麼破相了會嫁不出去？去他的狗屁道理，我花了好大工夫，才讓我媽接受我在高雄生活，有絕對需要機車的理由。

把車停在愛河邊，我望著流速緩慢的河水發呆，希望看著這條黯淡的河，我可以慢慢想通自己爲什麼這麼倒楣的理由。然後我發現，在我的記憶中，也曾有過那麼一條小河，河的對岸有山丘與夕陽，有個人曾經陪我到小河邊，一起看著夕照晚霞，我還記得他跟我說過的很多話，要我去做我該做的，也去做我想做的，那個人是阿振，五年前的周振聲。

嘆了口氣，我把還剩下半包的香菸扔進河裡。這一刻我忽然明白了，一整天我的魂不守舍，原來跟什麼五拍音樂，或者跟補習班的人事異動都沒有關係，我在乎的是小默桌上那包餅乾，還有做餅乾給他的那個女孩。

「是我。」我撥通了電話。

「這是研究物理多年以來，我頭一次如此艷羨富蘭克林的遭遇。」小默接起了電話，開頭就是這樣說的。

「富蘭克林？放風箏結果被雷公打到的那個倒楣鬼嗎？」跟了小默多年，我唯一增長的見聞就是這類的科學家軼事而已。

「嗯啊，」他則學我的口頭禪，「他放了風箏，就研究出電學的理論，而我多麼希望接了電話，就看見蚵仔煎出現在我的桌上。」

我笑了出來。心裡想到阿振跟我說的，原來我「想做」的，是去找小默把事情搞清楚；而我「該做」的，是在找他之前，先買好禮拜二晚上，固定要帶給他的蚵仔煎。

我該做與想做的，都是維持一個平穩的愛情。
只是我沒有把握我的蚵仔煎打得贏手工餅乾。

＊
14
＊

小默的房間跟往常一樣是沒開大燈的，然而那包餅乾卻像個發光體般吸引著我的視線，一打開房門，我就看見它躺在書桌上。

按照慣例，我沒打擾小默的工作，只是安靜地把包包放到角落，然後打開蚵仔煎，再把冬瓜茶拿出來，擺好在小茶几上。論香味，新鮮的蚵仔煎當然比放了幾天的餅乾香，所以我得一分；論溫度，熱騰騰的蚵仔煎自然又勝一籌，所以我再得一分；再論配料，冬瓜茶是小默的最愛，我又得一分。滿心歡愉的我幾乎要站起來跳舞轉圈兼灑花瓣了。

我面帶著微笑，整理了一下身上穿著的牛仔裙，然後用自認爲最淑女的姿勢坐下。結果兩分鐘過去了，小默完全沒有回過頭來看我一眼，他還沉醉在堅固又複雜的物理數字計算裡。我知道這只是小事情，畢竟他是一個以後要當科學家的人才，投入工作是他的職責，所以我拴緊了臉上神經，繼續維持嘴角上揚二十八度的笑容。然後三分鐘又過去了，他還是一樣沒有抬頭，我只看見左撇子的他，左手不斷書寫著，右手手指在工程計算機上飛快按動。

沒有關係，我知道我有的是耐心，因爲今天我有好多話想跟他談談，我可以等待，我知道我可以。

時間一點一滴地流逝，最後終於在我嘴角僵硬，雙腿也因爲正襟危坐而即將發麻時，小默長長地呼了一口氣，把筆輕拋在桌上，伸了好大一個懶腰。

「這世界還有什麼是比花二十分鐘就破解電荷與距離關係更教人興奮的呢？」他微笑著。

鬼才知道電荷跟距離之間有什麼關聯，我搓搓已經失去知覺的膝蓋，問他要不要先吃蚵仔煎，臉上依然帶著微笑。

「喔，沒關係，我還不會很餓，蚵仔煎給妳吃，我這裡有餅乾。」他隨手就從桌上那包餅乾袋子裡掏出一片其貌不揚的餅乾往嘴裡塞。

那種視覺上的打擊遠勝於一切，他竟然當著我的面，吃下另一個女孩爲他準備的點心！我微笑，還繼續微笑，然後告訴我自己，那塊醜得要死的餅乾，對小默來說，意義其實只跟一包十來塊的孔雀餅乾差不多。

「那，要不要先喝冬瓜茶？」

「喔，沒關係，我冰箱裡的飲料得先喝完，快過期了呢！」說著，他滑動帶有滾輪的電腦椅，移到小冰箱旁邊，拿出一瓶我從來沒看他喝過的優酪乳。

餅乾？優酪乳？除了餅乾之外，原來還有優酪乳！我的笑容再也維持不下去了，霍地起身，我必須點亮大燈，把這不到五坪大的房間照亮，好看看到底還有多少匪諜的東西滲透進我的地盤！

「怎麼了……」他訝異地抬頭看我。

滿臉肅殺之氣的我，沒有立即回答他的話，而是先點亮了燈，環伺了一周，確定沒有其他古怪的東西之後，這才問他：「要問怎麼了的人應該是我吧？」

看著他疑惑的表情，我伸手指向他手上那塊吃得只剩一口的餅乾，「你要不要好好跟我說明一下，那包餅乾，還有那瓶優酪乳的由來？」

結果他笑了，那種笑容好像我說錯了什麼可笑的事情一樣，我按捺著等他笑完，然後重又坐下，心裡想：謝小默，你最好笑完之後可以給我一個很棒的解釋，如果沒有，我保證會讓你連裝餅乾的塑膠袋跟優酪乳瓶子都呑下去！

「妳知道文學院有個劇場藝術學系吧？」他問。

我點個頭，聽他繼續說：「他們有幾個小朋友，不知道修了什麼課，好像要演出的樣子，其中兩個要演女科學家，所以跑來跟我們借東西去當道具，順便觀摩我們做實驗，這些東西是他們送的謝禮而已呀！」

「每個人都有，還是只有你有？」

小默搔搔頭，想了一下，「好像只有我有吧，因爲她送餅乾來的那天，只有我在實驗室。」

借道具？觀摩？「一群人來觀摩，可是只有一個人來送餅乾？」我睨著他看。

「那個學妹比較懂人情世故嘛！」

「她知不知道你有女朋友？知不知道你愛吃的是蚵仔煎？」

「她只問我吃不吃葡萄乾，其他的又沒問，我說那幹嘛？」

說到這裡我就覺得夠了，這無知的物理呆瓜，果然只會一問一答，我看再問下去也不會有結果的。不想再深究下去，我取出了免洗筷，自己吃起蚵仔煎來。

「笨小喬，吃醋啦？」

「嗯啊。」我悶聲回答。

「只是學妹回饋一點餅乾嘛，妳應該相信我說的話呀，對吧？」

「嗯啊。」

「還在生氣呀？」

「嗯啊。」

我吃了幾口蚵仔煎，抬頭看他。小默還坐在電腦椅上，不過卻彎低了腰，他的臉離我好近，隔著深度的近視眼鏡，我看見他不算大，但卻圓亮的雙眼。

「親一下。」

「不要。」

「親一下嘛！」

「不要。」

就在我決定只要他再說一次，我就要抓住他的手一口咬下去的時候，他卻忽然吻上了我油膩膩的嘴唇。

女人要的解釋永遠都只有一個，男人給解釋，最好的方式也永遠都只有一種，我任憑手裡的筷子掉在小茶几上，雙手輕輕擁抱著他寬厚的肩膀，這一吻吻了好久，小默捏捏我的臉，拿張衛生紙擦去我嘴邊的油膩跟醬汁。

「一包餅乾跟一瓶優酪乳就讓能妳暴跳如雷的話，那一個吻能不能讓在妳心裡噴發的火山冷卻下來呢？」

我承認我其實是個好哄的女孩，儘管房間角落堆積如山的垃圾跟小默的甜言蜜語非常不成比例，不過我想那都不重要了。小默讓我重新坐回了床緣，輕輕牽著我的左手，撥開了我額前的頭髮。我微嘟著嘴，這時候氣怎麼也生不下去了。小默微笑著夾了一片蚵仔煎送到我嘴邊，讓我把它吃下去，然後將筷子遞給我。

「愛生氣的小笨蛋。」他笑著，我則用沒抓筷子的左手輕輕打了他一拳。

我想就是這種難得的小甜蜜，才讓我們在平常忙碌的生活裡，可以有所期待吧！我不喜歡兩個人一天到晚膩在一起，可是我喜歡偶而讓小默這樣寵著我，而我也寵著他。此刻我的微笑回復以往的自然，手上拿起筷子，我挾了一片蚵仔煎，那上頭有他最愛的空心菜，我還特意多沾一些他喜歡的醬料，湊到小默的嘴邊。

「妳吃，我想先把這餅乾吃完，」結果他又坐回了電腦椅，用很優雅的笑容看著我，手上拿著餅乾，他說：「老實說，樣子雖然醜了點，不過眞的不難吃，妳不要來一塊試試看嗎？」

女人需要的其實不是什麼理論性的解釋，我們要的只是一種安全感。

* 15 *

「是我太疑神疑鬼了呢？還是我心眼太小，容易胡思亂想？」趁著佳琳好不容易盼得一個假日，到高雄來玩，我帶她到我們學校走走，順便跟她提了小默與那包餅乾的事情。

「妳知道男人與女人最大的差別在哪裡嗎？」佳琳沒有正面回答我的問題，坐在西子灣的防波堤上，她說：「男人想事情，永遠都比女人少一分鐘。」

「少一分鐘？」

點個頭，佳琳說，雖然她不認識小默，可是聽完了我的敘述，她認爲整件事情，小默唯一做錯的地方，就是在接受那包餅乾時，少想了一分鐘；而我在所有過程中，唯一做錯的地方，則是因爲我多想了一分鐘。

「你們家小默在接受餅乾時，並沒有想到那包餅乾可能代表的意義，表示他思考並不夠周密，這是男生常常犯的錯誤。」她說，理工科的男生尤其容易犯下這種錯誤，因爲理工科的男生，注意力永遠都只在那些數據跟符號上面。

「至於妳，葉宛喬，」她轉頭看著我，說：「妳鑽了不必要的牛角尖。女人最大的失敗不是在於年紀或身材，而是在於信心。妳對自己的信心不夠，以致於連一包餅乾跟一個半路殺出來的小女生都打不贏。」

我輸在信心？這怎麼可能呢？迎著海風，我跟佳琳說，這幾年來我與小默之間的相處，之所以在平淡中還能夠維持感情，最重要的就是我們每個禮拜二晚上的消夜約會，而除此之外，我則完美扮演著那個成功男人背後的女人，安靜地支持著他。

「有哪個女人可以像我一樣，半路車拋錨了，自己推車去修理？有哪個女人可以像我一樣，吹風機壞了自己拆開來檢查？甚至有哪個女人像我一樣，妳男朋友被蟑螂嚇得半死的時候，挺身而出拿著拖鞋去救他？像我這樣稱職的女朋友去哪裡找？」

凝視著我激動的樣子，佳琳看了許久。

「幹嘛？哪裡不對？」

「妳眞以為這樣很了不起嗎？」佳琳搖頭，「如果妳的世界已經到了不需要男人的地步，那他們存在還有什麼價值跟意義？男人要的是不找麻煩的女人，而不是不需要他們的女人，懂嗎？」

我牢記著她最後的那句話：「把妳多想的那一分鐘，用在正確的方向，妳就知道妳該怎麼做了。」送佳琳上了火車，我有點茫然。餅乾事件是個在我心中目前無解的問題，我該怎麼在這事件裡多想一分鐘或少想一分鐘呢？

高雄今天是一片藍天，下午的時候開始起風，我拉拉衣領，獨自坐在街邊點起香菸。都已經快忘了自己是什麼時候開始學會抽菸的了，第一次買菸是我高二那一年，不過那時候我只會把菸點著，要說眞正會抽菸，應該是認識蘇菲亞與櫻桃的那時吧！看著她們在PUB裡吞雲吐霧，我覺得既瀟灑又性感，也從那時候開始，我才眞正地學抽菸。

小默對我抽菸的事始終沒有發表過任何意見，據他自己的說法，這是給我高度自主權的表現，而我則以不在他宿舍抽菸，作為對他的尊重。

可是這種平等關係難道錯了嗎？我知道他是不喜歡人家抽菸的，是否為了他的習慣，我應該選擇戒菸，當一個事事依賴他，什麼都聽他意見的小女人，還三不五時做點餅乾給他吃？

終於日漸黃昏，我一個人坐在路邊的公車站牌下發呆，思緒不斷繞著這個問題打轉，連手機響了好幾次都沒注意到，直到有個在我旁邊等車的高中小男生，拍拍我肩膀，要我接電話為止。

「妳好難找。」電話那頭傳來有點陌生的聲音，而且訊號很微弱。

「你誰呀？」在我思考這麼重要的問題時，還打電話來打擾我的人，我不打算對他太有禮貌。

「連我的聲音都聽不出來嗎？」

「訊號很差，你誰呀？我在忙啦！」我有點不耐煩。

結果電話到這裡就斷線了。

「什麼鬼！」我看看來電顯示，是個陌生的號碼。

不過這通電話倒是提醒了我時間，已經五點多了，今天補習班要打工，我最好快點回宿舍換衣服，準備上班。

下班時間的高雄簡直是一團混亂，就算每個路口都有兩三個警察也無濟於事。我奮力鑽過車縫，一路往愛河方向前進，無視於混亂的車陣，用會被我媽打斷腿的速度飆回宿舍。沒時間再去多想什麼了，今天上班要是再遲到的話，我看班主任可能會叫我捲舖蓋滾蛋了。

把車停在樓下門口，我跑著上樓。鑰匙環上串了七八把鑰匙，混亂中我沒找到正確的開門鑰匙，反而還整串掉了下去。彎腰要撿時，電話又響起。

「抱歉我現在很忙，我找不到我房門的鑰匙是哪一把，所以沒時間跟你說話……」沒看來電顯示，但聲音聽得出來是剛剛那個人。

「別急，到最後什麼都會有答案的。」

「開什麼玩笑，現在都幾點了，還叫我別急？」我把電話夾在臉跟肩膀之間，繼續努力尋找鑰匙。

「現在剛好六點十五分，應該是悠閒的晚飯時間，妳還找不到鑰匙開不了門嗎？沒關係，人生就是這樣呀，妳再趕也沒有用的，聽我說，別急，慢慢來，哪一把鑰匙開得了門，馬上就會有答案了。」

「聽你在屁！」我終於找到了鑰匙，一把插進了喇叭鎖那小小的鑰匙孔。這個門鎖相當老舊，每次都要很用力才能轉得開，我右手抓著鑰匙，左手握住喇叭鎖，整個用力轉了下去，結果就聽見「喀啦」一聲。

「喂喂？」那個人發出聲音，而此時我終於聽出他是誰了。

「怎麼不說話了？」他又問。

我呆愣愣地站在原地，電話一直夾在肩膀上，而我的嘴巴張得很大，雙眼看著門鎖出神。那個喇叭鎖在我使勁吃奶力氣去旋轉之後，依舊還是紋風不動，而恐怖的，是房東太太給我的這一把唯一的開門鑰匙，竟然被我扭斷了，半截鑰匙在我手上，另外半截，還插在鑰匙孔裡。

「門沒開，鑰匙居然斷了耶。」

「別急，找房東開一下就好。」那傢伙又出主意。

「我房東住在台北。」我用完全沒有起伏的語氣說話。

「喔……」他也沉了下去，過了半晌，這才又開口：「小喬妳聽我說，人生嘛，所有的事情其實都只分成兩部分，一種是該做的，另外一種是想做的，現在妳想的一定是踹門，對不對？不要急，什麼事情到最後都會有答案的，而這答案由我來給妳，妳該做的不是把門踹爛，妳應該打電話找鎖匠才對，這樣才能開得了門又不把門破壞，妳懂了嗎？」

我無言。

「哈囉？懂不懂呀，孩子……」

別急，什麼事情到了最後都會有答案的。

只是答案是好或壞沒人知道而已。

＊ 16 ＊

凝視著他有大約三分鐘了吧，我一句話都沒說，雙唇微緊，眼睛半瞇，我在瞄著眼前這個一臉無辜的傢伙。

「我媽嘛，沒辦法呀，她身體不舒服，我徹夜趕過來也是不得已的。」

「嗯。」我喉嚨發出一點輕微的聲音。在我最慌亂的時候，打電話給我，還那麼有閒情逸致地叫我不要急的人，說什麼徹夜趕過來？這種話眞教人打從心底不想相信。

「結果我丟下社團的學弟妹，衣服都來不及換，宿舍也沒回去地就趕快上火車了，妳不知道傍晚的火車有多難坐，一直到過了彰化才有位置耶！」

「嗯。」我又輕微點一下頭，台中到彰化不過十來分鐘而已，站一下會死嗎？我可是整天都騎著機車東奔西跑的！

「所以囉，剛剛趕到醫院去看我媽的時候，她已經沒事了，妳也知道嘛，老人家都會有些小毛病，我繼父一定是太愛她了，所以不過頭有點暈就急著要跑醫院，結果呢？什麼也檢查不出來。」他兩手一攤，笑著說：「人生實在不必這樣急急忙忙的，什麼都會有答案的，需要的只是時間而已。」他說他已經跟學校請了兩天假，這兩天要留在高雄，陪他媽媽做完整的健康檢查。

「幸虧哪，妳應該感到高興才對，幸虧我回去放書包的時候，還記得從抽屜裡把上次我們抄對方手機的紙條帶出來哪！」

「你剛剛不是說你沒回宿舍？」喔喔，被我抓到漏洞了。

「有嗎？沒有，沒有沒有……」他差點搖斷了頭，「剛剛肯定是妳聽錯了。」

「好吧，就算我聽錯，可是我不懂，這些事情跟我有什麼關係？你告訴我，這一切跟我到底有什麼關係，爲什麼我要因爲這些而上班遲到被罵？下班的時候爲了載你，少一頂安全帽，又被開一張罰單？」把頭湊過去一點，好讓他看見我銳利的目光，「說呀，來，周振聲先生，你說說看，說嘛，再說嘛，慢慢說喔，別急，我等你那個什麼什麼答案嘿。」

然後他沉默了，雙手雖然是自由的，可是卻跟被反綁了沒有差別，老爹煮了一杯黃金曼特寧給他，他連動也不敢動一下。

我盯著阿振看，看得他毛骨悚然。端詳著他，我心裡在想，爲什麼一別數載，一般人是歷經風霜而愈加成熟，可是眼前這傢伙，卻大有愈活愈回去了的趨勢？

我那個破爛房門最後是被我踹開的，反正喇叭鎖早該要換了，所以我毫不留情就把門鎖給踹歪了。換過衣服，快馬加鞭趕到補習班的時候，班主任剛剛跟大家開完會，總務長正在分配打掃工作，他瞪了我一眼之後，送我進廁所。

我打掃時一直在想，這個周振聲沒事打電話給我幹嘛？屁了一堆難道只爲了敘舊嗎？如果想敘舊，他應該像我一樣，滿懷誠意地到高雄來，而不是打電話來耽誤我的工作時間。

結果就在我掃完廁所時，手機收到了一封訊息。原來他打電話給我時，人已經在火車上，說什麼要來高雄看他媽媽，問我下班後有沒有時間，想找我喝杯咖啡。

阿振的父母很早就離異了，父親下落我不是很清楚，我看連他自己也不大知道，母親則改嫁到高雄來，印象中曾聽他提過，他母親婚後住在左營。

於是今天我很盡責地提醒老愛拖時間的英文老師，準時下班，到火車站來接他。老爹的咖啡館離車站很近，我說要停車用走的，那傢伙還嫌累，誰曉得一上車，旁邊就鑽出個警察來，開了一張罰單。

「我覺得你很面熟。」老爹把黃金曼特寧端過來時，對阿振打了招呼。

「是呀，是呀，我上次來過的，我……」

他的話瞬間止住，因爲我的目光。

「喔，想起來了，你是那個『老情人』嘛！」老爹一邊打著奶泡，忽然抬頭很高興地看過來。

「對呀，對呀，就是我……」

他的話再度瞬間中斷，因爲我在離他頭髮很近的地方點著了打火機。

不曉得爲什麼，這時我看他的感覺，跟之前、跟當年都差了很多，彷彿他是個陌生人似的，儘管五官依舊明白清楚，可是我就覺得哪裡不對。

「你告訴我，」我死盯著他的雙眼，問他：「這幾年來你到底遇到了什麼樣的打擊與挫折，導致你腦部發育退化，盡幹些這麼愚蠢的事情，老說出這麼些沒智慧的話來？」

「我有嗎？」

「有，而且很嚴重。」我說。

他被我嚇得不敢再亂動，只是不斷地傻笑，直到我盯他盯得眼睛痠，揉揉眼睛時，他才終於喝了一口咖啡。老爹的店已經放下一半鐵門，準備打烊。他煮了一杯卡布奇諾給我之後，自己拿了報紙，自顧自的坐在吧檯開始讀了起來。

「最近過得怎麼樣？」阿振喝完了咖啡，看我已經不再生氣，這才開口問我。

跟小默之間的問題我還不知道該怎麼講，隨口回答說還好。

「那你呢？所以你只是爲了看你媽而來的？」換我問他，而他沒回答我。

彼此都在羅比威廉斯的歌聲中安靜著，只有在這樣沉靜的時候，我才能夠好好端詳今天特別多話而且躁動的他。我們之間只隔著一張小圓桌，我可以看見他目光裡的黯淡。那種感覺讓我渾身不舒服，我突然有種感覺，今天的他很不對勁，在那些白爛至極的搞笑背後，似乎隱藏著些什麼。

「抽菸？」我把我的菸遞給他，並且爲他點著。

「As my soul heals the shame, I will grow through this pain, Lord I'm doing all I can, to be a better man……」他跟著音樂聲輕輕地唱。這首歌很有名，叫作「Better Man」，不過英文很破的我，從來沒有去追逐過歌詞的意思。

「妳知道這首歌在講什麼嗎？」他的語氣很遲緩，頭低得很低，說話的時候微微抬起，看我搖頭。

「簡單地說，這是一個可憐蟲，在對自己下期許，希望自己可以做個更好的男人的許願歌。」

「喔。」我知道有些話他想講，只是我不曉得我該不該問。

「妳還記得上次在台中，有個女孩傳訊息給我，叫我去死的事情吧？」

「當然。」我有點不好意思，因爲當時他本來沒打算讓我看到那則訊息的。

「今天我跟她見面了，」他的聲音低微到我必須也跟著彎腰，靠得很近才聽得到。「我一直以爲，愛情只需要安靜地等待，就會有答案；也一直以爲，只要無止盡地守候，就會有結果，可是我錯了。」他說那個女孩跟他交往了兩年多，終於確定分手，今天是那個女孩的生日，阿振捧了一束花到女孩的宿舍去，結果卻看見那女孩上了別的男孩的車。

「她說感情會變淡。原來感情會變淡，如果，如果永遠都只是一個模式的話，就會變淡。」

我不知道始終維持一個模式的感情，爲什麼到了最後會變淡，或許這是那個女孩變心的說詞而已。沒提出我的看法，我只是望著阿振，看他抽完了我給他的薄荷菸，然後聽他說：「別急，什麼事情到了最後都會有答案的。我也期許著自己可以做更多，做更好，然後會等到她給我一個愛情裡最圓滿的答案。」

「結果……」

「結果就是我心慌意亂地跑到高雄來，然後現在人在這裡。」他終於抬起頭來，看著我的時候，眼角有點淚濕。

我知道堅強的男人不輕易哭泣，而不輕易哭泣的男人一旦濕了眼角，表示他很難過。

* 17 *

高雄的天氣跟兩百多公里外的台中大不相同，一陣子沒來南部的阿振，對南台灣的氣溫評估嚴重失誤，他的行囊裡滿滿的都是冬衣，見面之後的第二天，我人都還在學校，就接到他打來哭喊著熱到不行的電話，還約了我放學之後帶他一起去買兩件夏天的衣服。

「所以你真的是打算來高雄住幾天呀？」

「當然呀，失戀歸失戀，不過主要還是要來看我媽的。」他說。

我們約在老爹的咖啡館外面見，到了之後我打電話給他，阿振拿著兩頂安全帽走出來。

「新買的？」

「嗯，妳總不會還想多拿一張罰單吧？」

我問他幹嘛要買兩頂，「我怎麼看都覺得你應該只有一個頭喔。」

而他沒說什麼，只是微笑，然後將我原本舊的安全帽丟進了路邊的垃圾桶。

「這是本年度我收到最實用的禮物之一了。」我笑著戴上了新帽子。

「妳喜歡高雄嗎？」迎風而行，坐在後面的阿振問我。

「你說高雄這城市，還是這城市的人？」

「隨便，都有吧，妳喜歡嗎？」

「我喜歡高雄的陽光，也喜歡高雄的海邊，這些都是在台中所沒有的。」我說。

阿振沒回答，過了一會兒，又問我：「那人呢？」

這個問題就複雜了，我這些年在這裡認識了不少人，有老有小，有的是死黨，有的是工作或音樂夥伴，有一個還是我男朋友。

「我想對我來說，來到高雄應該算是人生的一次重要轉折吧，至少，我在這裡獲得了很多當年在台中所得不到的，也在這裡慢慢認識了自己，確定了未來的方向。」

「這些讓妳開心嗎？」

我開心嗎？點點頭，我覺得到目前為止，我都是開心的。

下午的新崛江沒有什麼人潮，我們穿過幾條巷子，發現男裝幾乎都已經換季，最後我帶著他到A&D，在一堆已經被翻爛的特價衣服裡，勉強找到了幾件短袖上衣，看著他興高采烈地去付錢，我已經幫他翻衣服翻得滿身大汗。

「妳好像很累。」為了報答我的辛勞，我決定逼他請我去五角冰舖吃冰。

「當然。」天曉得我已經多久沒有進來過新崛江了，就算是小默，他的衣服也習慣讓他媽媽幫他買，根本用不著我費心。

五角冰舖的特色是他們會準備很多便條紙，讓上門吃冰的客人隨寫隨貼，所以整家店到處都是留言，許久沒來，那些留言紙條現在全沒了，幾個店員正在整理那些東西，趁他們去處理我們的點單而暫時離開的片刻，阿振隨手抽了幾張擺在桌上還沒收起來的留言紙翻看。

我從側面端詳他很專心的樣子，這模樣跟昨晚的他簡直判若兩人。我知道愛情的傷口不可能在一夜之間復原，對昨晚的事情絕口不再提的阿振，我猜想他一定努力壓抑著心裡的難過，既然這樣，那麼我也決定，今天什麼感情事都不跟他說。

「這是什麼字？」他忽然拿起一張紙片問我。

「穹吧，音同『窮』，貧窮的窮。」我看了一下，阿振手上那張便條紙的簽名，寫著「穹風」，這個人我知道，因爲他是個網路作家，是小寶很喜歡的一個作者，不過他的書我則一本也沒看過。原來他來過這裡，我應該回去跟小寶說，他肯定會來懇求店員把那張便條紙割愛。

「媽的，字眞醜，連簽名也亂七八糟。」說著，阿振把它丟回桌上那堆便條紙堆裡。吃著冰，我想起從前，那時候的我們爲了要策畫聯誼，所以有時候會一群人約了一起見面。窮困有名的阿振，常常會選擇在便宜的自助餐先吃飽，然後才到泡沫紅茶店來跟我們會合，爲了他的遲到，我還常常發他脾氣。

「說起來很讓人難以置信，」阿振吃了一口冰，「沒想到居然還能再見到妳。」我點點頭，我想這種心情即使又過十年八年，可是只要偶而再想起來，我也一樣會覺得不可思議。全台灣有兩千多萬人，偏偏我們就是在都不屬於彼此的城市裡，重新聚首。

「昨天晚上很不好意思。」我不好意思提的事情，結果他自己卻先提起了。

「沒關係。」我給了一個應該是很「母性」的微笑。每個人都有脆弱的時候，平常堅強的男人，一旦遭遇了令他脆弱的事情，那打擊恐怕更勝於女性吧？

「因爲在台中，大家一夥人都認識，有些感覺要說也不知從何說起，剛好我老媽人不舒服，所以就下高雄來，把一些感覺跟距離我最遠的妳說說。」

聽著他說話，我除了微笑之外，其他的什麼也沒辦法做。畢竟感情的事太敏感，稍微一回答錯誤，就會讓他已經受傷的心更添傷口。我的確離他在台中的這些人事非常遙遠，什麼都陌生的情形下，我也無法做出什麼評價，甚至，我想阿振需要的更不是什麼安慰，他要的，只是有人聽他說話而已。

阿振自己覺得，他那段愛情失敗的原因，應該是過於忙碌而疏忽了愛情所導致的。「有時候妳以為最沒有後顧之憂的時候，往往就是蕭牆禍起的時候。」

他這幾年忙社團、忙課業，甚至還跑去跟人家組了一個木吉他樂團，結果搞得自己一點談情說愛的時間都沒有。

「以前我會帶她一起去參加我的活動，不過後來她也忙，而且我的朋友太多，她到最後變得很懶得去一一認識。」阿振轉動著插在碗裡的湯匙，說：「結果就是這樣，當我發現兩個人之間有裂縫的時候，原來那裂縫已經變成鴻溝了。不知道從何時開始的距離，遠得我們都跨不過去，而好不容易我們都覺得是該坐下來談談的時候，卻發現距離已經不只存在於生活中而已，連心裡也是。」

「沒試過挽回嗎？」

「妳說呢？」他轉頭看我，臉上有淡淡的微笑，不過笑得很淒涼而感傷。

我們沒再說話，過了很久，我放下手上舀冰的湯匙，盯著那碗已經融去大半的冰水，輕輕地問他：「所以，到底這幾年，你過得好嗎？」

「學會開心地看世界之後，一切就會很好。」他則有所感嘆地說。

能挽回的愛情就不是有問題的愛情了。
只是通常我們在還不需要「挽回」之前，都不知道愛情的問題在哪裡。

＊
18
＊

「換個角度想，至少你現在下高雄來，不再需要跟任何人報備了。」我拍他肩膀，給他一個鼓勵。

「愛情哪！有它太甜，沒它太鹹唷！」他大笑著走出了冰店，我則跟在後面。

我的機車停在新崛江附近，逛了一圈又去吃冰，回來時這邊人潮已經明顯多了很多。阿振問我會不會被我認識的熟人看見。

「要是被妳男朋友的朋友看見了可能會被誤會喔！」

「不會的，雖然你的事情我還沒跟他提起，不過就算被看見，我跟他還是可以溝通，可以跟他解釋的。」坐在機車上，我點了一根菸。阿振的事情如果要解釋的話，我早在更早之前就應該先跟小默說明了。

「妳好像很豁達。」

「這個不叫豁達，我只是覺得，比起愛情，我跟我男朋友都還有很多很重要的事情要去做，我相信他也不希望任何蜚短流長造成我跟他之間的問題，甚至影響到我們本來各自正在努力的一切。」我說著。

「你們在努力些什麼呢？兩個人既然決定在一起了，所要努力的，不就應該都是爲了愛情、爲了兩個人的未來嗎？」

這個問題問得很妙，而且抽象。我發動了機車之後，爲了好好想這問題，於是我又將車子熄火，認眞思考了一下。

「所以我覺得，如果易地而處，我會選擇現在就打電話給我的女朋友，跟她先做個簡單的說明，說我跟一個久別重逢的女孩子去吃冰。」

「眞的嗎？」

「如果你們眞的相愛的話，那麼還有什麼事情重要得過你們的愛情呢？」他笑了。望著他笑得很燦爛的表情，我忽然有一種茅塞頓開之感，不曉得爲什麼，這兩句話讓我起了很多感觸與聯想。

「等等，我又覺得有點不對。」我心念一動，回過神來專注地看著阿振，問他：「如果照你這樣講的話，那你幹嘛一天到晚玩社團、彈吉他，冷落自己的女朋友，還弄到被她拋棄的下場？」

「啊？」這問題讓阿振登時語塞，傻了半天。

所以說理論人人會說，要別人怎麼做的時候，話都可以說得很圓滿，不過當問題發生在自己頭上時，卻又往往不是那麼一回事。

阿振說：「妳知道爲什麼很多婚姻愛情的專家最後都離婚了嗎？」

「我現在知道了。」那時候我回答。

晚上回到宿舍，我打了幾通電話給小默，他都沒有開機。後來打到實驗室，他正在跟不曉得什麼東西搏鬥的樣子，忙得沒有時間說話，旁邊還有他同學一直叫他，於是我只好很抱歉地掛上電話。

躺在床上，想著今天阿振說的那些話。兩個人既然相愛，那麼還有什麼夢想比得上兩個人的幸福更重要的呢？想到這裡，我啞然失笑了，這傢伙說得好，愛情果然是說的比做的簡單容易。

跟小默之間的愛情，現在就是最好的方式，而且我一定有本事做得更好，我如此堅信著。所以隔天一大早，我特地去買了早餐，帶到物理系的系館找小默。餅乾妹，妳放棄吧！不管妳做的餅乾有多麼合乎我家謝小默的口味，我都會打敗妳的！

我們學校有明顯偏重理工學院的現象，想當年我來到這裡時，也詫異於它的校地分配，物理、生物、材料都有自己的大樓，機電還有實習工廠，而中文系的存在則像個謎一樣，很多學長都還不知道自己學校有中文系！而我們管學院的企管系同樣小得可憐，只能擠在大樓的角落裡。

拎著一袋蛋餅，我跟我的笑容，一同踏上了往物理系館的階梯，結果我就在系館門口看見了小默。

「你怎麼在這裡？」我很訝異地問他。小默的時間很固定，早上十點，除非他放假在宿舍睡覺，否則應該就是在實驗室。

「我……」他有點尷尬，而我打量了他一下，發現他手上拿著一包東西，那是個很別緻的紙袋，上面印著原子小金剛的卡通圖案。

「剛剛我學弟找我陪他去報名參加校園KTV比賽，然後我在活動中心那邊遇見上次那個學妹……」

一個平常話不多的人忽然開始呑呑吐吐的時候，通常只有兩種情形，第一種是他心情很不好，第二種則是他很心虛的時候。

「然後她剛好做了些餅乾，又剛好吃不完，很剛好遇到我，所以我就拿回來了。」他期期艾艾地說著，然後馬上又補充了一句：「我正想拿過去給妳吃，順便跟妳說明的……」

如果我們真的相愛的話，那麼還有什麼事情重要得過我們的愛情呢？
你教我這麼做，可是你自己呢？

* 19 *

顧不得電話那頭，班主任一定會有的惱火，我斗膽跟他說了我感冒要請假，用的是我分明不像感冒的聲音。小默也排開了實驗工作，傍晚就跟我一起離開學校。

很久沒有坐他的機車了，這幾年來他騎的還是那輛古董級的野狼一二五，我們一路來到了老爹的咖啡館。

「妳什麼時候買新的安全帽了？」在學校外面他問我。

「這就是等一下我想跟你談的事情。」我說。

「一頂安全帽需要這麼大費周章嗎？」他很疑惑。

能挽回的愛情，就還不算是有問題的愛情，為了讓我的感情能夠繼續維持下去，我決定打消禮拜二消夜時間再談的念頭，非得拉著小默出來不可。

老爹看見小默時愣了一下，畢竟上次小默來，已經是好久好久以前的事，虧老爹還記得他喜歡喝的是漂浮冰咖啡。

「沒想到您還記得我愛喝這個呀！」看著飄在冰咖啡上頭那一坨冰淇淋，小默很開心。

「會到本店來點這種沒格調的冰咖啡的人，想忘記實在很難。」老爹顯然對我這個男朋友非常不滿意。

坐在角落裡，我把最近發生的事都坦白地說了。就從那個意外的星期天，阿振踏進這家店開始，一直說到我回台中，跟他有了接觸，直到這兩天他來高雄的事，全都完整做了說明。

小默皺著眉頭，想來是很難相信或想像吧？我知道自己的行爲很怪，甚至一不小心，就可能跟阿振擦出友情之外的火花，可是我一再跟小默強調，對我而言，阿振是個失散多年的故人，現在的我，只把他當成一個很要好的朋友，就像在成大念書的，我家商的死黨佳琳一樣而已。

然後我也告訴小默，阿振現在人就在高雄，目的是爲了陪他媽媽，因爲他對音樂也有所鑽研，所以可能最近我們練團會找他來看看。

聽我說著，小默一一點頭。

「對不起，這些事情我當時沒說，後來也就變得更不知道從何說起。」我低著頭，在沒有聽到他的回答之前，實在沒有勇氣抬頭看他的眼睛。

小默很安靜，聽我說完後，他左手握拳抵著嘴巴，先輕了一下喉嚨，然後問我：「妳知道他最愛吃的是什麼嗎？」

「啊？」

「我說，妳知道他最愛吃的是什麼嗎？就像妳知道我最愛吃的是蚵仔煎一樣，妳知道他最愛吃的是什麼嗎？」他的聲音很冷靜，看著我，用他藏在眼鏡後面，深邃的雙眼。

我搖頭，這個我當然不會知道。

「那就好了。」他給我一個安心的微笑，「就像那個送我餅乾的女孩，她知道我不喜歡吃葡萄乾，可是卻不知道比起餅乾，我更愛吃蚵仔煎。」

我們會心一笑，今晚我損失了補習班打工的幾百元收入；小默延後了他的實驗進度，耽誤了論文寫作的時間，可是我相信我們都會覺得這是值得的。

「可是你可不可以下次不要點這種沒格調的飲料？」老爹忽然走了過來，他把桌上沒什麼喝的那杯漂浮收走，換上一杯熱摩卡。「至少這個對你來說會好一點。」

這個舉動讓我爆出了很沒氣質的笑聲，老爹就是有這種魅力，能夠把他的喜感分享給別人。帶小默來這裡，也是這個原因，至少在這裡，我比較放得開自己，能夠把話好好說清楚。

小默笑著喝著加了特多巧克力的摩卡，然後伸手拍拍我的臉。

「對不起，我也讓妳擔心了。」

「傻瓜。」我給他一個最燦爛的笑容。

那天晚上我們離開咖啡館之後，小默騎著野狼，就像當年那樣，載著我穿梭在高雄市的街頭，吹夠了風之後，才把車停好，走進五光十色、繽紛亮眼的城市光廊裡。

路上我們一起回憶著從前，全高雄市小默最喜歡的地方就是城市光廊跟文化中心，以前我們還常常到這兩個地方來散步，我甚至還記得，有一次我跟小默在城市光廊聊天，他說高雄人熱情而直接，我反問他說既然如此，他爲何又有與眾不同的悶騷沉默？把這件事情跟小默說，他一直笑著。

「你還記得當時你回答我什麼嗎？」我問問他。

「回答什麼？」

「你說：『我要節省沒意義的語言的使用量，將他們的分子凝聚起來。』」

「我說過這話嗎？」一邊走，他一邊狐疑著。

「當然，你說因爲你要將高濃度的精華全都留給以後的我。」

「這種噁心話我怎麼可能說得出口？」

「看吧，當時我罵你是悶騷的死高雄人，現在我還是一樣要罵你，這個忘恩負義狼心狗肺的死高雄人！」我捏了他一把，大聲地罵他。

結果不罵還好，我這一喊出口，本來四散在角落的許多情侶，不約而同把頭轉過來，大家一起瞪著我看。

「喔！糟糕！」小默大笑，拉著我快步跑出了城市光廊。

也許愛情總是充滿了變數，也許人生就是這麼一回事，雖然我還不知道未來會怎麼樣，然而我想我還是可以坦然、勇敢去面對的。就像那個餅乾妹，雖然我對她還一無所知，也素未謀面，不過我知道比起餅乾，小默更愛吃蚵仔煎，那就夠了。回家的路上，坐在野狼後座，我心裡這麼想著。

「今天蹺頭跑出去，我猜我們教授一定會很頭大。」小默拿出手機看了一下，確定沒有漏掉任何電話或訊息。

讓他送我到宿舍門口，我把剛剛回來的路上所買的蚵仔煎拿給他。本來想過去他宿舍一起吃的，不過小默說他這兩天要趕一些進度，爲了怕我在那邊無聊，所以決定先讓我回來休息。

「你還要趕什麼進度呀？」

「下個禮拜五晚上學校有KTV比賽，對吧？」沒回答我，他反而問了個不相干的問題。

「嗯啊。」

「聽說熱門音樂社有跟他們合辦，要讓學校的樂團上去做開場吧？」

「嗯啊。」我點點頭，順便糾正他，我們學校的熱門音樂社，有個正式的名稱，叫作揚門樂社。

「妳的樂團有要上台嗎？」

點點頭，最近社長在徵求報名參加演出的樂團，這對我來說是個不可多得的機會，我當然報名了。

「那就好，」小默對我眨眨眼，「那天將會成爲我跟妳之間，往後的記憶裡非常重要的一天。」

「爲什麼？」

「祕密，一個只爲妳而存在的祕密，It's because of you!」他笑著，野狼的引擎聲響起，我看著一臉神祕的他，發動了機車，然後消失在幽暗的巷子裡。

「It's because of you!」生命中有兩個男孩對我說過這句話，而後來我才知道，說很容易，做卻很難。

＊20＊

小寶的鼓點一直呈現漂浮狀態，連他自己都不滿意，更別說是我們了。我把吉他放下，大家也都等他調整好狀態，才能再繼續練下去。

我們的樂團有四個人，我是吉他手，有一個主唱，另外還有貝斯手跟鼓手。五拍音樂因爲節奏很特殊，所以對鼓手的要求相對增加，這讓小寶備感壓力，也因此拖延了編曲的進度，我們都很擔心這樣的編曲速度，會影響表演前的準備，在同一段反覆跑了好久，可是就是找不出問題的癥結所在。

看著小寶滿臉愁容，始終在一旁安靜坐著，觀看我們練團的阿振站了起來，走到鼓的旁邊。

「小寶，你知道用手指頭形容樂團的說法嗎？」

「什麼？」

「一個樂團就好比人的一隻手，」阿振站在團練室的中央，背對著我，正看著小寶說話：「最靈活的是吉他手，吉他的旋律可以讓歌曲充滿靈活的生命力，就像我們的食指；中指則好比主唱，最顯眼，最突出，可是重要性跟靈活度卻不如食指，所以你會看到很多樂團沒有主唱，或主唱只是吉他手兼任的。」

我們大家安靜聽著他說，每說到一個段落就點點頭，這些話很有道理，不過卻從來沒有人跟我們說過。

「無名指則是貝斯手，貝斯的聲音很低，大多數只是墊底，他的功能主要在讓鼓的節奏與吉他的旋律相結合，因爲很隱性的關係，所以看起來可有可無，就像無名指一樣。」說著，他看著我們這位目前還是高二學生，卻留著一搓山羊小鬍子的貝斯手，「你的工作很重要，因爲你想像一下，一隻缺了無名指的手，是不是會很不協調，甚至出現傾斜？」

點個頭，貝斯手露出了認眞思考的表情。

「所以先別在你的部分，追求太過於突出的表現，基本的串連先做好再說。」說著阿振又把頭面向小寶，「至於你，鼓手，你是手掌最重要的根基，也是一個樂團的核心，整首歌的拍子跟節奏都以你爲中心，每把樂器、每個音符所落下的點都必須跟你配合，就像大拇指，所有手掌的動作，幾乎都要由大拇指來發起。」

阿振說，他在旁邊聽了這許久，發現我們這首歌其實很簡單，但因爲拍子比一般的歌曲多了一拍，大家都不熟悉，所以編曲上不應該有那麼多的變化，理當先求拍子穩定，然後再做同步節奏，讓音樂更有韻律感。

「就一個旁觀者的角度來聽，我覺得你們一開始就把重心放得太後面了，編曲華不華麗，應該是拍子都OK了之後的事情。」

他說完之後，一個人坐回角落，繼續看著我印給他的樂譜，而我們則是一陣沉默，大家都各有所思。一首原創時長度大約三分半鐘的歌，現在已經擴充到了將近五分鐘，以流行音樂而言的確是長了點。但我們怎麼也沒想到，在努力想讓歌曲更豐富，甚至經常爲此吵得面紅耳赤的時候，阿振卻發現了最根本上的問題，就是大家拍子都不穩，以致於協調失衡。

「那現在怎麼辦？」被說成不是很重要而感到有點失落的主唱率先開口。

「重編吧。」我黯然地說。

那是個氣氛很詭異而略顯低迷的傍晚，本來只是湊興過來看看的阿振，忽然成了我們的指導老師。他剛來時，率直的小寶對他投以飽含敵意的眼光，因爲小默已經是他自認爲無法打敗的情敵了，而眼前這個人顯然也比他佔有優勢，所以他非常沒好臉色。不過在阿振講完那些話之後，小寶一改原來的白眼，反而經常練到一半就停下來，請阿振給他意見。

就這麼忙到了晚上九點多，小寶要回咖啡館幫老爹打烊，我們這才收拾了傢伙，結帳離開樂器行的團練室。

「你玩的不是純木吉他的樂團嗎？居然對搖滾樂團也很有研究的樣子。」走在路上，我問阿振。

「道理都是一樣的呀，就算是純木吉他樂團，一樣有的人只做類似鼓的節奏音，有的只做貝斯的根音，其實道理是一樣的。」他說。

「你剛剛沒說到小指頭，小指頭是怎樣的？代表什麼樂器？」

「小指頭就像鍵盤手，有他的話，五根手指讓一隻手最完整，沒有的話，你頂多沒辦法挖鼻孔而已，不會怎樣。」

爲了這個奇怪的比喻，我笑了好久。阿振說他媽媽現在回家裡休息了，中年婦女在更年期的一些毛病，本來就應該詳加注意，也難怪阿振他繼父要那麼費心緊張了。

「說起來其實你繼父對你媽媽很好，體貼，而且用心。」我嘆口氣。

「那個年代的人，他們的愛情，跟我們這世代的顯然不大一樣。」阿振把地上的石頭踢得老遠，說：「他們認爲平靜跟穩定就是最大的幸福，一碗陽春麵可以因爲是跟對方一起吃而感到滿足，可是現在的情侶好像沒有去吃情人節大餐就表示不夠愛對方。」

「會嗎？」我想到我經常買給小默的蚵仔煎。

「當然不是全部，我說的是某些人。」他嘆口氣，把手插在口袋裡，低著頭慢慢走。

我可以明白他的心情，想來他又想到那個遠在台中、拋棄他的女孩。我想盡量轉移他的注意力，所以快步趕了上前，跟他說了我跟小默的事情。

「妳男朋友沒有誤會吧？」

「沒有，或許應該找個時間讓你跟他見面，我想你們應該很聊得來。」

「不要，與其跟他見面，我寧願約那個小寶去喝咖啡。」

「爲什麼？」

「因爲我討厭活在幸福裡的男人。」他說。

我笑著罵他無聊，又走了幾步，阿振忽然說話：「看著妳彈吉他的樣子，感覺這幾年妳變了很多。」

「變了很多？」我知道這幾年來我改變不少，不過我很想聽聽看，阿振認爲我的改變是怎樣的。

「嗯，」他說：「不再怎麼像當年那個莽撞又蠻橫的小姑娘了，感覺上，強勢了很多，也多了很多自己的主張。」

「人總要長大的呀！」我微笑著。晚風輕來，吹得我很舒服。我跟阿振說，這幾年我始終朝著自己的目標前進，爲的就是實現自己的夢想，跟讓自己活得更精彩一點。

「夢想哪！夢想，」阿振嘆了口氣，「我都快找不到自己的夢想了。」

「怕什麼！」我一把拍上他的肩膀，「以前我跟著你的腳步走，現在我很大方，來，換你跟著我就對了！」

我很豪情萬丈，結果這傢伙居然站在路邊放聲大笑，讓我頓時顏面掃地，他笑了很久，好不容易停了下來，掙扎著對我說：「給我小寶的電話，我看我還是跟他去喝咖啡算了。」

「靠！」這次我不再客氣，反手給了他一拳。

> 我的吉他是最悠揚靈動的翅膀，然而我怕我承載不動所有的夢想。
> 而當音樂聲響起，我希望這一切都只是Because of you。

21

離別前，阿振邀我明年元月回台中去一趟，他們參加了一個音樂活動，木吉他樂團要上台演出。時間大約是期末考之前，我很爽快地答應了。

我的宿舍在鼓山區，離學校並不遠，就在鼓山渡口附近。這一帶的房子大都老舊，我看我住的宿舍應該更堪稱代表。木板隔間不說，樓下連個停車的地方都沒有，每次進出都得挪開擠在騎樓邊的一堆空木箱跟雜物。房東不曉得是做什麼生意的，這些東西經年累月都一直在這裡。

把機車停好，我慢慢走上樓。就著昏暗的樓梯間照明燈，看見了門口地上擺著一盆小金桔，還有一張小卡片。

我無法為妳搬來一株頻果樹，但至少可以送來一盆小金桔，妳可以不必成爲牛頓，因爲我不會愛上牛頓，妳只要當我的女朋友就夠了。

卡片這樣寫著，不用看簽名我就知道，鐵劃銀勾，標準的謝小默字體。

我笑著打開已經換過鎖的房門，把金桔跟卡片，還有鑰匙、香菸都放在書桌上，然後才點亮了燈，燈管閃爍了好一下子才點亮，我抬頭望望，看來應該找個機會換了它。不過可能得找小默來幫忙，因爲我這房間破爛歸破爛，可還是挑高的房間。

細心擦拭著吉他，這把Gibson吉他是用我兩個月的打工薪水買的，早在來高雄的時候，我就下了決心，除非必要，否則在學費與基本的生活花費之外，不再跟家裡拿一毛錢。

先把調音紐鬆開，然後開始抹上弦油，還記得剛買吉他時，我連多買罐弦油的錢都沒有，還是樂器行老闆看我可憐，才送我一瓶。上了第一層弦油之後就開始擦拭，要把金屬弦上的手指汗漬抹去，然後再塗第二層做保養。

接著是琴身部分，我從頭到尾擦了兩次，然後才把吉他放回吉他架上。不放進袋子裡，是因爲我很習慣有事沒事就抓起吉他來玩一下。

看著黃橙色的吉他擺在架上，在那憂鬱的角落中散發出一股英氣，我覺得很開心。以前在台中，我被逼著學過幾年鋼琴，那種痛苦我至今還念念不忘，雖然當時學到的樂理對我後來有很大幫助，但我卻怎樣也忘不了被鋼琴老師罰著彈過一遍又一遍的夢魘。

之所以後來又碰音樂，還是因為當年的阿振。儘管我從沒看過他彈吉他的樣子，但從他的神色看來，我知道音樂之於他，是多麼美好的感觸。或者應該這樣說，因為成績不好，家庭也不美滿的緣故，所以他比其他人更早熟，也更能夠在很多地方找到肯定自己的方式，雖然那些方式往往都是打架、飆車等等不大正常的，不過我想音樂勉強應該還算其中比較合常理的一種。

也因為這樣，後來當我來到高雄，看到學期之初，吉他社在招收新團員時，我就毫不考慮地加入了。而又幾經輾轉，我跳到了揚門樂社，自己組團，甚至寫歌。

「一個人如果可以影響另一個人巨大如斯，那麼老天爺為什麼要讓我們相隔了這麼久才又見面呢？」撫摸著安靜不動的吉他，我問我自己。其實我知道我後來有很多習慣，都模仿自阿振，悶的時候騎車兜風、點根香菸看著它燃燒，或者拿起吉他隨興彈兩段，這些都是阿振當年會做的事情。這種模仿並沒有太多意義，我自己很清楚，我只是眷戀那時候，他所帶給我的，一種自由自在的感覺。

倘若讓我在接受小默之前就遇到阿振，我是不是還會再度愛上他呢？不，直到我接受小默之前，恐怕我都還是愛阿振的。

而今呢？走到書桌前要拿香菸，卻看到那盆小金桔，我想答案很明顯了，就在小金桔裡。

雖然阿振的出現，讓我有種彷彿回到過去的感覺，在這陣子經常忙亂與徬徨的日子裡，不時有他的出現，就像在團練室那樣，適時地為我指點一條迷津裡的光明之途，不過真正能夠讓我得到「愛情」的，我知道那終究還是小默。

那之後又過了幾天，時序逼近期中考，阿振雖然跟我一樣是大四，不過他的課還眞不少，問他爲什麼修這麼多課，他的回答是：「反正國立大學學分費再貴也不會比私立的貴，所以吃飽撐著沒事幹，不如到學校去上上課，或者玩玩社團也好。」

「你就是都忙這些，才會忙到女朋友變心。」送他到左營車站，我說。

結果那傢伙就這樣拎著行李，黯然地去買票了，留下很沒良心的我站在候車室裡大笑。

我答應他明年一月去看他表演，他則承諾兩個禮拜後，我的樂團演出時要到場。前天小寶爲了感謝他的指導，送了一大包咖啡豆研磨成的咖啡粉給阿振，我跟小寶說，要是被老爹知道了，他肯定被剝層皮。

「我每一種都只有拿一點點，應該不會被發現的。」

「你每一種都拿一點點，叫人家怎麼沖泡呀？」

「單品混一混不就變成綜合了嗎？」他還非常天眞。

「幸虧你老頭不打算把咖啡館讓你繼承。」這是我的結論。

「嘿！說眞的，有機會再跟妳男朋友好好解釋一次，我眞的很擔心他誤會我跟妳的關係。」等車時，阿振再三叮嚀，還說我的個性倔強，怕我跟小默之間起衝突。

「放心，不會有事的。」我對他眨眨眼，說：「希望這幾天在高雄，我眞的有盡到一個老朋友的責任，幫助你恢復了一點點心情。」

「友誼永固！」剪了票，他回頭對我微笑。

「友誼永固！」我朝他豎起了大拇指。

阿振拎著行李走了兩步，回頭又朝我喊了一句：「那張罰單記得繳錢呀！」

「幹拎老師，滾吧你！」

男女之間有沒有純友誼？有，如果你把對方當作無性體，那就OK了。

＊22＊

這之後的日子，我又陷入了恐怖的忙碌之中，補習班的分班成立之後，蘇菲亞不但被調了過去，而且一過去就擔任總班導的職務。我們出去吃過幾次飯，她習慣把存摺隨身攜帶，就放在包包裡。於是我就一邊看存摺上的數字逐漸增加，一邊聽她口沫橫飛地說著這之後將如何又如何。

至於櫻桃，我看她大概在考上警察大學之前就會先過勞死了，因爲這個女人已經被一堆講義跟考試給淹沒了。

當然，我也沒有好到哪裡去，補習班因爲人手被抽調出去，而面臨青黃不接的窘境，我的工作量被迫增加，而老爹那邊很哈金城武跟郭品超的小工讀生也離職了，所以我禮拜六跟日的上班時間不但得延長，遇到人多的時候，我還得幫忙煮咖啡。

「妳最近好像都很累哪？」老爹問我，以前晚上我偶而會過來晃晃的，這個禮拜以來則因爲工作跟課業比較忙，來的次數減少了很多。

「我也很無奈哪！」一邊嘆氣，一邊將打好的奶泡注入咖啡杯裡，老爹的拉花非常有名，這陣子我努力學習，現在我也可以在卡布奇諾上，用奶泡做出不錯看的拉花了。

「妳跟那個那個誰現在怎麼樣了？」老爹又問。

「哪個誰？小默還是阿振？」

「當然是阿振哪！誰管什麼什麼默的呀？」老爹一邊低頭工作一邊說話。他對阿振相當滿意，因爲來過店裡兩三次，阿振總是老爹長老爹短地叫個沒完，點的又都是老爹認爲有品味的咖啡，不像小默總是稱呼他「老闆」，點的還是漂浮。

「不過就是這樣子呀，好朋友嘛！我有男朋友他是知道的，而且我想他現在應該還沉浸在失戀的苦痛中吧。」

「那等他痛完之後呢？」

「痛完之後？」

「痛完之後他應該還會來高雄找妳吧？畢竟你們是老情人，妳跟那個什麼什麼默的又沒結婚。」老爹完全不管坐在吧檯邊，聽得瞠目結舌的小寶，「我覺得他條件不錯呀，而且夠戲劇性，再續前緣哪！」

「很難吧！」我搖頭，「目前我眞的沒打算移情別戀。而且不需要等他痛完，下個禮拜五他就又會來高雄了。」我跟老爹說了禮拜五下午要表演的事，然後告訴他，那天阿振也會從台中下來，看我們演出。

「禮拜五？下午？」老爹的手本來正要伸過去拿杯子的，結果他現在改拿起放在角落的電蚊拍了。因爲禮拜五下午，是小寶應該在學校上課的時間。

就看著一個平常風度優雅的翹鬍子老闆，手持電蚊拍追著一個高中生，一路追打出咖啡館。我笑著跟目瞪口呆的客人們說：「遇到這種問題，請打一一三，家庭暴力申訴專線。」

爲了上台演出，我們想了很久，才定出樂團的名字。小寶本來想取名叫作「鬍子」，不過老爹揚言跟他斷絕父子關係。所以我提了一個意見，還記得高二那一年我蹺家時，阿振帶我去一家咖啡館，那天阿振不斷安慰我，還跟我說這世界本來就很圈圈叉叉，爲了紀念那一段瘋狂而又教人感傷的歲月，身爲團長的我，決定把這個程度很圈圈叉叉的樂團，就取名叫作「圈圈叉叉」。

靠著阿振的提醒，我們在編曲時特別注意了節拍的掌握，這陣子他經常打電話給我，問我音樂上的進度，我則在錄音之後，把檔案用網路傳給他，讓他人在台中也能聽到我們的練習。

「還不錯，不過練習如果有八十分的話，上台通常只剩下六十分。」他說。

這我明白，因爲大家都會怯場。爲了避免我們的處女秀發生這種事情，所以我們的團員，幾乎把所有自己的親朋好友全都拉來聽練習，連小默也只得窩在團練室吃我偷偷夾帶進來的蚵仔煎。

看完我們練習，小默騎著野狼，陪我一路回到宿舍，問他要不要上來，他搖搖頭，「實驗室進度還沒完成，我其實是偷跑出來的。」

「今晚不回家？」我很訝異，因爲以前他就算再忙，晚上也都還是會回宿舍。

「嗯，儀器開著，教授這幾天要看結果。」他指著自己的黑眼圈，「看，爲了拿到今年的諾貝爾獎，我付出了多少代價！」

「幫忙做實驗而已，應該拿不到諾貝爾物理獎吧？」

「我的目標是醫學獎，我幫忙做的是物理實驗，可是我自己正在研究的是人體疲勞極限。」他很可憐地說。

在他回去之前，我又問了一次，到底這次的校園KTV大賽，他想給我什麼驚喜，可是他卻始終守口如瓶。爲了公平起見，參加人員跟表演歌曲目前還在保密階段，所以我想查也無從查起。

「還有兩天答案就揭曉了。」他用疲勞的聲音說著。

耍神祕嗎？我不懂。比賽的那天中午，就看著逸仙館外開始搭起棚架，迎著海風，工作人員架起了燈光，擺上音箱。我背著吉他去社團，發現學弟們正在把表演用的器材都搬出社窩，我沒有過去幫忙，因爲今天我的心情很不安，始終焦慮著。

小寶跟其他樂手們有的是請假，有的是蹺課，大家都來到我的學校，在集合前我帶著他們稍微逛了一下。走在我前面的小寶他們興高采烈，只有我心裡萬分焦急。時間已經是下午四點半，我打了一整天電話，都找不到說要來看我表演的那個人。

「對了，振哥不是說要來嗎？」小寶忽然回頭問我。

攤個手，我說我也不知道，因爲手機不管怎麼打，始終是語音信箱。他人在哪裡呢？台中那邊發生了些什麼事，讓他來不了了嗎？可是前兩天晚上他聽完練習的音樂檔案，還很開心地跟我說他一定會到的呀！我怕的不是他爽約，而是擔心他是否遭遇到了什麼事情，否則不應該連電話都打不通。

「都沒接電話嗎？」換貝斯手問我。

搖頭，我沒回答，卻又撥了一次電話，依然是語音信箱。

午後的人潮開始聚集，我們逛完了校園，大家一起到集合場來。今天負責開場的一共有三個樂團，我們是壓軸，然後才是正式的歌唱比賽。

我在舞台邊遇到小默，他穿著一身黑，很瀟灑地坐在角落裡，看著逐漸變多的人群，旁邊還有幾個他的學弟。

「緊張嗎？」他笑著問我。

「還好。」我擠出一個微笑，爲了不想讓他知道我在爲阿振偷偷擔心著，所以轉了個話題，問他今天怎麼穿得這麼帥。「又沒有要上台，幹嘛穿成這樣？想把年輕的小學妹呀？」

「想把學妹需要奇裝異服嗎？當年我只靠著藍白色的夾腳拖鞋跟野狼一二五就成功了耶！」

「呸呸！」啐了他一口，我問他是不是看完我的表演之後就要趕回去做實驗。

「妳還聽不出來嗎？我今天來的目的。」

「能有什麼目的？想也知道你要給我的驚喜不過就是上台獻花囉？」雖然我不是很肯定，但從那盆小金桔，我就可以推想得到他今天的目的爲何，所以我左右看看，張望了一下，但奇怪的是，我沒有發現花的影子。

「難道？」我張大了嘴巴。

「妳知道愛情爲什麼永遠都無法列入理工科的研究範圍嗎？」他笑著說：「因爲愛情是最不可理喻的。」

我覺得很誇張，那答案我猜得到，可是依然無法置信，不過我自己不敢相信，老天爺卻偏要明白地把它公諸於世。我聽見了今晚的主持人，終於開始公布大家期待已久，也揣測多時的歌唱比賽名單：「今天第一位上場的，是本屆比賽當中，年級最高的，他是物理系研究所的謝廣言同學！」

說。

「牛頓把他的一生都奉獻給了力學，而我比較渺小，所以我把我的歌聲送給妳。」他說。

愛情很不可理喻。好的時候是如此，糟糕的時候也是如此。

23

天色很快就暗了下來，我一時間有點無法進入狀況，當燈光亮起，開場的音效響起，主持人開始介紹今晚的節目時，我還在恍神。

阿振意外的失蹤、平常話都不多了，更別奢望要他唱歌的小默今晚竟然要上台？這到底是怎麼回事？把吉他從袋子裡拿出來，繫上背帶，我的目光在人群中搜尋著，小默已經不在剛剛的地方了，上台比賽的名單宣布之後，他們便被安排到舞台後方做準備。我用調音器一邊調音，一邊側耳傾聽四面八方傳來的鼎沸人聲，想知道阿振會不會及時趕到。

「振哥還是沒來耶？」小寶問我。

「嗯。」嘴裡回答他，我的視線還在人潮裡飄移。

心裡的感覺很複雜，我不知道我現在應該爲了首度登台而緊張，還是應該爲了小默即將爲我唱首歌而驚喜，可是不由自主地，我此刻最在意的，的確是阿振沒錯，我實在很擔心他出什麼意外。

不是說好了要來嗎？人不能來的話不是應該給通電話嗎？看過歌詞的他難道不曉得，這段歌詞是在紀念著我們的過去嗎？已經知道樂團團名的他，難道不知道我取這名字，是爲了追緬那段已經消逝的青澀歲月嗎？懷著一顆感恩的心，我多麼希望那幾年影響我最深的那個人能來，聽聽由他所啓蒙的我的音樂表演，讓我對這位恩人有一個眞正的回報機會，而人呢？我窮盡目力地望著，而人呢？

第一團上台了，那是由社長所領軍的樂團，我渾然沒去在意大家的反應與樂團的演出，只是在腦海裡不斷胡思亂想著，忽而我想像阿振人在火車上焦急著，他手機也許沒電了，所以也正在煩惱著；或者他可能因爲前女友願意跟他復合，所以正帶著那個女孩去了哪裡，而忘了跟我有約；甚至會不會是他的母親人又怎麼了，所以阿振正在醫院陪她，而醫院裡禁止使用手機……

我的思緒天馬行空，好像什麼都有可能，可是其實每一種可能都有解決辦法，他怎麼樣就是不應該一點消息都不給我。

然後第一個樂團的演出結束了，第二個樂團開始上台。

「加油喔，學姊。」社長小我一屆，表演完之後的他輕拍我肩膀，給我鼓勵，而我卻只有微一點頭而已。小寶他們應該也看出我的焦慮了，所以大家都在幫我張望著，試圖從人群中找出阿振的身影。

觀眾的呼喊與掌聲逐漸平息之後，主持人清清喉嚨，開始介紹第二個樂團，他們跟社長團走的是類似路線，演唱的歌曲，是老鷹合唱團的「Hotel California」。

這首歌很重吉他表現，爲了配合輕柔又迷離的旋律，會場燈光變得有點昏暗，時藍時紅的光線不斷交錯著。台下的觀眾大多是來幫自己熟悉的參賽者加油的，所以當沒有比賽目的的開場樂團演出時，他們更不吝於給予掌聲與歡呼。中山的社團風氣始終不盛，一年也沒有幾次像今天這樣，能在校園內同時聚集這麼多學生的活動。

吉他手在主唱唱完最後一句後開始漫長的獨奏，觀眾爆出了一陣尖叫聲，好像在台上的就是老鷹合唱團似的。

「他會不會不來了？」主唱走到我的旁邊，小聲問我。

「會來，一定會。」我咬著牙說。這傢伙答應的可不只是我一個人，整個樂團的人都跟他有約，沒道理他放我們鴿子。

終於掌聲與吉他聲止歇，主持人用麥克風大聲地向大家介紹了今天唯一一個創作型的樂團，我聽見他說：「讓我們歡迎這群由本校學生，與一群高中小朋友一起組成的『圈圈叉叉』，聆聽他們爲大家帶來的這一首『天光』！」

然後又是掌聲，燈光又是一陣迷亂眩目，主唱跟貝斯手走在最前面，接著是鼓手，我在踏上階梯前，回頭往人群又看了一眼，但可惜的是沒有，依舊沒有。

於是我上了台，拿起早已擺在台上的我的吉他。台下的觀眾對女吉他手的詫異完全表現在吵雜聲中，吉他剛背上身，台下人就尖叫了。我被這陣吵雜聲稍稍喚回了神，用微笑向台下人致意，但同時也感覺到了後口袋的一陣震動。

「喂！」那是一個重要的衝動，不顧台下眾人的納悶，我在台上直接接起了電話。

「我快趕到了，媽的我的手機掉進車站廁所的馬桶裡，剛剛我跑去刷了一支新手機，充電十分鐘之後馬上趕過來，我說你們高雄賣手機的都是黑店是不是呀，貴死了……」

他劈里啪啦就是一大串，我大聲問他現在人在哪裡，可是他卻聽不清楚我的聲音。

「我現在在校門口了，你們學校大得要死，我馬上就到！」

「快一點，我們的表演馬上就要開始了！」

「聽不到，大聲點！」

舞台上每個人都睜大了眼盯著我瞧，台下群眾也是一片傻眼，連主持人也不可置信地看著我，我覺得實在很丟臉，可是無論我用多麼大聲的音量，都沒辦法讓他清楚聽見我的聲音。

「我說我們表演已經開始了，你跑快一點啦！」我又對著手機喊了一次。

「我聽不到妳的聲音，可是我已經可以看見會場了，那邊燈很亮對不對？喂！喂！妳聽得見我說話嗎？」

阿振的聲音很急促，我可以想見他快跑的奔忙，但是我覺得這實在是很烏龍，手機掉到車站廁所的馬桶？這是什麼屁原因哪！枉費我那麼體貼地幫他想了那麼多理由，結果他卻出乎我意料之外的，給我一個這麼沒水準的答案！

團員們知道我在跟阿振講電話，大家都露出終於鬆了口氣的笑容，主唱手上抓著麥克風，走到我的旁邊來，他的臉上也滿是笑意。而我靈機一動，既然那傢伙已經進了校門，看得到舞台這邊的燈光了，那麼……

「周振聲你給我聽著！」我一把搶過了主唱手上的麥克風，脖子上掛著吉他，對著舞台最前方，那遙遠的一片漆黑，用盡我的全力，對著麥克風，釋放出最大聲的音量：「幹拎老師的你最好讓全世界都等你一個人來啦！給我快步跑！否則休想老娘會放過你！」

我的音樂是因為你而開始，只為你而開始。

也許太匆忙，等不及天光，就把那過往，都收進行囊。就說遺忘，就不再勉強，等忘了憂傷，重新再回頭望。

24

主唱唱出了前兩段的主歌，我輕閉眼睛，按照阿振之前的建議，只使用簡單的分散和弦，一邊彈奏，一邊回想起當年的種種。腦海裡首先浮現的是我們初次見面的那一天。阿振被房東擺了一道，原本答應要租給他的房間，竟然改租給先付了全額租金的房客，結果害得他流落街頭。我記得那天早晨，他一臉無奈的樣子。

爲了要籌辦一次聯誼，我被他同學介紹給他認識，所以我這個公關組的跟班，跟他這個閒人於焉有了第一次的接觸。

那就這樣，誰都不說話，我們在雨漫飄下時看雲散場。那就這樣，放開手走吧，讓白雪輕落下往事就別再講。

這裡開始加重節奏，作爲氣氛轉濃的效果，我的目光停留在舞台最前方，阿振的身上。他靠在舞台邊的角落裡，一邊喘氣，一邊看過來。不過我盯著他的臉瞧，他卻只看著我彈吉他的手。

當我第一次聯考失利，決定重考的時候，爲了讓自己有背水一戰的決心，我把手機裡的電話全部刪除，手機也交給了我爸媽保管，當我確定我考上中山時，才又重新開啓它。但下決心時的我，忘了要把一些號碼做備分，老同學的電話可以從畢業紀念冊裡找回來，老朋友的卻從此亡佚，我不只一次責怪自己的糊塗，從此開始了只能思念的日子。

等到天又亮，等到人又想，會發現留你在我心上，等到天又亮，等到人又想，那一段從前有我陪你欣賞。

鼓聲舒緩有致地敲打著，每一下都顫動著我的心弦，轉眼間忽爾已經好多年過去了呀？重新再見面的我們，又各自經歷過了好多事情。許多當年來不及說的話，或者後來還想說的話，在時間緩慢地流過之後，我竟已經無法好好說出口。

一樣的速度，五拍的曲子聽起來會比四拍的更慢，我們把現場的氣氛都凝聚了起來，原本群情激動的場面此刻安靜無聲，主唱緩緩唱著，而我則自己低聲和著。

阿振的手交負胸前，嘴角露出了笑意，他終於把目光從我的手轉移到了我的臉上。我很想問他：你是否終於明白了這許多年來，我的許多感觸呢？是否，你也跟我有一樣的無奈呢？當我們好不容易找到了彼此，卻怎麼也沒想到我們早已不再是當年的我們了。

主唱唱完第一段之後，開始了我的吉他獨奏，這時我選擇不再看阿振，我怕我會分心，會因爲過去的往事不斷潮湧而來而分心。於是我仰望被燈光染紅的夜空，專心地彈我的吉他。

我小心地控制自己的拍子，也留意在沒用效果器的狀態下，是否準確地掌控到了每個音的乾淨與清晰。這時要是出現雜音的話，那肯定就遜掉了，在場的觀眾當中雖然不是每個人都懂音樂，可是一個彈木吉他的阿振就站在舞台音箱旁邊，我不希望在他面前失手。

歌曲在重編之後只剩下四分鐘，然而站在台上，我卻感覺自己好像彈了四個小時似的。好不容易結束了第二次獨奏的尾音，我把歌曲結束的最後一個和弦刷得很用力，嘹亮的琴聲從音箱裡放送出來，環繞了整個廣場，就這樣遠遠送出了西子灣的夜晚大海。

「舞台這玩意兒最奇怪的地方，就在於上台前妳會不敢上去，而結束後又讓妳捨不得下來。」我記得之前阿振跟我說過。

當表演結束，我卸下吉他背帶時，忽然領悟了這句話的道理。台下的觀眾們熱情地鼓掌，雖然我不曉得他們是在為我開場前，那段麥克風大放送而鼓掌，還是在為我們其實不怎麼精采的演出而鼓掌，不過不管怎麼說，我們四個人還是走到台前，對大家禮貌地鞠躬，然後下台。

而我一下台，人群忽然就湧了過來，先是社長跑來用力拍我肩膀，大聲稱讚我是搖滾樂的精神天后，然後是社團裡的小學妹拿著麥克筆，要我在她的吉他上面簽名。

「就是這種精神，這就是搖滾樂真正的精神哪！」社長看著我幫學妹簽名，還在一旁大聲叫好：「那句『幹拎老師』堪稱本社創社以來最經典的一句話哪！」

天曉得我多麼希望他是來稱讚我吉他彈得好，而不是讚揚我對著全校罵髒話的氣魄。擠開了鬧哄哄的人群，我鑽到阿振所在的角落，他旁邊就是燈光架，這裡比較少人聚集。

「妳果然變了。」阿振說：「以前的妳我想不管怎麼樣，應該都不會這樣對著全世界罵髒話的。」

「那要看對象。」我說。

他露出了笑容，稱讚我的拍子夠穩，不過也當場指正了我演奏中的一點小錯誤。

「你喜歡歌詞嗎？」可是我比較在意的是他對歌詞的看法。「這首歌的和弦只怕你早聽熟了，可是我一直沒聽你說到關於歌詞的部分。」

然而阿振沒有回答我，他只是微笑而已。這種時候的微笑很討人厭，這個人就是這樣陰不陰、陽不陽的，有時候白目愚蠢得無以復加，可是有時候卻又這樣故作神祕、吊人胃口。加上我今天為他白擔心了好半天，這當下我有很想掐死他的衝動，就在我撩起袖子，準備對他飽以老拳時，阿振忽然指著我的後面說：「歌詞寫什麼並不是現在最重要的，最重要的在妳後面。」

我納悶地回頭，看見小默正走向我。他的臉上充滿了緊張與不安，跟他硬擠出來的笑容形成尷尬的組合。

「我正找不到妳，你們社長說妳過來這邊了。」小默說。

我點個頭，正想跟他介紹一下阿振，一轉身，卻看見阿振已經跟小寶他們搭肩擠出了人群。

「剛剛妳的表演很棒喔！」小默頓了一下，「我說的是開場。」

他問我阿振是哪一位，我踮起腳尖，指著人群遠處，一群抽菸的傢伙，「那個一臉呆樣，頭髮很亂，正在用大便蹲的姿勢跟小寶一起抽菸的就是周振聲。」

「喔。」

「很驚訝吧？這個人簡直是文藝與台客的綜合體。」我搖頭說。「你呢？應該要準備上台了吧？」

小默點點頭，他說：「等一下妳會站在這裡聽嗎？」

「當然。」我給了他一個最甜的笑。

看著他在主持人的介紹聲中上台，我由衷升起一股幸福之感。阿振忽然又鑽回我的身邊，問我這個人是不是就是小默。

「嗯。」我問他幹嘛沒有禮貌地逃走，他則還是那個答案，說什麼他討厭幸福的男人。

那邊台上，主持人將麥克風交給了小默，全場開始屏氣凝神。我也很好奇，因爲直到現在，我都還不知道小默到底要唱什麼歌，剛剛主持人問他，他居然說這是祕密，要給大家一個驚喜。

「眞是令人又嫉妒又羨慕哪！」阿振又說話了。

「又嫉妒又羨慕？」我們沒看對方，視線都集中在舞台上的小默身上。

「這世間一切美好的事物與愛情，不都應該教人感到嫉妒與羨慕的嗎？」

「什麼東西呀？」我很不解他的意思。

不過我來不及問他了，因爲現場突然燈光一暗，除了投注在小默身上的聚光燈之外，其他的照明都同時被熄滅。

要開始了，小默這輩子第一次拿麥克風，他要爲我獻唱的那首歌終於要開始了。我覺得很興奮，甚至比自己上台還要緊張，手心似乎也微微出汗。

「這首歌我練了很久，始終練不好。」小默忽然拿起麥克風說話：「可是那無所謂，只要我心目中的那女孩聽懂了，也就夠了。」

燈光下看得見的最後一個表情是微笑，儘管那微笑的背後分明就是緊張得腳在發抖。小默的身影在聚光燈黯淡之後完全被黑暗所呑噬，而我正疑惑時，忽然音箱裡傳出震耳欲聾的電吉他破音音效，非常有震撼力地震撼了每個人，瞬間燈光再度全部亮起，我聽見了讓我目瞪口呆的歌曲。

那個神祕的謝小默，在今天這個校園KTV情歌大賽裡，他要爲我獻唱的歌，居然是周杰倫的「雙截棍」。

幸福的男人其實並不教人討厭，重要的是他的幸福來自於哪裡。

＊ 25 ＊

這種瘋狂的演出，我是第一次在校園裡看到，原本溫文儒雅又緊張兮兮的小默，在那猛悍的破音特效響起時，彷彿脫胎換骨了一般，拿起麥克風就是一長串呱啦呱啦我聽不懂的歌詞，他唱到副歌的「呵呵哈兮」時，居然還會蹲下馬步做出揮拳的動作，有時候還會順便來個側踢跟大跳躍，而他每做出一個武打動作，全場就是一片尖叫與驚呼聲，幾乎要蓋過了音箱裡傳出來的音樂聲！

「那眞的是妳男朋友？」阿振也傻眼了。

「根據主持人的介紹，還有我對長相的記憶，我認爲應該是……」我覺得我連舌頭都打結了，「可是他以前不會這樣的呀。」

「愛情的力量，嗯，愛情的力量。」

愛情如果可以讓一個平時很沉默，肢體語言也不誇張的人跑去報名校園情歌比賽，然後上台高唱周杰倫的「雙截棍」的話，那麼愛情應該也可以幫我們反攻大陸才對。

全場大概已經沒人記得今晚要表演的是情歌了吧？我轉頭看看評審台，那邊的幾個評審，每個人都笑得合不攏嘴，還有人鼓掌叫好。連他們都這樣了，更何況接近沸騰的觀眾情緒呢？

我有點受不了現場的噪音，挨著人群中的縫隙，慢慢鑽到了上下舞台的小樓梯邊，等會兒我要問問小默，爲什麼這輩子難得送首歌給我，第一次送就是「雙截棍」，而且還是在這種場合。

舞台上的小默大概是太久沒有運動了，我看他踢腿跟出拳的速度愈來愈慢，歌詞也得唱得聲嘶力竭，才能跟得上拍子，不過台下的觀眾依舊大聲喝采，而除此之外，他的音準則都還沒有問題，一首充滿動作與肢體語言的快歌，在他極盡猴戲之能事中圓滿結束，我聽見台下爆出最激烈的鼓掌與歡呼聲，爲今晚的節目帶來第一個最精采的大高潮，那近乎暴動的聲響持續了好久都還沒停。

「這個男的很値得妳嫁給他。」阿振說。他和小寶他們也跟了過來，全都跟我窩在一起。

「怎麼說？」我問。

「至少以後妳不用擔心鬧鐘叫不醒妳，光聽他唱『雙截棍』就夠了。」

然後我橫了他一眼。

主持人在音樂結束後又走到舞台中央，遞張紙巾給滿頭大汗的小默，先等他喘完了氣，也等觀眾們好不容易陸續安靜了下來，這才問他怎麼會挑這樣一首歌來當表演曲目。

「我其實不是來參加比賽的。」他的聲音有點啞，看來剛剛嘶吼得眞的有點過頭。

「我只是單純地想唱一首歌，給一個人。」無視於主持人的驚訝，小默拿起麥克風，說：「今天是我這輩子第一次拿麥克風說話，也是我第一次在很多人面前唱歌，」他喘了口氣，繼續說：「而這一切，都只是爲了一個人。」說完，他的目光看向了我們這邊。

現場觀眾又是一陣鼓譟，大家都想知道他打算將這場處女秀獻給誰。主持人也問小默，願不願意請這位幸運的女孩上台，讓大家一起分享這份喜悅。

然後小默的眼睛看著我，而我搖了搖頭。

「幹嘛不要？」阿振偷偷問我。

「我可不希望明天全校都知道中山有一對頭腦有問題的學生情侶。」我說的是事實。女的在舞台上拿著麥克風對著觀眾大呼小叫，男的在情歌比賽裡狂唱周杰倫的「雙截棍」，這種事情要是傳了出去，以後我們還要不要做人呀？我可不希望最後一年的大學生活，走在校園裡被人家指指點點、議論紛紛。

小默跟主持人說，因爲我們都是生性害羞又低調的人，所以就不請他的神祕女友上台了。主持人大呼可惜，觀眾們也又是一陣鼓譟。

「去吧，妳可以不上台，不過妳應該過去給他一個擁抱。」阿振說：「雖然，我依然很討厭幸福的男人。」

我回頭看他一眼，阿振露出了微笑，像是鼓勵，也像是祝福。

我們離舞台大約幾步的距離而已，所有的人都被一排海報架擋著，這是爲了避免觀眾過於激動，靠得離樓梯太近，會妨礙上下舞台的人員行進。海報架中間有的小出入口，這時也已經擠滿了人，看守通道的同學看來有點止遏不住。我們靠了過去，跟那同學說我是小默的女朋友，這些都是他的親朋好友，那同學才肯把海報架挪開一點，結果我一過去，後頭一大堆人馬上跟著擠了過來，那當中我看見小默的同學，還有他的助教等等都摻雜其中。

小默下台時手上還拿著紙巾猛擦汗，我們四目交投，互相遞出微笑。這個大男孩果然永遠都有讓我意想不到的驚喜，而且用行動證明了他的那句話：「那天將會成爲我跟妳之間，往後的記憶裡非常重要的一天。」當時他說這是一個只爲我而存在的祕密，現在我終於明白了他的心意。

看著他緩步走下階梯，我站立在原地不動，阿振拉著小寶他們都往後退了一步，這是一個繽紛而美妙的夜晚，我正期待他走過來給我一個擁抱與親吻。

而就在此時，忽然我們旁邊的人群又推擠了過來，有個女孩從小默那群同學之中側身而出，她的手上拿著一束鮮花，穿得像遊走在新崛江的新藝術派小台妹。我看見小默臉上一陣錯愕，那女孩大步走到小默面前，把花送給了他，然後她一把抱住我男朋友，在他臉頰上留下一個我這輩子都不會遺忘的口紅唇印。

「耶！獻吻獻吻了！小庭好棒！」我聽見有人這樣喊。

這天果然成為我們這群人之間，往後的記憶裡非常重要的一天。

26

「每個人對愛情，應該都有自己的堅持，絕對不容侵犯，對吧？」

「當然。」

「每個人都不希望有人入侵到自己專屬的愛情領域裡，危害了自己在愛情裡的權利或權益，對吧？」

「當然。」

兩天後，我在台中跟阿振見了面，我問他。

那晚在學校裡，愣住的人不只我一個，阿振跟小寶他們也都看傻了眼，我本來已經準備張開的雙臂，因爲那女孩一把往小默身上撲了過去，還在他臉上一吻，從此便失去了力量而癱軟垂下，在眾人的錯愕中，我轉頭就走。

那個女孩，不用問也知道肯定就是經常做餅乾給小默的餅乾妹。

回到宿舍之後，我關了手機，把自己鎖在房裡，燈也不開，打開小冰箱，就著窗外照進來的路燈，狠狠灌了一整罐的啤酒，只是，冰冷的啤酒冷卻不了我激動的情緒，反而讓我更加煩躁。

是我誤會了嗎？因爲小默被一把抱住時，我確定我看見他臉上也充滿了訝異。可是他爲什麼不推開她呢？爲什麼臉頰被吻了一下，卻還沒有馬上翻臉呢？如果換作是我，我一定會當場甩那個人一巴掌，這不爲什麼，只因爲我認爲我的臉不該被我的情人或親人以外的人吻上來。

可是小默沒有。在大家的鼓譟中，他笑著壓抑了他的驚訝，接受了那束花跟那個吻。這下可好，所有來看比賽的人，都覺得餅乾妹才是小默的女朋友了。那我呢？一把捏扁了啤酒罐子，是呀，我生氣地問我自己，那我呢？

那天晚上小默有到我宿舍來找我，不過他來的時候，我已經收拾好東西出門去了。就因爲知道他一定會來，所以我草草收拾了幾件衣服，打了電話給蘇菲亞，然後跑到她那邊去過夜。唯有暫時離開這環境，我才能夠讓自己的心情平復下來。而蘇菲亞沒有問我發生什麼事情，不過我想光看我的臭臉，她一定也能猜測得到。

那晚她把櫻桃從講義堆裡挖了出來，我們窩在蘇菲亞的套房裡聊天聊到天亮，然而說是聊天，其實講話的只有她們倆，我幾乎完全不開口。整晚不時地看著關機狀態的手機，我很懷疑自己的企圖，究竟是想要任由它繼續關機，讓自己整晚都安靜呢？還是其實我是想打開手機，聽聽小默可能要給我的什麼解釋呢？

兩個女人爲了轉移我的注意力，正在各敘平生之志，從自己的生活聊到之後的打算，無奈的是，我怎樣也生不出陪她們一起抬槓的興趣。蘇菲亞住的地方很豪華，至少跟我那兒比起來的確可以用「豪華」來形容，但我也沒有欣賞的閒情。又看了幾次手機，我決定向自己投降。只是當我開機之後，我沒打給小默，而是撥給了阿振。

也因爲那通電話，所以我做了很瘋狂的舉動，隔天一早，我請蘇菲亞幫我到安親班請假，咖啡館那邊我則傳簡訊給小寶，由他幫我跟老爹說，這週末要回家，無法過去打工。

「妳下禮拜一才有班，現在請什麼假呀？」蘇菲亞很疑惑。

「搞不好會多住幾天吧。」我說。這當下的心情很複雜，我根本不知道自己會回台中悶多久，補習班那邊反正主任對我愈來愈白眼，萬一他不准假，我跟蘇菲亞說：「那就請他另請高明好了。」

之後我回到宿舍，看見門口貼著一張小默寫的紙條，那內容我沒多瞧，撕下來就直接丟進了垃圾桶。既然他來過一次，那我相信他還會再來。此時的我沒有面對他的打算，所以我抓起了外套，隨後又出了門。

「所以不分男女，都會想在對方那邊做點什麼，好宣示自己的主權，對吧？」在台中，我跟阿振說，我認為那個小庭在我男朋友臉上那一吻，就有這種意味。

「妳這樣說也是無可厚非的啦。」他好像怎樣回答都很為難似的。

「好，我決定了。」我拍了一下桌子。

「怎樣？」

「我決定等我回高雄之後，要去小默那裡，在他身上跟他的房間裡到處吐口水，學小狗尿尿一樣，讓他裡裡外外都充滿我的味道，從此再也沒有人敢來跟我搶！」

阿振聽完之後先是呆了一下，然後爆出了非常激烈的狂笑。

「欸，很好笑嗎？」我覺得很沒面子。

「哇哈哈哈哈……」他用更大的笑聲來回答我。

台中的天氣微陰，這城市一旦到了秋末冬初，好像就經常這樣陰霾不斷，所以我印象中的台中冬天都是沒有陽光的，就像今天。

再度回到自己熟悉的家鄉，我覺得很安心，而令我安心的，除了熟悉的天氣之外，還有熟悉的人。或許正如之前佳琳說的，也許我的思鄉只是來自於我對過去記憶的眷戀，而現在我記憶裡所眷戀的主角就在我身邊，所以我不再忐忑不安。

跟他約在市區見面，我還沒回家呢，他就騎著機車來接我。肚子很餓的我拉著他一起來吃麥當勞，順便問他這幾天有沒有空，或許可以出去走一走。

「週末沒問題，下個禮拜也都可以。」他說那天晚上打了一整晚電話給我，可是我始終沒開機。而後來我在蘇菲亞那邊撥給他時，他人已經上了客運，又在回台中的路上了。

「下禮拜你不用上課嗎？」我記得他說過他還有很多課沒修完。

「妳都快失戀了，陪陪妳也是應該的。」說完，他大笑著一把拍我肩膀，「誰叫我們是好朋友嘛！」

「好你媽！」我拿薯條丟他。

那天下午的麥當勞，一直充斥著我們的笑聲，阿振不再跟我提起感情的事情，盡挖些陳年舊事來說，有些是我當年跟他還有往來時發生的，比如他抽菸被逮，教官沒有處罰，卻叫他滾出教官室的笑話；有些是我們升上高三，斷絕了連絡之後遭遇到的，有一個早晨他從睡夢中驚醒，以為自己遲到了，抓著書包，套上制服就衝下樓，一路跑到學校，卻發現校門口半個人也沒有，一看時間才知道自己早了兩個小時到學校。

「你怎麼察覺有異的？」我很納悶地問他。

「很簡單呀，校門口沒有教官跟糾察隊，車棚裡也沒有車，路上連半個學生都沒有。」他說：「而且我一抬頭，天都還沒亮。」

我很喜歡他的笑聲，同樣都是喜感十足的人，不過阿振跟小默還是有很多不同的地方，小默經常在言語間表現出幽默感，而阿振則身體力行，以創造笑話為榮。

「我覺得你變得很喜歡笑，而且也喜歡讓別人一起笑。」我以手支頤，側頭看著他的笑容。

「笑是一天，苦也是一天，為什麼不讓自己開心點呢？」拿起可樂喝了一口，阿振看看二樓窗外的台中公園，「經歷過很多事情之後，我這樣認為。」

點點頭，我知道他所謂的「經歷過很多事情」，指的是些什麼，那是他單親家庭的背景，還有當年蜻蜓拋下一切，包括他在內，獨自去追尋自己的理想，所帶給他的震撼，以及這陣子以來，他感情的不順遂，種種事件給他感覺。

所以他總是搞笑，讓自己跟別人都活在喜悅裡，只有那麼極少數的時候，才會顯露出認眞的一面來。

那天晚上我沒有回家，因為事先我沒跟家人說要回來，再加上我知道自己臉色很不好看，與其回去讓他們擔心，不如自己在外面找地方過夜，過一天算一天。

「那就去我老家吧！」阿振說。

「老家？」

「老家。」他點點頭。

阿振現在住在學校附近的小套房，他老家則在大里市的郊區。那裡現在只剩下他的外公外婆，不過兩位老人家都出國去了，阿振說他們現在應該在大陸，對著一堆不認識的後生晚輩發紅包。

大里的夜晚沒有台中或高雄的繽紛，有的只是單純的黑而已。我搬了一張小凳子坐在早已不再曬穀的曬穀場上，阿振則直接坐在地上。

「這幾天他都沒有打電話或傳訊嗎？」

我默然。電話因為經常關機，所以我不曉得，但是訊息怎麼可能沒有呢？他寫了好幾封道歉的訊息，說他已經跟那個學妹告誡過了，請她不要再這樣子。

「然後呢？」他又問。

然後要怎麼辦，老實說我自己也不知道。阿振問我難道都沒有接到小默的電話嗎？

「只有一通，不過我沒接聽，直接把他按掉了，拒絕通話。」我說：「我只是覺得一想到就很生氣，所以毫不猶豫我就按掉了。」

他嘆了一口氣，說：「兩個吵架的人，若妳以為，誰先掛電話誰就算贏家的話，那妳就錯了。其實接這通電話的人才是贏家，那跟誰先掛無關，跟誰付錢才有關。」

「啊？」我說這是什麼屁道理。

「聰明的人，知道要把話說清楚。」他用很無奈的眼光看著我，「只有愚蠢的人，才會以為掛電話就算獲判一勝。」

愛情裡有太多事情是說不清楚的，否則，又何來如此多的怨悵？

* 27 *

我從來沒住過老式的三合院，舊式的建築，還有正廳的神位都讓我感到萬分好奇。我過繼到葉家時已經是我十歲那一年的事，不管是新家或舊家，居住的都是一般公寓，家裡也沒有供奉神明或祖先。

「妳到底是來療傷避難的，還是來觀光采風的？」阿振很好奇。他扛了一張搖椅到外面的曬穀場上，坐在那邊搖晃著問我。據說那張搖椅是他外公專用的。

晃完了正廳，我逛到宅院後面，去看看阿振他外婆種植的蔬菜，然後又繞了回來。這裡如果再弄個牛欄或豬圈，屋子外加上個石磨，臥房裡給它擺上紅眠床，肯定更有復古風。走在田邊的小路上，我對阿振這樣說。

「我念歷史系可不是爲了要拿自己的老家當研究題材。」他橫了我一眼。

三合院外頭有條小路通出去，繞過田野會到村落的中心去，那邊有社區活動中心跟附屬幼稚園，當然免不了會有的是雜貨店。我們在雜貨店裡買了冰棒，阿振帶我到活動中心隔壁的小土地公廟來走走。

「這一帶好悠閒，完全感覺不出它距離繁華的台中市區只有咫尺之遙。」我說。

「很多好東西都近在眼前，只是妳沒有發現而已呀。」

「嗯，」我點頭，「比如這個村莊。」

「也比如我呀。」

「省省吧你。」我笑了，爲了他莫名的自負卻又智缺的自大。

阿振問我幾時要回高雄，也問我有沒有跟小默連絡，我搖搖頭。這兩天我的手機從不開機變成開不了機，匆匆出門時忘了帶充電器，手機沒電之後又不想再去買一個，索性就這麼讓它繼續陣亡。

「好歹應該告訴他，讓他知道妳人在哪裡。」阿振說。他的眉頭有點皺，眼睛看著的方向有點遠，我懷疑他說這話的時候，所想到的並不只是我的事情。

「女人經常把任性當作一種武器，不過可不是每個男人都會輸在這一招。」他把冰棒的最後一口吃完，然後掏出皮夾，翻出一張照片來，我看見那照片裡的女孩笑靨粲然，一頭長髮隨風飄逸，女孩旁邊站著滿臉幸福的阿振，照片背景則是我去過的中興大學。阿振看著照片，嘆口氣說：「要有良心的男人才懂得投降的藝術哪！」

「所以你投降了？」

「所以我陣亡了。」他從剛剛的開朗，忽然跌進了深深的黯淡。

我並不是個喜歡探究別人私事的人，不過如果對方是我的老朋友，那當然不在此限。窩在土地公廟外面，阿振先雙手合十拜了一下，然後要我把廟裡的兩張塑膠板凳搬了出來，跟我一起坐下。

「說說那女孩的事情吧。」我指指他還握在手上的皮夾。

「這很漫長喔。」他說著又翻開皮夾，我再度看見女孩天真的笑容。

「反正我時間很多。」我聳肩。

「這是個很淒美的故事喔。」

「我會試著融入故事的好嗎？」我端正坐姿，表現出一副我很想聽的樣子。

「這是個平凡中暗藏偉大的愛情故事喔！」

「你信不信要是你再拖拖拉拉，我會親手終結掉你那鳥故事裡的男主角？」我已經站起來，把板凳抓在手上了。

阿振大二的那一年，因爲參加一次在日月潭舉辦的營隊活動，而認識了這個女孩。女孩是行銷學系的學生，姓楊，女孩愛喝養樂多，所以綽號就叫作養樂多。

「這是一個風流倜儻、玉樹臨風的歷史系高材生與一個養樂多女孩的故事喔。」才剛介紹完人物，這個神經病又來了。

「周振聲……」霍地起身。他演一次白痴，我就得演一次板凳殺手。

笑聲中，他繼續說了下去。養樂多家住日月潭附近，阿振籌辦活動期間，曾經多次跟她聯繫，由養樂多女孩做嚮導。那次活動能夠辦得成功，養樂多功不可沒。

「她本來是個幽靈社員，卻因爲這個活動，而變得很喜歡康輔。」他說：「不過後來漸漸地，她的功課愈來愈重，參加活動的次數也愈來愈少。」

雖然我不是很懂行銷學系到底在學什麼，不過一般說來，大學念到二年級之後，課業壓力變重也很正常，畢竟不是每個人都像我眼前這個傢伙一樣，把一堆學分都留到應該享清福的大四才修的。

「我們那時候本來考慮要住在一起的，不過後來因爲我還有一票學弟妹要照顧，而她又需要比較清靜的念書環境，所以這考慮才作罷。」

阿振說，後來他跟養樂多女孩約會的地方，就從很多團康聖地，陸續轉移到了國立圖書館、市立圖書館，還有學校圖書館。

「我要忙著辦活動，可是她不這麼想。」阿振說：「她覺得一個只會彈吉他、帶團康、排活動的男人，沒辦法帶著她走一輩子，而且她說，我能夠因爲一次活動而跟她在一起，那以後我也可能因爲別的活動，而跟別的女孩在一起。」

「這很有可能呀，你看起來也長得一副挺濫情的樣子。」我趁機扳回一城。

「靠。」他瞪我一眼，踢了我板凳一腳，繼續說：「總之呢，事情就是這個樣子，社團因爲我跟養樂多的事情，鬧了好一陣子，害我後來都不大敢去社窩。爲了陪她，我很多活動都交給紹華他們去處理。」

「紹華是誰？」我打岔。

「就是米老鼠啦！他是我歷史系的學弟，兼任社團副手。」

「喔。」我都已經快要忘記這個人了。

聽阿振說著他的故事，我有一種好遙遠的感覺。主角明明就坐在我旁邊，可是我卻又覺得那像是發生在上個世紀或一萬光年以外的地方，一切都跟我身邊這個人連不上關係，只有再看看阿振皮夾中那女孩的照片，我才能夠勉強在故事的男主角，跟我旁邊這傢伙之間畫上一個有點偏斜殘缺的等號。

「那結局呢？你不是說很淒美，平凡中還帶點偉大嗎？」

「當然淒美呀，我爲了陪她，吉他社很少去也就算了，康輔那邊更慘，我被社團公認是最重色輕友的不講義氣代表，紹華他們用西卡紙做了一個匾額，上面寫著『有異性沒人性』送給我，到現在都還掛在社窩的牆壁上。而且也因爲跟她一起去那些什麼鬼圖書館，我好多堂課都沒去上，被當了一堆學分。」

我很好奇，既然去圖書館，沒上課也可以念書，爲什麼還會被當？結果他反問我：「妳看我像是那種會在圖書館念書的人嗎？」

「不像。」

「那就對了。我愈想去上課，她就愈覺得我只是想去社窩鬼混聊天；我愈陪她，就愈失去我的朋友跟我的成績。」他說。

阿振的故事聽起來是個很典型的校園愛情故事，社團跟愛情，還有課業，三者交織而成的問題。這樣比較起來的話，我覺得我的大學生活似乎比他精采許多，我還有打工，還有音樂，寒暑假還偶而去旅行。

雖然我跟他的生活方式迥異，但是我覺得，兩個相愛的人如果廝守在一起，彼此又可以不要計較太多的話，不也是很幸福的嗎？我把我的疑問告訴他。

「幸福？」

「對呀，如果你不要老想著社團跟教授，她也不要老是用勉強的方式抓著你在身邊的話，那你們應該算是很幸福的，不是嗎？」

結果他搖頭。

「難道我說得不對？」

「我不覺得兩個人一天到晚膩在一起就是幸福，也許卿卿我我是一種甜蜜，也許朝夕相處是一種依賴，可是就像妳跟小默一樣，在那個餅乾妹冒出來之前，你們帶點距離的愛情，不也一樣相處得很融洽？什麼模式的愛情都沒關係的，重要的是兩個人想法一致就好了。」嘆口氣，他把皮夾裡的照片抽了出來，對摺之後放進皮夾夾層中，從此空下了放照片的位置。

「對我來說，幸福不需要一大堆有的沒有的儀式，也不需要什麼狗屁道理或證明，在你最需要對方的時候，一回頭就能看見爲你守候的那個人，那就是幸福了。」他說。

最需要的時候，回頭就看見為你守候的那個人，那就是幸福了。

* 28 *

逛遍了阿振他老家附近的田園景色，我提議到遠一點的地方去走走。上大學前我沒有太多行動自由，上大學後又幾乎都在南部生活，每次旅行不是北部就是南部，中部的風景區，我唯一去過的，竟然只有大雪山而已，而且那還是當年阿振他們辦聯誼時帶我去的。

而一說到玩，那找阿振也果然是找對人了，我問他有哪裡是可以一天往返的，他十隻手指都數不完，最後我們挑定的地點是彰化鹿港，還說去過鹿港之後，可以順便到海邊走走。

騎著車，我們繞溪而行，大肚溪沿岸有新闢的馬路，連接中投與中彰快速道路，路上車輛不多，我們的速度飛快。阿振說，這裡兩年前還是荒煙漫草一整片。

「什麼都會改變的，不是嗎？」我望著嶄新的路面，忽然有點感傷。

「可也總有些是不會變的。」他卻這樣回答。

我想這就是當初我喜歡阿振的原因，他總是很肯定且堅執於自己的信念。雖然事隔多年，不過這印象還深烙我心，也因此，當我在我的世界裡遭遇重大的挫折與打擊時，我第一個想投靠的人，也還是他。

車子騎上了中彰快速道路的機慢車道，迎著風，他不時哼唱著羅比威廉斯的「Better Man」，偶而還會指點風景給我看，告訴我正前方過去就是彰化縣，我們現在走的是七十四號省道，待會則沿七十四號甲繼續前進，到員林之前有條小路可以轉往鹿港，這樣的路徑雖然有點繞，不過省道卻好走得多。

初冬的天氣有點冷，我縮在阿振後面，他則彎腰低頭，沒有什麼車的七十四號中彰支線省道，再適合狂飆不過。

這種感覺就是我想要的感覺了吧？當我看著風景，雙眼茫然時，我想這就是我要的，「散心」的感覺了吧？我想把滿肚子的壞心情，就這樣從心裡掏出來，想看看是否一丟出去，就會被路上的狂風「颼」地給吹走。

一路飆到鹿港，阿振帶著我，徒步在一堆古老的房舍間穿梭來去，這個小鎮是他來得熟了的，我嘴裡哼唱著應景的歌曲，那是羅大佑的「鹿港小鎮」，可是阿振說，聽說羅大佑寫這首歌的時候，其實本人根本沒有來過鹿港。

「眞的嗎？」

「只是聽說，眞相妳得自己問他。」

我問他說我要去哪裡問，阿振則拿出自己的手機，準備要打一〇五查號台。

「查羅大佑的電話喔？」看到他一派認眞的樣子，我很訝異。

「對呀。」

「對拎老師啦對！」我用剛剛在路邊買來的一整包蠶豆丟他。

大笑聲中，我們晃到媽祖廟來，因爲是非假日，所以沒有什麼人，一切都顯得好空曠。到廟裡燒過香，阿振帶著我到廟旁巷子裡吃麵線。本來我很疑惑，到這裡本來該吃點海鮮的，怎麼他會帶我吃麵線呢？

「海鮮到處都有，可是鹿港這一攤的大腸麵線才是真正的美食喔！」說著，他發出很不禮貌的吃麵聲，然後良有深意地說：「而且我不覺得妳現在會有想吃蚵仔煎的心情。」

想想也對，廟口賣的幾乎都是蚵仔煎，而我現在最不想吃到的東西，就是這道小吃。笑著吃了一口麵線，我心裡想，對嘛，就是這樣的設想周全，才像我認識的周振聲，他要是一天到晚在我面前故意耍笨，那才讓我受不了。

逛完鹿港，吃過麵線，還買了特產綠豆糕，我拗不過阿振，讓他拉著我到手機通訊行去買了一顆手機電池跟充電器，還跟老闆情商，讓我們在人家店裡先充電一會兒。

「有這必要嗎？」

「妳可以暫時躲在龜殼裡，拒絕全世界的聲音，不過總還是得有探頭出去的那天呀。」他說著，把短暫充過電的電池裝進我的手機裡，但是電話開機之後，發出響聲的卻是他自己的手機。

我在阿振走出通訊行講電話的同時，將手機裡的新簡訊跟留言都看過聽過一次，裡頭有小寶跟蘇菲亞找我的訊息，也有補習班教務主任通知我被炒魷魚的留言，當然還有小默又是道歉又是找人的一些話，這些都在意料之中，我絲毫不訝異，但最後一個語音留言卻讓我呆了一下，那是佳琳留給我的，她說：「妳老爸聽說妳回台中，又到處找不到妳的人，已經問到我這裡來了，聽到留言的話快點回電給妳家人呀，不然當年的舊事又要重演了！」

我爸知道我回台中？這是怎麼回事？難道小默找我找到我家去了？家裡的人從大二之後就不再禁止我交男朋友，所以小默還曾經見過我爸媽幾次，但那也僅止於我爸媽到高雄來看我時，偶而打聲招呼的程度。這次小默居然會跟我父母連絡，看來他已經找我找得有點慌不擇路了。我想起佳琳說的「當年的舊事」，本能地就往外一看，卻看到阿振皺著眉頭走進來。

「看來本來要帶妳去看海的計畫得先擱著了。」阿振說：「紹華打電話來，說有急事要找我。」

「急事？」

「跟養樂多有關的。」

我點點頭，事關人家的幸福，我可不能還任性地吵著要去看海。尾隨他走出通訊行，我想起因爲聽他說了一些話，而讓我決定離家出走的那當年。他說人的一生，所有的事情都只分成該做與想做的。我做多了家裡的乖小孩之後，決定離家出走做做自己想做的，結果才到佳琳她家過了一夜，我爸媽就報了警，隔天馬上被教官跟警察給逮回家去。而更糟糕的是，隔沒兩天阿振來找我，我爸以爲我蹺家是阿振唆使的，還打了阿振一拳。這也就是佳琳擔心又重演的「當年的舊事」。

現在，我是不是也做夠了我想做的「人間蒸發」呢？是不是也到了我該回去，跟小默把事情說清楚的時候了呢？

阿振把今天買的綠豆糕跟蠶豆都放進置物箱，載著我一路又飆回台中，兩個各懷心事的人在路上極少交談，我想他應該也正在思考著養樂多女孩的事情吧？

風又開始變強變冷，我縮在外套裡，雙手抓住他的衣角。回程的路上可以望見整個大肚溪北岸，雖然那裡還不是大里，可是卻同樣給我一種現實的壓迫感，我知道回去之後，我就得開始面對一些我到頭來終究得面對的事實。

我可以選擇不要嗎？用力抓住阿振的衣角，想要他在這裡停車，去哪裡都好，就是不想回去。可是我開不了口，也強迫自己不要開這種口，該回去的時候，我們誰都沒得選擇。像是知道了我的緊張與壓力，阿振的左手放開了機車把手，輕輕拍拍我的手背，他沒說話，而我卻已經聽到了他安慰我的聲音。

阿振的外公外婆預計去大陸十四天，這十四天若非我來投宿，阿振恐怕一天都不會回老家。不過也因爲我的到來，讓這裡多出了平常不會有的熱鬧。

我們一回到大里的三合院，就看見米老鼠蹲在曬穀場邊發著呆，拿下安全帽時，他對我投以訝異的眼光。

「不用介紹了吧？」阿振看看我們兩個。

「學長，你跟她是？」米老鼠的聲音有點顫抖。

「朋友。」阿振說。

「朋友。」我說。

沒理會米老鼠的錯愕，阿振問他到底有什麼急事。

「那個……」米老鼠看看我，似乎有點顧忌，不過他很快地還是把話給說了出來：「學姊說她有些東西想當面交還給你，大概有些話也想跟你親口說清楚，所以逼我載她來……」

他說話的時候，對象明明是阿振，不過眼光卻老盯著我。我稍微退開一步，避免參與他們的話題，盡力裝出事不關己的樣子。

不過那顯然都是多餘的，因爲就在這時，我看見我借住的那房間裡，走出一個女孩。女孩的長髮迎空，面貌姣好，那是一張我熟悉的臉。她走出來之後並沒有立即過來說話，卻只是站在門口，隔著大約三五公尺的距離，往這邊凝看。

「嗨，學姊……」米老鼠萬分尷尬。

這下我明白他的顧忌了，而從女孩的臉上，我也可以確定這誤會可眞是大了。

「你們是？」她面若寒霜。

「朋友。」阿振把手插進外套口袋裡，若無其事地隨口回答。

「朋友。」我嘴上叼著沒點的、細長的薄荷菸，看著面前的養樂多女孩。

這世上有些事情會改變，而有些永遠不變。——「駭客任務2」

29

「我一直覺得他們兩個應該是分手了才對的。」縮在牆角，我對米老鼠說。

「是分手了沒錯呀。」

「可是養樂多的表情看起來，不大像那麼一回事。」我張望曬穀場彼端，阿振跟養樂多女孩的對峙。

「如果妳跟妳男朋友分手不到三個月，就看見他家有別的女生的衣服，妳會不會有好臉色？」米老鼠問我。

想了一下，我有點明白養樂多女孩爲什麼臉色如此難看了。米老鼠說得沒錯，換作是我，我一定也會覺得這男的眞是糟糕。

「可是事實並不是這麼一回事呀！」我說。

「事實是一回事，想法是另外一回事。」米老鼠也探頭了一下，然後說：「女人呀，哎呀，妳不懂的啦！」

「靠！」我在他頭上搥了一記，難怪阿振經常扁這個小學弟，他果然白目得可以。

養樂多女孩背靠著廊前圓柱，雙手負在胸前，阿振則在她旁邊來回踱步著。兩個人起先並沒有太多交談，隨著阿振似乎不斷做著解釋，女孩也開始應答。我們躲得有點遠，所以沒辦法聽得仔細，不過我想阿振應該只是在告訴她，我跟他的關係而已。

「其實阿振學長之前找過妳很久耶。」米老鼠忽然說話，害我嚇了一跳。「他之前還要我去跟我姊借畢業紀念冊，我姊也是家商的學生，跟妳是同一屆喔。」他說。

「那沒用，因爲我家後來換了電話。」我說：「我媽是個很迷信的人，對數字尤其過敏，我過繼到葉家之後，至少換過三四次電話。」

「神經病。」他說，然後又挨了我一拳。

「不過說眞的，我覺得妳比秀瑜學姊有趣很多，應該更適合阿振學長。」

「秀瑜？」我疑問，而米老鼠的下巴往對面一呶，原來養樂多女孩的名字叫作秀瑜。

那邊的情勢愈來愈有劍拔弩張之勢，養樂多大聲質問阿振，問他爲什麼不肯陪她一起念書，卻願意陪著我這個不相干的人，要是眞的那麼想回學校念書，他現在人應該在學校上無聊的歷史課，而不是帶著我去彰化或去哪裡。

「我對我的朋友自然有我的道理，不需要對誰解釋吧？」阿振也生氣了。

「對別人可以不解釋，對我就不行！」養樂多則比他更大聲。

「妳最好不要忘記我們已經分手了！」阿振吼了一聲。

女孩在這吼聲中錯愕，她愣了一下，眼睛直盯著阿振。我聽見旁邊的米老鼠低聲說了一句「完了」，然後就看見女孩從背在身上的小背包裡，拿出一個小紙盒，用力摔在地上。那紙盒砸落地面時，從裡頭灑出了一大堆東西，有些項鍊之類的首飾飛散得很遠，一些紙片如情書等則隨風飄開。

「何苦呢？」雖然距離有點遠，但我可以從養樂多女孩的神情看得出來，她其實還是愛著阿振的。只是我不懂，兩個相愛的人，爲什麼會搞到這等局面？難道說個性跟現實環境，眞的可以影響兩個人的愛？

養樂多女孩把紙盒砸出去之後，一直緊咬著下唇，過了良久，她終於說了最後一句話：「從今以後，你是你，我是我。」

那天傍晚很灰暗，初冬的陰霾深深籠罩住我們的天空。阿振一個人鎖在房間裡，留下我跟米老鼠坐在曬穀場上發呆，而我聽見房間裡，陸續傳出摔東西的聲音。

「要不要去勸勸他？」我問米老鼠。

「能聽得了別人勸的話，他就不是阿振學長了。」米老鼠問我上次去興大，有沒有看見他們社窩的木門上，有好大一個破洞。

「沒注意到，怎麼？」

「那就是阿振學長之前跟秀瑜學姊吵架時，一拳打爆的。」米老鼠說：「從此之後，我們沒有人敢去勸他，誰都不希望自己變成那扇木門。」

養樂多女孩最後終於帶著眼淚離開了。本來她是米老鼠載來的，不過現在她選擇自己一個人走。我不知道附近哪裡可以搭到車，但我想不管養樂多用什麼方式走，眼淚都會是她的陪伴。

「這樣也不是辦法，總得制止他吧？」我望著緊閉的房門，從沒見過阿振這麼大情緒，我心裡委實有點不安。

「讓他發洩吧，破壞房間裡的東西，總好過誰進去讓他揍一頓的好。」米老鼠很無奈。我很擔心，擔心的不是什麼東西被阿振砸壞，而是我怕他發洩怒氣的時候，傷害了自己。

「我進去勸他好了。」我站起身來，米老鼠沒有阻攔我，只是祝我好運。

從曬穀場的這邊走過去，距離不超過二十步，然而我卻覺得每一步都如此沉重。這不是我的愛情故事，面臨分手的人也不是我，可是卻讓我感到萬分難受。我想去打開那扇房門，想去看看裡面的男孩，想跟他說：「嘿，別這樣，還有我們在這裡。」

只是當我的手一觸到房門把手時，我又退縮了。該進去嗎？阿振會希望我看見他情緒失控的樣子嗎？而我又能爲他做點什麼呢？從他努力跟養樂多女孩解釋的樣子看來，我確信阿振對她還有很多放不下的情感，這時候去勸他，會有用嗎？

「刷」地一聲，門忽然開了，我嚇了一跳，本來伸出去要握門把的手也縮了回來。眼前是阿振無奈又憔悴的面容，他開了門之後，轉身便往裡面走。

跟了進來，我看到的是滿目瘡痍：檯燈被砸到地上，燈管碎了，書架上的書散落一地，椅子也躺下了，另外一邊的書櫃木板被破壞掉，看來已經無法修復。眞令人懷疑他是怎麼徒手砸爛這些東西的。

我把幾件丟在地上的衣服撿起來，想把它們先放回床上。

阿振蹲在房間角落，安靜了一下之後，用很無奈的聲音說：「我不知道爲什麼，每次溝通或解釋到最後，都會變成這個樣子。」

我轉頭看他，他則看著房間的凌亂，良久。

「我想我跟她都是好人，只是，我們要的愛不同。」他放棄了，那是一種放棄了的聲音。

我不忍再看他的神情，怕自己的眼淚會先他而出。把手上的衣服放到床邊，床上的棉被與枕頭已經被甩到床尾去，但我卻發現了一個不尋常的地方：整個房間都被他蹂躪得很透徹時，只有當年我送給他的鱷魚阿章還好端端、很完整地放在床頭。

我們都是好人，只是我們要的愛不同。

我不懂，也不想懂。

* 30 *

候車大廳裡，我手上抓著一瓶礦泉水，安靜地縮在塑膠座椅上。

「還不跟妳爸連絡？」知道連我爸都開始找我，阿振問我。而我的目光盯著牆上的時鐘，往高雄的車會在半個小時之後進站。

「算了吧，」我說：「又讓他知道我跑來找你，只是影響他對你的印象。」

「那無所謂呀，反正娶妳的人又不是我，以後要看妳爸媽臉色的人是小默。」

「會是他嗎？」我喃喃自語。

這次跑出來的消息會傳到台中老家裡去，我想應該跟小默脫不了關係。因爲平常我跟佳琳她們若有旅行，都會告知小默，他也有佳琳或蘇菲亞的電話，不至於到了失去連絡的地步。而這次我沒跟任何人說我的去處，也沒有人能連絡上我，所以我爸一定是小默在情急之下，最後的選擇。

我很想多留一兩天，在這裡陪陪阿振，不過他卻要我早點回高雄。

「全世界都在通緝妳了，我看過不了幾天，妳老爸就跟當年一樣，又要找到我頭上來了。」他說。

天已經慢慢暗了，晚風徐起，開始有了涼意。喝口水，我看看車站裡寥落的旅客，又看看阿振。

「你有什麼打算？」我說的是他跟養樂多女孩之間的事情。

「沒有吧。」阿振說，他沒想到養樂多女孩還會來找他，也沒想到最後會以如此激烈的爭吵告終。「她把這兩三年來我送她的東西全都還我了。本來我想說她還留著東西，那或許還有一點情分，不過現在應該是都沒了。」

「我覺得其實她還喜歡你。」我說。

「我也還喜歡她，也認爲還有可能再挽回。」他說：「至少在她砸掉那個我親手做的紙盒之前。」

到最後阿振還是沒跟我解釋「我們都是好人，只是我們要的愛不同」這句話的意思。上了車，我靠著窗戶，想好好睡一下，可是卻怎麼也睡不著。養樂多女孩秀眉怒張的容貌在我眼前揮之不去，我想問她，如果早知道愛情裡會有這麼多的波折，那當初爲何還要在一起？如果在一起時，就能預見後來的問題，那麼當問題到來時，是否就眞的能夠避免？

就像我跟小默，我們早在要開始之前，就先確定了自己想要的生活方式。要朝夕相守，那是畢業之後，我們眞的結了婚以後再說，大學階段我讓他專心做實驗跟研究，他讓我享受完全自由與自主的生活，這一切不是很好嗎？

不過話又說回來了，在餅乾妹出現之前，我們的愛情的確都是很好的，有了詳細周全的計畫也沒用，計畫總趕不上變化，誰知道愛情的路上會有多少變數？坐在往南的車上，我左右反側，最後終究沒能睡著。

到高雄的時間已晚，等到客運過了台南，我才發了第一通簡訊給小默，告訴他我會抵達高雄車站的大約時間，然後又傳封訊息給我爸，告訴他說我只是一個人到墾丁去過週末，請他不要胡思亂想，也不要太爲我擔心。

看著手機顯示著「訊息已送出」的字樣，我發現原來自己很喜歡簡訊功能，至少在不想說話時，它還幫我把想法傳遞出去。

出乎意料之外的，高雄今晚夜雨。下車前我打了電話給阿振，跟他說我已到達。然後這才拿著行李，慢慢下車。

時間不算太晚，踱步到車站附近，老爹的咖啡館來。因爲舉辦了咖啡試飲會，所以今晚客人不少，大部分的人我也都認識。不想把悲傷的情緒帶給大家，所以我選擇獨自站在店外，隔著被雨水濕氣浸得朦朧的玻璃櫥窗，望著裡面的溫馨。

「我就知道妳會在這裡。」背後忽然傳來小默的聲音。回頭是他撐著傘，滿臉鬍渣、疲倦的面孔。

「剛剛到車站沒看見妳，我想妳應該會晃過來找老爹。」小默問我要不要進去喝杯熱咖啡，而我搖頭。

他沒再開口，手中的雨傘因為在騎樓下所以不再需要，他把傘放下，只是安靜地看著我，還是那張熟悉的臉，可是卻充滿了無力與憔悴。

「對不起。」他說，同時也是我說。

有些事情我已經明白，有些事情我則還懵懵懂懂，但那都無所謂了。離開高雄兩天，我發現我還是很想念這裡，還有這裡的人。也許小默的情急為我造成了些許麻煩，也也許我們都還沒有成熟到可以妥善處理愛情裡的突發狀況，可是我知道他努力了，他也知道我的重要了，我想，那或許就夠了。

每個人在愛情裡所求的都不多，只要確定彼此是唯一就好。

* 31 *

宿舍裡的日光燈管老是閃閃爍爍，一副快要壽終正寢的樣子。把包包裡的衣服全都丟在浴室裡，用臉盆泡起來。我躺在床上，關了大燈，只留下檯燈的照明。

小默送我到樓下，因為他明天一早還要去研究室，所以我要他早點回去休息。今天禮拜一，也不是我們應該吃蚵仔煎的日子。

「妳不在的這幾天，我一個人想了很多很多，關於我們之間的事情。」坐在野狼機車上，他說。

「嗯？」

「好像有很多話，我以前始終沒有好好說出口。」他想了一下，繼續說：「這陣子認識了莉庭，讓我有了很多感觸。」

「誰？」

「莉庭，就是做餅乾給我的那個學妹。」他說。

我點點頭，就是那個當著我的面，抱住我的男朋友，還吻了他一下的餅乾妹。

「多虧了她，我才明白妳對我很重要。」

「什麼？」這是什麼邏輯？

「歌唱比賽那天晚上，我一時走不開身，只能看著妳掉頭就走。當時的我覺得一切都好混亂，跟我所計畫的完全背道而馳，後來聽我同學說，那天晚上……」他嚥了一口口水，「混亂中，莉庭有說她喜歡我。」

「然後呢？」我皺了一下眉頭。

小默笑了，他說：「還有什麼然後？我連聽她說話的心情都沒有，所以連這句話都沒注意到。」挽著我的手，小默輕輕地說：「我只想追上前去，跟妳說，我愛妳。」

所以事情就這樣船過水無痕地過去了？所以一切就此風平浪靜了？我分不清楚我現在到底是什麼心情，似乎我有點生氣，可是卻搞不清楚自己爲何生氣；又好像我覺得很悲哀，可是卻連幹嘛悲哀都不曉得。

原先，他問我想不想一起出去走走，可是我覺得好累，今天已經發生了太多事情，讓我感到心神困頓，阿振的事情之外，小默這邊，一切都讓我久久無法平靜下來，所以我跟小默說，過兩天再一起出來吃蚵仔煎就好，今晚讓我好好睡一覺吧！

臨走前，小默還說，這整件事，餅乾妹給他最大的感觸，不是什麼喜歡不喜歡，而是小默自己覺得，跟餅乾妹如此勇於表現的作爲比起來，原來他和我，對愛情的態度都非常地不積極。

爬起來，發現冰箱裡沒有啤酒，最後一罐啤酒在歌唱比賽那天晚上被我喝掉了。想出去買，又覺得下著細雨的外頭很冷。百無聊賴中，我點了一根香菸，打電話給阿振。結果電話響過幾聲之後，跳進了語音信箱。

對愛情積極有用嗎？愛情不是我們確定它存在，而我們始終不變，這樣就夠了的嗎？爲什麼非得一直對它加溫再加溫？像阿振那樣，捨棄了一切，陪著女朋友，最後還不是落得一個分手的下場呢？我心裡起了對比，卻也起了懷疑。

呼口長氣，我感到萬分疲倦，非常非常地疲倦。

高雄在我們期中考之後，也正式進入了冬天。結束了補習班工作的我，多了很多自己的時間。老爸知道我失去了一份工作，所以多給了點生活費，儘管我說不要，他卻還是每個月匯來給我。

阿振打了幾通電話來，問我跟小默後續的情形，我都跟他說還好。其實也沒有什麼好或不好的，因爲小默在學期末之前有些研究要完成，他現在忙得連禮拜二晚上都未必有時間吃蚵仔煎；而多出時間的我，則開始勤練自己的吉他技巧，因爲前天在老爹那裡，快要打烊前蘇菲亞忽然跑來，問我對開店還有沒有興趣，她說之前就有想開店的打算，可是自己一個人怕做不來，而且也不知道開什麼店才好。後來想想，想起我對開咖啡館有興趣，過陣子想在西子灣這裡開一家，自己當老闆，問我想不想合股。

「合股？」

蘇菲亞笑著說，她看重的不是我的金錢能力。

「不然呢？」我很疑惑。

「合資開店的方式有很多種，我的想法是大約兩到三個人一起合資，出錢最多的人管最少的事情，出錢最少的人則因爲有一技之長，所以會管最多的事情。」

我聽得一頭霧水，蘇菲亞喝了一口咖啡，繼續說：「因爲妳學煮咖啡，又會彈吉他，所以我想開一家有音樂表演的小咖啡館，妳則成爲本店的店長兼煮咖啡小妹又兼音樂表演的樂手。」她還說：「如果櫻桃落榜了，我們就想辦法叫她回來幫忙，這樣店裡可以既賣咖啡也賣酒！」

「喔，那妳呢？妳在店裡要當什麼？」我問她。

「我出最多錢，自然是當那個每個月看帳簿的大老闆呀！」她笑靨如花地說。

我不知道這樣的開店計畫可不可行，因爲今年我不過才大四而已，不過那的確很吸引我，畢竟開家咖啡館也始終是我的夢想之一，而且如果一畢業就有穩定的事業可以經營，那麼跟小默之間，也可以多點時間相處，甚至也許我還會開放讓他帶外食，把蚵仔煎拿到咖啡館裡來吃。

只是小默並不認同這樣的計畫，過兩天跟他見面，還沒提感情的事，我先把蘇菲亞的開店計畫對他說起，結果他說我連一支燈管都換不好，怎麼管理一家咖啡館？而且這根本不算是自己開店，如果想經營一家屬於自己的咖啡館，就等我畢了業，先工作幾年，有點積蓄之後再說。

「股權跟收益的分配，我跟蘇菲亞會先談好，而且她出的錢比較多她都不怕了，我又何必擔心呢？」我說。

趁著今天中午兩節課的空堂，我買了飲料過來物理大樓找他。大樓位在靠近校門的小山上，我走過來已經是氣喘吁吁了，好不容易來到這裡，把這兩天的事情跟他說，小默卻出乎我意料之外地反對。

「而且你不是希望我畢業後留在高雄嗎？這麼一舉數得的事情你幹嘛反對呀？」我數給小默聽，一來這是我夢想的一部分，二來音樂與咖啡都是我的興趣，三來這讓我有理由在畢業後留在高雄，四來是我一畢業就有工作可以做，他覺得愛情應該更積極一點，那這家咖啡館說不定就是以後我們談情說愛的地方，這豈不是皆大歡喜？

可是小默還是搖頭，他說：「妳認爲妳跟蘇菲亞她們一起開店之後，還能夠分得出心思在我們的感情上嗎？還能把妳的注意力都留在我們的愛情上面嗎？」

他說得很緩慢，而我愕然。

「可是我們早晚都要離開學校，要爲生活忙碌的呀，不就因爲這樣，所以我們以前的相處模式……」我試著好好跟他說，臉上帶著有點僵硬的笑容。

「我說過因爲莉庭的事情，所以我感受到很多不一樣的東西，」小默抬起頭看著我，「在逼不得已要投入這社會之前，最後的一兩年，我開始覺得我很想要愛情的甜蜜了。」他用輕緩的聲音說。

愛情很複雜而反覆，尤其當愛情跟夢想可能衝突時。
夢想很困難而遙遠，特別是夢想與愛情發生矛盾時。

＊
32
＊

失落地走回教室，我覺得很難過，沒想到一廂熱情地過去找小默，竟然被潑了一頭冷水回來。本來還想說可以過去那邊窩兩小時，一起討論開店計畫的可能性的，怎麼知道不到十五分鐘，我就被全盤否定掉了。

小默要我實際點，別還沒畢業就作這樣的大夢，我反問他，沒做之前怎麼知道不實際？儘管我現在還是學生，可是這年頭哪個大學生不想開店？聽說北部有很多大專生都已經在玩股票了，而且我們學校的打工風氣又那麼盛行，我現在大四都快畢業了，為自己的未來規畫一下難道不對嗎？這怎麼會是好高騖遠呢？況且我還舉了例證，我跟他說：「哥倫布環繞世界一周之前，也沒有人相信地球真的是圓的。」

我義正詞嚴，可是小默卻不帶任何幽默感，冷冷地說了一句話：「環繞世界一周的是麥哲倫。」

既然這兩堂空堂已經讓我心情差到谷底了，那再留在教室我也不會有心情上課了，收拾好東西，我決定下午泡到社窩去算了。

向來對我的規畫都沒有意見的小默，這次居然這麼大力反對，真是跌破了我的眼鏡。一邊撥弄著弦，我一邊納悶。他說餅乾妹的事件讓他對愛情的看法有了些許轉變，難道這就是他的轉變？

也許更介入對方的生活，這也是積極經營愛情的一種表現，但我不能接受的是小默後來提出的理由，怎麼可以把我想跟蘇菲亞她們開店的計畫，當成我跟小默相處時間的阻礙呢？難道說開了咖啡館，認眞投入心血，就不能兼顧好自己的愛情了嗎？就算我不開店，找了其他工作，甫出社會的開頭，難道就不用全心投入去適應環境嗎？與其等拿到畢業證書才去思考怎樣調整自己的心態，爲什麼不在大學最後一年裡就開始做準備呢？

刷了幾下和弦，我對吉他的聲音完全沒有感覺，想的全是早先的對話，而結論就是，我沒辦法認同小默的論點，沒辦法，就像我現在聽不進自己彈出來的旋律一樣。

後來受不了了，索性放下吉他，打通電話給阿振，不過那小子的電話卻依舊沒能接通，我收起手機時，猛然想起阿振跟那個養樂多女孩分手的原因：夢想跟愛情的衝突，還有每個人對愛情的需求問題。

這些都是影響愛情的原因，可惜教授從來沒有教過。

阿振消失了兩三天，始終找不到人。蘇菲亞反倒是比往常更常出現，她要嘛約我到老爹的咖啡館去，不然就是直接跑到我宿舍來。

「妳最近好像很有空的樣子。」我說。

她沒管我的問題，從包包裡拿出一大疊資料跟估價單來，有很多都是室內設計的草圖與介紹，蘇菲亞說她已經約略挑選過，裝潢與裝備的投資金額大約在一百二十萬元上下，櫻桃那邊她也問過了，基本上櫻桃確定就是以警察大學爲目標，要是考不上，她就從此死心，倘若這個開店計畫可以成功，她也願意湊一腳。

「幫忙取個名字吧！」蘇菲亞興奮地說。

「取什麼名字？」

「開店計畫的名稱呀！這樣才有合作的感覺呀，對吧？」

看著她閃爍在眼中的光芒，我不敢跟她說我在小默那邊吃了閉門羹，只是喝了一口咖啡。這時老爹踅了過來，他很好奇我們在討論什麼。蘇菲亞簡單介紹之後，要老爹也幫忙想個計畫名稱，名稱取得好的話，這家店以後用這名稱當店招都有可能。

「你們打算把咖啡賣給誰？」老爹先問。

「學生呀，情人呀，遊客呀，那些去西子灣的蘿蔔坑看海吹風的人呀。」蘇菲亞回答。

老爹想了一想，點了根菸，說：「既然這樣，那就直接叫作『Because of You』好了，多麼貼切，多麼有感覺！每個人都是唯一，每個人都很重要，每個人……」他吐出一口煙，「都來付錢喝咖啡。」

看著老爹意味深長的模樣，再看看蘇菲亞樂不可支的神情，我只有苦笑的份。既然店名都取好了，那開店計畫的名稱就由我來取好了。

「什麼名稱？」他們同時問我。

「就叫它……」我感覺到一陣悲哀，一陣無奈，還有一陣又一陣的茫然，這情形雖與五年前相異，但感受卻如此不謀而合，我說：「跟我的樂團團名一樣，就叫它『圈圈叉叉』計畫好了。」

按照計畫，咖啡館預計開幕的時間是明年年中，那時我剛拿到畢業證書。蘇菲亞認爲要做就趕快，因爲西子灣附近，這兩年已經多了不少店家，遊客也比以前還要多很多，既然要搶錢，動作就不能慢。而且她除了投資一部分財產在這之外，明年底還計畫跟她的一些朋友開一家補習班，兩邊經營，兩邊賺。

照她所說，蘇菲亞要先做銀行的個人信用貸款，再加上她自己的積蓄，已經足夠做初期的大部分支出。希望我能提出的投資額大約是十萬元左右。

而有些專業器材，老爹則可以藉此機會汰換舊型機器，把舊的送或賣給我們，他自己要買新的，有些我們一定得買的東西，透過老爹也可以用較低價購得。

十萬元對我來說並不難，因爲打工很多年，我除了一個爸媽都知道的帳戶，專門放我的生活費與必要開支之外，自己其實還有一個祕密戶頭，存著我歷年來累積的「救命基金」，到現在也已經有七八萬元了。

帶著一點膽怯，也有點興奮，大四這一年我的課業不重，已經少了前幾年的壓力，可是沒想到卻會面臨更波瀾起伏的生活，也沒想到自己會忽然從一個學生，就這樣可能要一躍成爲一家店的股東。

蘇菲亞說這叫作水到渠成；老爹說這是機緣巧合；佳琳要我考慮再三；而對我最重要的兩個男人，其中一個認爲這是不智之舉，另外一個則下落不明。

又撥過幾次阿振的號碼，總是直接進入語音信箱。我懊惱地望著窗外，又開始有點爲他擔心。這個人最近是怎麼回事呢？難道是故意躲著我嗎？反省了一下自己最近的言行，我並不覺得我有做錯些什麼；又替他想想，也不覺得他那邊會發生什麼大事情，讓他連我都要躲。

窩在破舊的房間裡，我抬頭看看那根愛亮不亮的燈管，決定明天去把它給換掉。人生已經夠多「圈圈叉叉」的事情了，我不希望連燈管也跟我鬧情緒。

抱著阿章，我喝著擺放過久，逐漸失去低溫的啤酒，然後一把揉爛了空的香菸盒，心中焦躁到了極點時，腦海中忽然閃過一首歌，那是阿振常常唱的，羅比威廉斯的歌。

「As my soul heals the shame, I will grow through this pain, Lord I'm doing all I can, to be a better man……」

人眞的夠從痛苦中茁壯嗎？如果一切都是這麼朦朧不清的話；而我眞的有能力做得更好嗎？如果我永遠只能受到別人的限制，受到愛情影響的話？

我又想起老爹為咖啡館起的名字：「Because of You」，因為你，只因為你。

我關掉閃爍個沒完的燈，從窗口看向夜晚的鼓山渡口。

這裡有一份滿滿的期望，與一份堅定不移的愛情，我想把這愛情送給一個人，讓這一切只為了一個人而存在，可是那個人，你是誰？是小默嗎？我好希望是你，只是……

「我開始喜歡兩個人經常在一起的感覺了。」我還記得小默很憂鬱地這樣說著時的神情。

如果我說這一切都是because of you，那麼我何時可以確定他是誰？

33

班上自從去年的大三下暑假辦完畢業旅行之後，大家一直沒有再出遊。我們班的凝聚力向來不高。我這學期唯一的責任，就是把學分修完而已，所以除非有課，否則幾乎不進學校。

不過也因爲大家向心力缺乏，很少有團體活動，導致製作畢業紀念冊所需的生活照短缺，班代爲此大傷腦筋，到處打電話，想約大家去班遊。聽說最後的討論結果，是要在耶誕假期再辦一次旅行，大約三天，一起到花東去玩。

接到電話，是在睡夢中，迷迷糊糊的我沒有答應任何事情，只說一切再考慮。當大家去畢業旅行時，我人還在補習班打工；當大家週末一起到台南逛古蹟時，我人在老爹的店裡幫忙煮東西。這次，我覺得我去得成的機會也不大，最近的心情老是不上不下，一顆心始終懸著，就算免費招待我去月球，我想我也會考慮再三。

「妳想去？」小默問我，他比較希望的是耶誕假期我可以陪他。

「因爲班代說，翻了很多照片，發現幾乎沒有我的合照。」我說的是事實，照這樣下去，我能被放上畢業紀念冊的，恐怕只有一張學士照而已。「我自己想去的意願是不高，只是班代三天兩頭地問，不去又很不好意思。」我說。

他露出了爲難的神色，學生餐廳外的階梯上，我們坐在角落，他把他的計畫告訴我，說他推掉了同學們的約，就想跟我一起出去走走而已。

「或者你跟我們一起去？」我想點折衷辦法。

「不要，」結果他說：「雖然花束我也想去，不過想到要跟一群陌生人到處跑，我就覺得我很受不了。」

看著他皺眉，我也不知如何是好。

這兩天小默經常在百忙之中，抽空過來找我，或者打電話。原本我們約好了只在禮拜二一起吃蚵仔煎的，現在他幾乎每天都會約，而可惜的是，我不是每天都有空，就算一起出來，我看他情形也沒好到哪裡去，東西吃不到五分鐘，實驗室那邊就來電話找人了。

雖然我已經沒有到補習班工作，可是每週還是有固定的事情要做，週末兩天去老爹店裡工讀之外，禮拜三通常要練團。樂團的團體練習，很仰賴平常的自我訓練，一個禮拜鬆懈下來，團體練習時就會拖累大家，再加上我的課業，即使不把跟蘇菲亞討論開店計畫的時間也算進去，其實我並沒有很多空閒跟小默約會。

「你應該還有不少研究等著你去完成吧？」

我問他之前幫教授做的實驗如何，他說：「那已經是文藝復興時代的事情了。」文藝復興？當時在電話中我覺得有點突兀，怎麼物理學界也有文藝復興嗎？文藝復興應該是藝術、哲學、文學的事情吧？然後我馬上想起來，那個餅乾妹不就是藝術系的？

「吃個點心又花不了多少時間。」他說。不過才剛說完而已，他的手機馬上就響起，學弟打電話來，要他快點回去幫忙弄實驗的東西。坐在學校餐廳裡，我陪著他吃碗糕，看著他一臉懊惱的樣子。

「同樣都想積極一點，不過可能你跟你學弟們的方向差很多喔。」我調侃他。

小默問我，倘若沒課的時候，要不要乾脆到物理大樓來陪他，他說我可以在那邊看書，甚至彈吉他。

「免了，折衷折衷，這個『衷』折得未免太硬了點，我怕一個不小心弄壞什麼東西，我賣吉他都賠不起。」我笑著說。

所以我最近好像胖了，因爲他每次吃到一半就得離開，剩下的食物經常都是我吃完的。看著他這樣無奈離去，我也覺得很同情，所以儘可能的，只要他約我，我都撥出時間來陪他，或許這也是一種配合吧？

縱使這點時間總是很短暫，不過他還是很開心，有時我試著想在他心情不錯時，再跟他提提開店的事，不過這件事情他卻始終反對，而理由也始終跟之前一樣。我說他過度敏感，他則說我太過天眞，每回總得搞得大家氣氛僵硬才罷休。

「唉。」嘆口氣，我還是不懂，幹嘛搞得大家都這麼辛苦。窩在老爹的店裡，我胡亂瞎想著，該不會小默跟那個餅乾妹還有什麼瓜葛吧？她到底灌輸了小默什麼樣的觀念，讓他改變這麼大？害得我現在常常都有種草木皆兵的感覺。老爹問我最近怎麼看起來總是相當疲倦的模樣，將事情告訴他，他很疑惑，問我爲什麼阿振會對我搞失蹤。

「我以爲你應該會比較在意我的愛情問題。」我瞪老爹，跟他說了半天，他關心的人居然是阿振。

「妳怎麼知道阿振跟妳的愛情不會有關係？」他用牙籤在一杯焦糖瑪奇朵上面做出了漂亮的圖案，要我端過去給客人，「人生哪！到哪裡都嘛可能有意外。」

最近老爹正在盤點他店裡的設備，他相當支持蘇菲亞的開店計畫，我偶而有空會過來這邊，有時寫譜，有時念書，有時則像今天一樣，幫忙整理東西。

結果送完咖啡，我在冰箱裡發現了一碗很奇怪的東西。

「這啥？」

「釋迦冰。」老爹說著，打開蓋子，自己用湯匙舀了一口吃，還問我要不要也嚐嚐看，說什麼現在是台東釋迦的盛產季節，釋迦冰好吃又容易存放。

「你什麼時候去過台東了？」我吃了一點點，還眞的不錯。

「當然不是我自己去的呀！我有朋友從那邊寄過來的。」他很得意。

這很怪，因爲我從沒聽說過老爹在台東有什麼朋友。

「這就是我搞不懂阿振對妳搞失蹤的原因哪！」他說。

這是什麼世界？周振聲那小子什麼時候跑到台東去了？爲什麼他電話死不開機，卻從台東寄了一箱釋迦到高雄來給老爹？我說這要也應該是寄給我，怎麼會寄給他呢？

答案在當天晚上揭曉，那晚我拎著剛買回來的燈管，望著天花板發呆。我搬了桌子過來，再加上一張小板凳，居然還是搆不到頂，雖然知道房子是挑高過的，可沒想到居然有這麼高？正當我努力想克服自己的高度恐懼感時，電話忽然響起，害我差點跌下來。

阿振用手機打給我，不過聲音聽起來很吵雜，他說他現在人在花蓮的海邊。

「妳知道四八高地嗎？」

「不知道。」我沒好氣。

「那妳知道七星潭嗎？」

「也不知道。」

「那妳知道花蓮有什麼？」

「我只知道現在人在花蓮逍遙的你死定了。」我惡狠狠地說。

阿振說他期中考一結束，馬上開了他爸爸的車出來旅行，要去哪裡則不知道，反正就是沒目的地亂開。

「一個人去玩？」我很驚訝。

「兩個人才叫作玩，一個人去旅行，叫作散心。」他忽然變得很正經。

這我明白，就像以前我常常一個人跑出去一樣，也許是去台南晃晃，也許是到墾丁走走，可是我只能騎機車或搭火車，而且我很少在外過夜，畢竟女孩子獨自在外過夜，多少都有點危險。

我問阿振，爲什麼之前他的電話老是不通，他說他車都已經開到台北了，才發現手機放在台中，後來刷他老媽的信用卡副卡，又辦了一支，還把舊門號辦掛失，在台北重新申請一張。

「那爲什麼不早點跟我連絡？」我把燈管放下，走到窗戶邊，看著外面被風吹動的立委選舉旗幟，「你知不知道，我很……」掙扎了一下，我竟然怯於將「擔心」兩個字說出口。

「所有人的電話號碼都存在舊的電話裡面呀！」他說：「我好不容易等到我外婆他們回台灣，又花了好大工夫教我外婆用手機，才讓她幫我找到妳的電話號碼的。」

我該責怪這個白痴嗎？再問他寄釋迦到老爹那兒的事情，阿振則說那地址是源自於老爹店裡的名片，他天眞地認爲只要把東西寄過去，老爹就會主動打電話通知我。

「拜託，不想事事認眞是一回事，可是你腦袋裡的神經好歹也拴緊點，老是搞得大家都爲你擔心是怎樣呀！」我有點生氣。

「大家？」

他這一問讓我頓時有點不知如何接話才好，因爲那個「大家」看來好像其實只有我一個人。

「反正就是你讓別人擔心就對了，」我把這個問題搪塞過去，繼續說：「拜託你行行好，做事情謹愼點，別老忘東忘西的。」

「哎呀，不要那麼愛計較，有點耐心，什麼事情都是等著等著就會有答案的嘛！對不對？」

「對個屁！」我差點連髒話都罵出來了。

零零總總講了很多廢話之後，他這才問我最近怎麼樣，這幾天過得好不好。

「我……」猶豫，我還好嗎？我覺得我還好，可是我眞的好嗎？這幾天發生了許多事情，蘇菲亞那如火如荼的開店計畫、小默的轉變，還有班遊的事情，接踵而來的麻煩事好像都離我很遠，可是偏偏又全都跟我有關，那是一種必須靜下來之後，才能體會得到的困難。

而我還好嗎？我也不知道我現在這樣子算好還是不好。以前遇到這些問題，我可以去問小默，讓他給我意見，可是就在這時候，我發現當小默跟我站在事事對立的那一方時，我竟然對一切都全無招架之力，甚至，我連一支燈管都換不好。

「這問題有那麼難回答嗎？」他在電話那邊又問。

「我只是在想一些事情，」我說：「我覺得我快要迷失方向，而且四處碰壁了。」

電話那頭的他笑了，「台灣就那麼一丁點大，而且到處都是路，妳迷失不了，也不會碰壁的。」

「我說的是心，我快要不知道我的心要帶我往哪裡走了。」

「往哪裡走很重要嗎？」阿振問我還記不記得當年在大雪山上，我自己說過的話。「妳說過，而我也說過，往哪裡都不重要，重要的是跟妳一起走的那個人，是不是對的人。」

他的聲音很輕鬆，而語調卻很堅定，握著手機，我有種彷彿回到當年的感覺。

「我不知道妳跟妳家小默之間怎麼了，不過我知道妳會好好的，就像當年一樣勇敢，而且，不管路走到哪裡，至少都還有我在陪妳走。」他說。

然後他問我，要不要吃花蓮的曾記麻糬。

建立一個形象又立即摧毀它，果然向來都是周振聲的拿手好戲。

* 34 *

阿振的鼓勵總讓我在最慌亂的時候可以定下神來，而知道他人在哪裡之後，我也安心了不少。掛上電話，我調整自己的情緒，把房間徹底整理了一遍，擦過地板，也把堆積在浴室裡的髒衣服一口氣都洗完，不過那支燈管，受限於我的身高，則仍然孤零零地站在屋角。

我不知道阿振幾時才會回到台中，也不知道這趟旅行他散了什麼心，有些話，我覺得還是當面聊會好一點，像這種牽涉到太多感情面的問題，我不喜歡電話談。

他說目前沒有特別重要的事情，只想在外面多待幾天，順便沉澱一下自己。而我的問題一個也沒有告訴他，我選擇獨自好好想想。

時間的腳步是驚人的，沒想到一晃眼五年多就過去了，房間裡的鱷魚阿章，還好好地擺在床頭，我每隔半年洗它一次，這隻布娃娃是我成長的證據，照顧好它，我就照顧好了屬於我自己的歷史。再看看桌上，相框裡一張我跟小默在實驗室裡的合照，我在想，當我照顧好了過去之後，我有沒有照顧好我的現在？如果沒有，那我這五年來到底做了些什麼？我還能做些什麼？

幾天前小默又問起我關於班遊的事，我跟他說最後我還是報名參加了，否則對班代跟其他同學都交代不過去。小默爲此很不高興，甚至問我爲什麼對他的付出視若無睹？

我不曉得這是他的眞心話呢，還是氣話？只是覺得很難過，難道他看不見我也在努力配合嗎？爲什麼要反應這麼大？那天的消夜我們吃得很彆扭，吃完之後，我選擇自己一個人回家。這兩天他也許氣消了，才又會打電話給我。

我嘆口氣，本想繼續整理房間的，不過手機忽又響起，我原以爲是阿振又打來，結果一看卻是小默。他人就在我樓下。

「這兩天比較忙，所以沒辦法過來找妳，對不起。」小默吃著蚵仔煎，跟我說他這兩天的實驗進度，那是我不管多麼認眞聽也不會聽得懂的物理實驗。

看著他對我的抱歉，我忽然覺得很陌生。這個人眞的是謝小默嗎？他幹嘛爲了以前從來不會感到抱歉的事情而抱歉呢？我們的相處方式跟一般的情人不大一樣，向來誰都不會去要求對方要膩在一起，所以除非約好要見面的時間，否則我們不會見面，每天也只有固定的電話連絡。最近這模式雖然有了點改變，可是我也不覺得已經到了因爲兩天沒見面就要道歉的地步吧？

看著他吃完蚵仔煎，喝起了冬瓜茶，我有點不捨，也有點感傷。不捨的是他這樣辛苦地爲了碩士論文與實驗而努力，感傷的是他拚了命地撥出時間來，想爲我們的愛情多付出一點，可是我卻打從心裡不想認同他現在的觀點。

我該怎樣改變我自己？我能不能改變長久以來的我自己？我想得入神，卻看他看得出神。

「怎麼了？」他忽然抬頭。

「沒。」被拉回現實，我笑著說。

夜市裡熙來攘往的都是人，我等他吃完東西，兩個人逛到了新崛江外面來，小默忽然問我，是不是很想去一次「異速館」。那是家裝潢很有特色的餐廳，據說什麼都跟車子有關。我老早之前就想去看看了，可惜的是一直都沒有時間。

「我們下個禮拜天去。」他說。

「禮拜天不行，老爹的店要打工呀。」我搖頭。

「禮拜三吧，等妳練完團，我那天應該可以結束手上的研究，也該告一段落了。」

「練完都不知道幾點了，而且通常練完都還要開會討論。」我說。這是實情，因爲在樂器行租場地很貴，所以我們都習慣只在那裡練習，要討論則等到結束之後才會討論。

小默皺起了眉頭，而我也皺起了眉頭。

回到家之後，燈管依舊忽明忽滅，早知道剛剛不管小默有多餓，都應該先拉他上來幫我處理好的。我耐不住性子，終於又關了它。

跟小默逛不到五分鐘，他已經覺得新崛江無聊到爆，再加上吃飯時那聊話當中的不愉快，所以他的臉色很難看。後來是蘇菲亞的電話讓我們停止了逛街，她人在老爹那裡，問我能否過去一趟。

小默送我到老爹的店門口，略打招呼之後隨即離去，他還得趕回學校。我推開玻璃門，門上的鈴鐺發出悅耳的響聲。

今晚又是咖啡會，老爹正在爲大家介紹各種咖啡豆跟調煮方式，晚來的我露了一手學自老爹的卡布奇諾拉花技術，老爹看得眉開眼笑，說如果我出去開店的話，這招就可以混吃一陣子了。接受著大家的讚美，但我的心情其實很忐忑，老想起剛剛離去前的小默，他似乎還有很多話想說，可是卻沒說出口。

蘇菲亞獨自坐在角落裡，一邊喝咖啡，一邊做筆記，我表演完了之後過來找她，順便問她，到底醫藥大學的四年級都在幹嘛，爲什麼她可以閒成這樣。

「如果畢業之後不打算繼續走這條路，那我那麼認眞要幹嘛？」她反問我。

「不想走這條路的話，當初妳又何必選擇它？」我支著下巴，趴在桌上。

蘇菲亞手上搖晃著筆桿，認眞地看著我，「有時候妳做一件事情，並不會因爲那是妳自己的選擇吧？」

她的話讓我沉默。就像阿振當初念高工一樣，那也不是他自己的選擇。我記得阿振曾經說過，蜻蜓是他見過最勇敢的人，高二上學期還沒念完，蜻蜓就自己決定休學，毅然決然地放棄了一切，跑到台北去補習，要去學自己喜歡的東西。

到高雄來求學，我並不確定自己是否眞的對商業有興趣，只是延續著家商時所學的本科系而已，那我以後呢？我能自己選擇嗎？

而念頭一轉，我又想起小默，近來我努力地配合，滿足他想拉近彼此距離的想望，這是我的選擇嗎？不是，我想，大部分的時候恐怕也不是。

蘇菲亞繼續跟我說起她的研究，她認爲目前全高雄比較像樣的咖啡館不會超過五家，而普遍價位偏高，至於西子灣一帶，則一家好咖啡館也沒有，如果要過去那邊開店，首先要的是煮咖啡的技術，再者是裝潢跟價位的問題。

「妳有沒有想過，萬一我不能參與怎麼辦？」我打斷了她。

蘇菲亞很驚訝地望著我。深呼吸了一口氣，喝乾了杯子裡的水，我把最近小默的事情告訴她，也把小默反對的理由告訴她。

這些話我從來沒跟蘇菲亞或櫻桃提起，因爲她們平常各自忙碌，而我更不是一個很擅長說自己心事的人，有很多話或感觸，我總習慣放在自己心中慢慢咀嚼，卻不表達出來。

小默反對我投入開店計畫，一來他擔心會影響我的功課，二來他擔心畢了業，咖啡館一開，我會更沒有時間陪他。

「妳那個男朋友什麼時候變得對妳這麼關心了？」蘇菲亞很訝異於小默會有如此的反應。

「那說來話就長了。」我已經懶得再把這幾個月來發生的事情一一交代了。

蘇菲亞凝神沉思許久，最後她把計畫書合上，拿著我的薄荷菸也點了一根。

「這樣吧，要不要繼續下去，我給妳時間考慮。而妳得想清楚，這家店開下去，我在乎的不是錢賺多少，也不是一開始起步我會付出多少錢，我在意的是我們能在這家店做得多開心。」她說：「基本上，這是一個沒有妳，就不可能實現的夢想。」

回家的路上，我腦海裡不斷浮現出蘇菲亞講這句話時的神情，「這是一個沒有妳，就不可能實現的夢想。」

我可以嗎？我能夠像老爹一樣，經營好一家店嗎？我會不會因爲要把店管好，就像小默說的一樣，忽略了我的愛情呢？

小寶被老爹打電話挖過來載我回家，蘇菲亞也還得趕回去準備這兩天補習班上課用的講義跟考卷。路上小寶問我是否眞的要開店，又問我是否眞的要在店裡做音樂表演，我都沒有回答，心中滿滿的全是蘇菲亞說的話：「這是一個沒有妳，就不可能實現的夢想。」

而這時候我好想打個電話給阿振，問問他對這件事情的看法。

長久以來，我們都在爲自己的夢想而努力，就在接近實現的邊緣之前，我們能不能鼓起最大的勇氣，賭這一把，跨過這一步？

高雄的晚風冷了，我們穿過車水馬龍的市區，一路飆回到鼓山區，到我的宿舍來。

在渡口邊的7-11，我買了啤酒跟泡麵，準備權充今晚的消夜。我讓小寶在這裡先離開，因爲我宿舍那邊的巷口最近正在施工，車輛進出不易。

結果小寶剛走，我剛買完東西走出來，就看見小默。

他的臉很臭，一副很不耐煩的樣子，手上居然也拿著一碗泡麵。

「不是很忙嗎？結果還不是喝咖啡喝到現在才回來。」他帶著惱怒，輕蔑地瞥了我一眼。

這是一個沒有我就不行的夢想，因為這是我的夢想。

35

沉悶了一天一夜，今天高雄就下起了大雨，本來班代說要開班會，討論旅行事宜的，也臨時取消。雖然我的成績不怎麼樣，不過好歹該修的學分我都沒有錯過，這學期剩下的課不多，下著大雨的日子裡，最適合的就是蹺課。

我試著讓自己有一點好心情，也試著讓自己的身體放輕鬆，將原本放在窗邊，小默送的那盆小金桔挪開，自己拿著書窩在窗口，讀了起來。

不過也許是外面的雨聲太大，我總覺得心神不寧。一本書看沒幾頁，我就想起了小默，想起當年我在高雄火車站，第一眼見到他的樣子，也想起了他牽著我的手，一起走在文化中心，走在城市光廊的日子。我甚至還想起他跟我告白的那一天。

一個「很高雄」的艷陽天裡，一個「很高雄」的炎熱午後，我們約在高雄火車站外面，那時我還沒認識老爹，還沒到咖啡館打工。

從台中回到高雄，小默騎著機車來接我，他把我的背包背在自己胸前，將安全帽遞給了我，然後問我有沒有想在回宿舍之前，先到哪裡去逛逛。

「這一年來，我們好像把高雄逛遍了吧？」

「我說的不只是高雄呀。」

「可是我們只有一下午的時間呀。」

「我也沒說只是今天呀。」他轉過頭來，笑著對我說，如果我願意的話，他會用野狼機車接送我一輩子，隨便我說要去哪裡都可以。

不過可惜的是，兩個月後，我媽把她的機車運到高雄來給我，而小默的研究愈來愈麻煩，這個諾言只剩下每個禮拜二會實現，那是我們約好吃蚵仔煎的日子。

我不知道這一路走來的愛情，爲什麼今天會變成這麼怪的感覺。前天晚上小默後來沒有回學校，卻跑到我宿舍外面等我，分明跟他說好了，我會跟蘇菲亞聊晚一點，看情形再電話連絡的，結果他卻一聲不響地跑來，在我宿舍外面等了一個多小時，後來等累了，走到7-11買泡麵，買完回我宿舍外面，想起自己沒有熱水，結果又走回來，然後才遇見我。

他沒再多說什麼，連那碗泡麵都沒吃，整個丟進了7-11外的垃圾桶，上了機車，只冷冷地對我說了一句話：「我覺得妳愈來愈特別，特別到我不知道該怎麼愛妳。」

看著他壓抑著滿懷的怨懟之意，我一開始有點被嚇傻，接著思索我到底做錯了什麼事情，當我確定我應該沒做錯什麼的時候，小默已經搖搖頭，失望地上車離去。

想到這裡，我放下了書，攬鏡自照一番。怎麼看我都是原來的我，怎麼想都覺得是小默的改變，影響了我們原先的平衡，這問題原不在我，可是既然小默的改變，影響了本來的模式，那我就只好跟著他改變。但我能怎麼變呢？如果我眞的不喜歡改變的話，我到底該怎麼跟他說呢？

事情已經糟糕到了他連話都不想再跟我多說的程度了，我不曉得該如何是好，原本很穩定的愛情，在已經習慣之後，一旦出現了問題，更教人難以想像跟反應。

小默回去之後，沒打電話給我，這兩天我的心情雖悶，但還是過著跟平常一樣的日子，他仍然沒跟我連絡。到底他在想什麼？我一點都弄不明白。雨很大，我把書丟到床上去，面對著這巨大的徬徨，心情開始慌亂。

也許這就是蘇菲亞跟櫻桃說過的，愛情在甜蜜期之後，會因爲更客觀地觀察對方，而開始的摩擦；也可能是面臨著我的即將畢業、我跟蘇菲亞的開店計畫，讓小默擔心我會有所改變，所以他比我先緊張。試著從小默的角度想，我覺得這也不無可能。佳琳曾說，男女最大的不同，就在於女生會比男生多想一分鐘。所以像阿振或小寶他們總是粗枝大葉的，但小默不同，他很纖細，也很敏感，所以我想一定是我漏掉了什麼關於他的部分，所以才引起了他的不安。

望著窗外的雨，我想我應該在雨停之後，去找他好好談談。不管談些什麼都好，總之，我不要再看見他像那天晚上一樣，如此憤怒而怨悵的表情，那不是我熟悉的小默，我不要他變成這個樣子。

而叵料，這雨還下著呢，我昨晚買的泡麵剛剛打開，正想補充熱水瓶裡的水，要泡來吃而已，小默就忽然出現了。

被雨淋得一身濕的他，拒絕了我叫他上樓的提議，堅持要我在樓下跟他說話。騎樓邊沒看見他的機車，這裡的路面現在被挖得滿是坑洞，小默說他把車停在7-11，他是走過來的。

「什麼話都先上樓換件衣服，把頭上的水擦乾了再說好嗎？」匆忙下樓，我沒帶衛生紙，只好用袖子爲他揩拭雨水，他的模樣比前兩天晚上更狼狽，也更憔悴。

小默搖搖頭，雨水在他臉上，順著輪廓滑落，滴在他身上，也滴在我身上。他的眼鏡早已霧花，我說要上去拿衛生紙跟毛巾，他也不要，在他摘下眼鏡來擦拭時，我看見他眼眶已經深陷了下去，露出非常疲憊的眼神。

「到底怎麼了呢？這麼大雨的……」

「我只是覺得很悶。」他說。

騎樓邊有些紙箱木箱，我跟他坐在木箱上，看著外面的雨。這雨並不猛烈，但是卻毫不間斷，維持著垂直的線條墜落，在地上拍出了細碎的水花。

「妳還記得莉庭吧？」

「餅乾妹？」

點個頭，小默說：「上次歌唱比賽那件事情之後，我跟她見過幾次面，她還是經常送點心到實驗室來給大家吃，我跟她聊了很多，也聊到妳。」

聊到我？我很好奇小默是怎麼跟別人談到自己的女朋友的，轉頭看他，他卻沒看我，只是繼續說著：「說眞的，她給了我很多震撼，讓我看見了在我所擁有的以外，另外一種方式的愛情。」

「就是你說的，耳鬢廝磨、朝夕相守的那種愛情？」我眉頭一緊，這就是餅乾妹給小默的影響嗎？而這也就是小默這陣子改變的原因嗎？餅乾妹又去找過小默好幾次？這些事情爲什麼他從沒跟我提起？而餅乾妹跟小默說這些幹什麼？她憑什麼當起小默愛情裡的軍師顧問？

似乎察覺到我聲音裡的不悅，小默做了解釋：「對我來說，莉庭只是個小妹妹，也是個不錯的朋友，我們聊天，所交換的也不過是彼此對於愛情或課業的看法而已。」

「她可未必是這樣看你的吧？」我冷冷地回了一句話，不過之後的我沒說，我更想回的一句話是：「你們只是聊聊，可是卻讓我們之間的愛情徒增了一大堆麻煩。」

「不管莉庭怎麼想，但是她給了我一種很不一樣的感覺，她讓我覺得……覺得……」說到這裡，他忽然停了下來，我沒答話，只是看著他。

「她讓我覺得也許那種愛情，比我們現在相處的方式，還要更像愛情。」如果我們相愛的方式不像愛情的話，那我們之前都在幹嘛？站起了身子，我踱了幾步，思索著小默的話。

「所以自從妳從台中回來之後，我就在想，也許我們之間的很多問題，都是因爲我們太少在一起的緣故，或許我們應該改變一下……」

「我們的問題不在於我們如何相處，」一時衝動的我，打斷了他的話：「我們的問題在於她的忽然出現，然後吻了你的臉。」

這話是怎麼說出口的，我自己都嚇了一跳，小默的雙眼一亮，似乎也爲之震動。話一說完，我們都陷入了好大的沉默，只有雨聲不斷。

一滴雨從天而降需要多少時間？十滴雨呢？一百滴呢？這滿天的雨下完，需要多少時間呢？我不再把眼睛看向他，只是凝視著雨，直到我把自己的情緒調整好爲止。

「對不起。」終於，我先道歉。說好了不再提這件事情的，我卻提了。

「她只是吻了我的臉，妳卻在那個周振聲家裡過了兩三天。」他垂著頭，用低沉的聲音說：「我們不需要這樣互相傷害吧？」

怎麼也想不到，這個蹺課的日子，會是我們爭執的日子。可是我知道小默沒有這意思，他只是用這兩句話來提醒我，別把所有事情混在一起而已。我們都安靜了一下，讓自己的情緒沉澱，呼了幾口氣，我想我現在最在乎的，還是他的身體，無論兩個人感情出現了什麼問題，至少，我不希望他病倒。

「還是先上樓，把身上的水擦一擦，有話要說再說好嗎？」看著他的模樣，我覺得很難過。

不過小默依舊搖頭。

「你不是希望兩個人甜甜蜜蜜、恩恩愛愛嗎？那我們就上樓，我幫你把身上的雨水擦乾，先找衣服讓你換，這樣不是很好嗎？」我繼續勸他。

「如果今天不下雨呢？」他抬起了頭，一句話，讓我語塞。

如果今天不下雨呢？我也問我自己。如果今天不下雨，小默來找我說這些話，那麼我就不請他上樓了嗎？如果今天不下雨，我找他上樓還可以用換燈管做理由，但是我只有一支燈管要換，他能表現的機會只有這一次，那以後呢？

「小喬，」他看著我，也輕輕拉住我的手，「如果今天不下雨，妳說我們怎麼辦？」

終於，我的眼淚流了下來。

下雨的日子我才表現出我愛你，不下雨的日子怎麼辦？

* 36 *

我想我永遠都會記得小默最後離去時的背影。蕭索，而孤寂。當我最後終於搖搖頭，跟他說了那兩句話之後，他給了我一個最無奈的笑容。我說：「那種小兒小女的愛情，眞的不是我想要的愛情。」

我要的愛情其實就像現在這樣就好，小兒女的相依相偎，可以留在結婚後，可以留在夢想實現之後，現在的我，只想好好過一些豐富的大學生活，好好爲夢想多做一點努力。這些也是我跟小默剛開始時就約定好了的。

沉默了好久，直到連站在騎樓下的我都覺得冷了的時候，小默終於站起來，點點頭，用我幾乎聽不到的聲音說：「我明白，我明白。」

看著我咬著嘴唇，背靠著鐵門，縮成一團的樣子，他要我上樓休息，離去前，他說了不曉得是說給我聽的，還是說給他自己聽的兩句話。那兩句話，不久前我才從阿振那邊聽到過一次。他說：「我想我們都是好人，只是我們要的愛不同。」

哭泣著，窩在我的房間裡。不知何時起的風，把雨水從窗口都吹了進來，濕了我的書桌，也濕了我的上半身。

我止不住自己的眼淚，也無力做些什麼，看著桌上那已經打開，放好調理包的泡麵，我看得視線模糊。

我記得阿振在跟養樂多女孩分手時，說起這兩句話的神情，跟小默一樣落寞，一樣難過，那時的我並不是很明白這種感覺跟意思。而那時我不想懂，因爲我不希望我自己會有那樣的一天。

但現在我知道了，原來當相愛的兩個人，發現各自所要的愛情愈來愈不同時，就是這種感覺。所以阿振說他跟養樂多女孩都是好人，只是他們要的愛不同；而小默說我跟他都是好人，我們也是要的愛不同。但問題是我們要的究竟是什麼樣的愛呢？如果我們要的愛不同，那我們又怎麼走來這一路平順的好幾年呢？

餅乾妹或許眞的沒讓小默動心，但是我知道，她的表現已經讓小默對自己原先所擁有的這份愛情起了不一樣的看法了，至少，跟最初我們約定的，是不一樣的看法。

掙扎起身，我把窗戶關上，但房間裡已經一地水漬。坐在地板上，我點了一根香菸，才發現自己毫無抽菸的心情。

我不想就這樣放棄我的愛情，那是我經營了好多年的愛情，那是我一直以爲我已經經營得很好了的愛情，我不要這樣放棄。

可是我能做什麼？可是我不知道我能做什麼。因爲我曉得，如果今天不下雨，我又沒有燈管要換的話，我只會跟小默出去吃一份蚵仔煎而已，並不會像餅乾妹一樣，跑到物理系研究大樓去找小默，我甚至連安靜地坐在一旁看他寫研究算式我都覺得無聊！小默之前問我要不要到研究室去，他忙他的，我忙我的，可是我說我怕碰壞他們的東西，所以拒絕了他，現在想一想，是不是其實我內心深處，早在排斥這樣的相處背後，那眞正的意義呢？

我知道我做不到他要的那樣子，而且我是眞的不喜歡那樣子的自己。

雨下得更大了，小默回去的路上會不會有危險？那輛老野狼機車應該沒問題吧？我擔著心，打了一通電話給他，卻直接進入了語音信箱。

我該怎麼辦呢？小金桔沒有表情地看著我，角落的燈管跟吉他也沒有表情地看著我，我想問問，誰能告訴我我該怎麼辦呢？房間裡看過一圈，連阿章都好沉默。

後來我不記得我是怎麼睡著的，也不知道雨是什麼時候停的，躺在床上，我連衣服都沒換，拉著被子，就這麼哭著睡著，再醒來時已經是晚上七點多，而吵醒我的是一通電話。

「妳住在鼓山區對吧？」是阿振的聲音。

「嗯啊。」我掙扎著起身，打開窗戶，下過雨之後的高雄傍晚，天已經黑了，外頭有涼風徐來。

「鼓山渡口跟旗津燈塔是相望的對吧？」

「嗯啊。」我看向海的方向，從這裡可以看得見渡口，跟對岸的旗津燈塔那座小山。不過這幾年附近蓋了不少房子，遮住了我的視線，現在從我房間要看到海的方向的話，得站到床上去，從斜側面看才看得見。

「所以從旗津燈塔可以看到妳房間囉！」

「什麼意思，你是說你現在人在……」我張大了嘴巴。

「我不知道這裡看過去的萬家燈火，哪一盞是妳房間的燈，可是我知道萬家燈火裡，其中一盞燈下，有人靠在窗邊，正在看著我。我在旗津，終於來到旗津。」他笑著問我：「妳呢？今天的妳好嗎？幫妳那顆快要迷失的心找回方向了沒有？」

燈塔指引著海上的船隻不致迷航，燈塔邊的你能否也帶我走出我的迷宮？

* 37 *

「妳的心情很不好。」阿振看到我的第一眼，是這樣說的。

但我拒絕承認，我說我只是沒睡好。

「不，妳心情不好，」他指著床邊好幾團用過的衛生紙說：「看，妳一定哭了很久。」

「我鼻塞，那是擦鼻涕的。」

「不，妳心情不好，」他竟然把衛生紙撿起來，拎到我面前，「如果是擦鼻涕的，上面應該會有鼻涕乾掉的樣子，可是這個沒有，而且一般來說，我們擤鼻涕之前，都會稍微摺一下衛生紙，但擦眼淚的時候，妳不會考慮這麼多，妳會一把抓著就開始擦。」

「靠！你是柯南嗎？」我很驚訝。

結果他說：「不要小看我，我只是白目一點而已，我可不是白痴。」

阿振身上的衣衫很單薄，他說東部現在還很炎熱，絲毫感覺不出時序已經進入冬天。一邊換燈管，他一邊說著這趟旅行的經歷。我怎麼也沒想到，這支燈管最後會是阿振幫我換的。世事難料，我忽然苦笑起來。

「怎麼會想去旅行？」

「散心呀。」他說。

自從上次我到他那邊去住了幾天，養樂多女孩來大鬧一場之後，阿振就變得很多愁善感，可是今天再看見他，我覺得他彷彿又回到原來的開朗了。

「旅程好玩嗎？」我試著問他。

「還好。」他說著，要我把電燈開關打開，試試看會不會亮，燈一開，果然滿室光明。

「高工讀了三年，到現在我唯一會的只有兩件事情，第一是修馬桶，第二是換燈管。」

看著明亮耀眼的燈，他笑著說。

雖然再沒有閃爍的燈光惹我心煩，不過我不想在這房間多留，我怕我又想起今天下午發生的事。本想拉著他到老爹的咖啡館的，結果他卻帶著我來到西子灣，還說什麼他也要享受一下，窩在堤防邊那像蘿蔔坑一樣的地方，學學人家情侶的感覺。

我們買了香菸跟啤酒，縮在岸邊，阿振聊起了他的散心之旅。

台中一別之後，他跟養樂多女孩算是徹底完蛋了，這趟旅行，他帶了過去所有買來送給養樂多女孩的飾品，車子走到哪裡，他就睡到哪裡，除了昨天晚上在屏東有找旅館過夜之外，其他日子他都睡車上。每到一處他喜歡的風景，他就打開飾品盒子，從裡面拿出一個，將它掛在樹上，甚至直接拋入海中。

「這樣做有什麼意義？」

「沒意義呀。」他毫不在乎地說。

「那你幹嘛做這種沒有意義的事情？」

「因爲這樣我會很爽。」結果他給我一個很白痴的答案。

阿振說，那些飾品，就是上次在他老家的曬穀場上，養樂多女孩扔在他面前的那些東西，而其中有一串最貴的項鍊，價值六千多元，當其他東西全都拋棄之後，他很猶豫要不要就這樣也把六千多塊錢的東西送給大自然。

「未免太可惜了吧？」

「是呀。」

我問他那條項鍊呢？他賊笑了很久，最後告訴我，他在路上就用數位相機給項鍊拍照，找家網咖上傳到拍賣網站，隔天立刻以五千元的高價成交。

「剛剛來找妳之前，我才在妳家外面的7-11把它宅配出去而已。」

「你眞的不笨嘛！」我稱讚他。

「早說過了，我只是白目而已，可不是個白痴。」他還很驕傲。

下過雨的夜晚，海風有點冷，阿振喝了兩瓶啤酒之後，帶我回到他爸的車上，然後才問我到底發生了什麼事情。

我該怎麼說呢？整理不出一個開頭，所以我乾脆用時間做標準，把從台中回來之後的一切，一件事情一件事情慢慢地說了一遍，這一說，我足足說了快一個半小時，這中間還不包括阿振兩次尿急，下車跑到靜僻無人處去偷尿尿的時間。

「我不知道為什麼妳男朋友會在短時間之內有這麼大轉變，可是我猜想他一定受到了很大的刺激，才讓他整個人觀念完全改變。」

「能有什麼大刺激？」

「那個餅乾妹的一吻，難道刺激還不夠大嗎？」他說著，發動了車子。

於是我無言了。其實阿振說的很有道理，而這也早在小默的話語裡印證，但我就怎麼也無法認同，一段三四年的感情，真的能夠因為一個第三者不到三個月的闖入時間，就徹底被推翻嗎？如果是的話，那我們原本以為堅定不移的愛情，到底還算什麼？我不想相信這種事情，但事實卻由不得我不相信。

握著拳頭，我想，或許我應該換個角度，朝著小默所希望的，試著去嘗試看看，就像之前我還努力配合過他的那樣子，再努力、更努力一點，或許我也就能跟他一樣，發現小兒小女的愛情裡，那不同風味的幸福感。

不過這念頭在我心裡建立不到一分鐘，忽然就又動搖了，因為我根本不知道從何做起，也不知道自己能做多久，萬一改變只是曇花一現，這對我跟小默的愛情豈不是更傷？

「想什麼？」車子開出了中山大學，過了鼓山渡口，他隨口問我。

「我在想，愛情好像總是在開始的第一分鐘，跟結束的那一分鐘最精采。」

「是這樣沒錯呀。」一個很敷衍的回答。

「那如果是這樣的話，中間的時間裡，我們都在幹嘛？在煎熬？在掙扎？」

這問題讓他一愣，略一思索，他忽然笑了出來，「大概都在混時間、等分手吧。」

一路往左營過來，我們沒再多交談，他讓我一個人安靜一下。到了蓮池潭時，這裡的店家幾乎都打烊了，我們把車停在湖邊，領略著夜晚的深沉與孤寂。

「如果你早知道愛情會有結束的那一天，那你幹嘛還要開始？」

「誰在愛情開始的時候會想到這個？」他把座椅放平，躺了下去。

我沒學他這樣做，只是輕輕跟著車裡的音樂哼著，又是那首羅比威廉斯的「Better Man」。

「別想太多，妳的愛情還沒結束。」阿振忽然說話：「他沒說他不愛妳，妳沒說妳不愛他，你們相信彼此都還有努力空間的話，那愛情就還沒有結束。」

「你自己又何嘗不是？可是你卻還是去散心旅行了？」

「我那是詛咒，」阿振笑著說：「以前我喜歡昱卉，後來我喜歡秀瑜，當初都沒注意到，分手了我才赫然發現，原來她們都愛喝養樂多，看來我跟愛喝養樂多的女孩都不會處得很好。」

我噗地一聲笑了出來，昱卉是阿振高中時候喜歡的女孩，但是喜歡這女孩的，同時還有他最死黨的蜻蜓，結果阿振把這份感情壓抑住，直到蜻蜓決定休學，到台北去補習，又過了一年之後，阿振和昱卉才算眞正地談起了戀愛。

我問阿振，那段感情後來到底怎麼樣了，阿振嘆了口氣，沒有回答。這聲嘆息很長，長得讓我無法再問下去，那當年我跟阿振已經失去了連絡，所以並不了解，不過不管怎麼說，肯定都沒有好結局，否則五年後當我跟阿振重逢時，他的女朋友就不會是這個甩了一地飾品的、第二個愛喝養樂多的女孩。

「找個時間再回台中一趟吧！」我說我想再去阿振當年很喜歡駐足的小河邊，以前他曾帶我去過一次，我還牢牢記得，我在那河岸邊，看到的一天夕陽，那瑰麗的彩霞。

「愛情就像太陽一天的起落，日出很美，日落很美，其他時間的大太陽就教人受不了。」想像著那片夕陽，我心嚮往之。

「有太陽總好過沒太陽，至少妳省下了不少開燈的電費。」他則很不解風情地說著。我沒理會他的愚蠢，心裡正在爲這些無奈的轉折而感傷時，阿振忽然坐起來，轉過頭來對著我，然後用極爲嚴肅的口吻，問我：「妳應該不是個愛喝養樂多的人吧？」

愛情總在開始與結束的那一分鐘最美，但問題是中間時間我們都在幹嘛？還有，我非常不喜歡喝養樂多。

* 38 *

下雨的那兩天，我蹺了全部的課。阿振窩在左營他媽媽家，居然也沒回台中，還說離開學校愈多天，就愈不想回去。雖然不知道歷史系是不是眞的閒成這樣，不過我猜他這學期肯定又有一堆要被當的學分。

去蓮池潭那晚，我見到了他的母親。大約四十多歲的婦人，看起來卻只有三十多，我想這跟規律的生活起居，以及善加保養有關，唯一美中不足的，是臉色蒼白了點。阿振說，他媽媽之前病了一陣子，最近才康復的。

我沒有進去他們家，阿振也只是回家拿外套而已。阿振的繼父是個好客的人，一直問我要不要進去坐坐。

離開了他家，我對阿振說，我很羨慕他媽媽現在所擁有的幸福。

「苦了幾十年了，好不容易有個疼她的男人，這也算是苦盡甘來了吧。」阿振開著車子。

「你爸爸以前不疼她？」我說的是阿振的生父。

「兩個太有主見的人，是不會有好結果的。」阿振說：「那年代不流行溝通這個字眼。」

雖然我不覺得「溝通」就能解決愛情裡所有的問題，不過好像很多人的愛情就是敗在缺乏溝通上。

「難道你媽跟你這個叔叔，他們就很能溝通？」

「不，他們一樣不溝通，」阿振說：「他們現在採行的是『老婆無限大』制度。」

阿振說得很隨便，但我卻聽得非常嚮往。

那晚我們窩在蓮池潭邊，就在車上睡覺。他已經習慣這種感覺，而我則是覺得很新鮮。

「妳知道睡醒之後，一睜開眼睛，一坐起來，就看見太平洋的感覺嗎？」車子熄火之後，在一片漆黑裡，阿振忽然說話。

「嗯？」

「那是一種很自由的感覺。」他說：「妳會看見海面上閃爍著的陽光，看見大海跟天空，兩種很類似，卻又完全不一樣的藍。而一轉頭，是由近而遠的，一整片連綿不絕的高山，那些高山從絕高的頂端，斜斜地直入海平面，那就是花蓮的山跟海，只有在花蓮才看得到的風景。」

「然後呢？」

「然後妳會想，這整面的山脈，跟這整片的大海，它們已經互相拉扯、拔河了幾千年，依舊沒有分出勝負。而如果連它們都分不出勝負的話，那我們這短短的一輩子幾十年，究竟還要爭什麼？爲什麼不能簡單快樂地過日子就好？」

說完，他開始沉默，我想他正在回想這幾天來，在花東的路上所見的風景，也正在回想這些風景所帶給他的種種感動吧！

距離我上次去花東，已經有一兩年的時間，記憶中已不復尋那些旅遊所見的風景，而正在規畫中的這次花東班遊，我看也是凶多吉少，不曉得什麼時候我才能夠也去看看阿振說的那些景致呢？這些景致，就像當年他建構在我腦海中，關於自由的影像一樣，讓我有個追尋的目標，所以那當下的我，在心中決定，一定要好好地去看一次他說的那高山與大海。

「對了，我決定要延畢一年了。」他又說，因爲學分修不完，爲了不想讓大四下學期擠得滿滿的都是課，所以決定延畢一年。

「你爸媽沒意見嗎？」

「這是我的人生哪！當然我自己做主。」他說。

那天晚上我聽著阿振偶而零星說著的話，跟他在幽暗的車內有一搭沒一搭地聊著時，忽然想起來，我被記大過的那當年，那時我跟他兩個人窩在佳琳她家附近的咖啡館，也是這樣地說著話。

那是好久好久以前的事情了，那個時候，我們的人生都還不能由自己做主。

隔天我回宿舍，地板上的水漬已經乾了，留下一些難看的痕跡。清理了地板，我將床邊擦過眼淚的衛生紙全都收拾掉，把換下來的燈管也拿到樓下的資源回收箱，然後將那碗始終沒吃的泡麵順便給扔了。房間又恢復成原來的模樣，可是我發現自己的心情卻無法回復成原來的樣子。

小默現在在做什麼？他現在正在想什麼？我又想起他寥落的背影，想起他最後離開前喃喃說著的那兩句話。過了這兩天，他現在好嗎？是否還在生氣？或者悲傷？是否還在等我給他回應，為了我們的未來再繼續努力下去？

茫茫然看著房間裡的一切，說起來我跟小默雖然不常見面，可是我房間裡卻處處有他存在著的痕跡與證據。書架上有他拿給我看的書，桌面上左右各一個相框，是我跟他的合照，連檯燈都是我大一時他買給我的。

床單被套是跟他一起去家樂福挑的，兩個三格書櫃是他幫我組合的，牆壁上的史奴比時鐘也是他幫我掛上去的，甚至，我剛找到這間宿舍時，是他幫我搬家的。

誰說細水長流的愛情就不是愛情？我們沒有太常見面，沒有太多擁抱，可是舉手投足間，我們都知道我們之間有愛情，既然如此，那幹嘛非得一定要耳鬢廝磨不可？

我把吉他收進裝吉他的專用袋子裡，整理了一下樂譜，這是我大學三年多來辛苦抄寫的，一邊整理，我才發現有好多是之前我從社窩借來，而還沒歸還的，袋子裡有個節拍器，這也是從學弟那邊拗來的，都不知道借了多久了。翻閱著這些東西，不知不覺間到了下午，了無食欲的我，逼著自己吃掉半包統一麵，剩下的擱在桌上，我躺到床上去，讓自己眞正休息一下。

可能是因爲最近太傷神，我這一睡竟然睡得很熟，再醒來時已經是隔天中午，算算，我居然睡了快要超過十五個小時。

十五個小時，世界發生了多少變化？我看看外面，微陰，應該還不會下雨，這天氣延續著幾天前的陰雨，似乎沒什麼改變，可是天氣沒變，人事呢？人事有沒有改變？起床後披上外套，我對著窗外發呆。

呆立半晌，我有個衝動，不管此刻的世界，與十五個小時之前有何差別，但我都應該做點努力，或者應該跟小默再多溝通一下。我想到學校去一趟。將東西歸還回去，也許我可以順便在學校逛逛，回味一下小默當年帶我逛校園的滋味，也許我可以不小心逛到物理系大樓去，又也許我會不小心順便買一杯冬瓜茶，更也許，我可以考慮試試看，坐在研究室裡，看著小默做實驗。

也許人類長了翅膀就可以飛，所以萊特兄弟終於發明了飛機；也許靠著蒸汽的力量可以推動東西，所以瓦特發明了蒸汽機；也許我多試試看，就可以讓愛情除了開頭與結束之外，每天更多精采幾分鐘，也許我可以。

一邊想，我已經一邊走下樓。

* 39 *

社窩裡一個人也沒有，我知道學校的社團風氣不盛，可是冷清成這樣，也眞是教人感到難過。不過那無所謂，反正我是來放東西，不是來聊天的。

下了幾天雨，建築物與樹木上的灰塵幾乎都被洗掉了，到處都是一派清新。走在校園裡，感覺很輕鬆。

今天不是假日，可是我卻只有一堂很營養的選修課而已。小默現在則應該在實驗室裡忙碌著吧？我很清楚，我說服自己來學校的理由是歸還社團財產，但我眞正的目的，是過去找小默。

走在校園小路上，我遠遠望見小山坡上矗立的三棟很類似的建築，中間那棟就是物理系大樓。從小路穿過去，得先爬上一座又陡又狹窄的階梯，結果我在階梯下，看見了樓梯最上方，坐著一對情侶。

男孩貼心地坐在靠樓梯欄杆這邊，讓女孩坐在比較安全，靠山坡的一邊。兩個人的年紀都不大，看來應該只有大一或大二，我想也只有小學弟妹，才會把學校當作約會場所吧。

不想過去破壞人家的甜蜜，所以我在稍遠處駐足，點了一根香菸，假裝自己只是出來抽菸休息的學生。

女孩手上拿著一個小紙碗，不曉得裝著些什麼東西，她正用小湯匙慢慢地舀出來，一點一點地餵給身邊那男孩吃。男孩沒有露出非常好吃的表情，卻用溫柔的眼光望著女孩。

這就是甜蜜嗎？這就是小兒小女的愛情嗎？這樣的愛情一定讓人感到時刻都沉浸在幸福裡吧？

可是這樣的愛情能夠維持多久呢？也許有一天男孩終於要入伍當兵了，那麼他能忍受沒有人餵他吃東西的感覺嗎？而女孩正依偎在男孩身邊，她能忍受有一天她將得自己一個人生活的滋味嗎？等他們都畢了業，爲了生活而忙碌，而無法這樣時刻相依時，他們會不會覺得很不習慣呢？

並沒有嫉妒，也沒有特別的意思，我只是在想，當兩個人有一天因爲一些原因或理由，不得不停止這樣的甜蜜時，他們該怎麼辦？如果有一天，當他們發現這樣的愛情已經無法讓他們感到滿足時，他們會不會懊悔於相戀之初，就跟上天預借了太多的幸福？

我想這也許就是我還不想跟小默這樣朝夕相守的原因吧？因爲我們都還有很多要忙的事情，因爲他還要當兵，我也有自己得去完成的夢想。所以除了剛開始在一起的第一年，我們走得比較近之外，後來的日子裡，我們總是各忙各的，但說是走得比較近，我想，也沒有我偷眼所及的、樓梯上那對小情侶的親暱。

那瞬間，我想起佳琳說過的話，她說她不能理解爲什麼我跟小默在學校相隔不到八百公尺，可是卻像在談遠距離戀愛，而我也忽然明白，當兩個人的心有了距離之後，八百公尺其實遠於八百公里。

所以最後我放棄了，我沒有走上階梯，沒有踏進物理系大樓。因爲我知道，我再怎麼努力，都做不到像階梯上那女孩一樣的程度。儘管我今天出門前，已經做好了準備，讓自己朝著這方向去踏出第一步，可是現在我退縮了，因爲我知道即使表面上我做到了，內心裡，我終究還是不會踏實。

對不起，小默，我還沒有準備好，請多給我一點時間。

我帶著黯淡的心情，騎車出了校門，結果在學校外面的臨海路，差點撞到衝過馬路的一隻小狗。突如其來的緊急煞車，讓我嚇了好大一跳。

突然很想喝杯酒，或者聽一場很激烈的搖滾樂演唱會，我發現自從櫻桃去補習班之後，我已經很久沒再去以前常去的PUB。這段時間以來發生了好多事情，尤其是在跟阿振重逢之後。

脫了軌的火車該怎麼重回軌道上呢？我失魂落魄地在學校附近兜著風，鼓山區的街道最近因爲捷運施工的緣故，到處都坑坑洞洞，後來我索性把車停下，改用走的。

晃呀晃地，晃進了一家小遊樂場，遊樂場由一般住家店面裝潢而成，門口左邊擺了籃球投籃遊戲機，右邊則是「太鼓達人」。

我默不作聲地掏出了五百元紙鈔給店員，本以爲他會給我四張百元鈔跟一百元零錢的，結果他居然換給我一大把十元硬幣。

抱著無所謂的心情，我站在店門邊，開始玩起投籃遊戲機來。運動不是我的專長，雖然我的身高夠高，大一時還有學姊來邀請我參加女籃，不過四肢其實並不發達的我當時婉拒了她。我也不知道爲什麼我會在這裡玩這遊戲。

人家玩投籃機，都是一個接一個球地拚命投，而我卻慢條斯理地，連瞄都沒有瞄就隨便亂丟，大部分的球連籃框都沒碰到，就又滾了下來。一口氣連玩四五局，我感到手臂發痠了，這才停了下來。

店員好奇地看著我，我知道她在看我，不過那又怎樣？換到右邊，我開始投幣，玩起「太鼓達人」。這遊戲很有趣，一個螢幕畫面不斷前進，顯示著跟隨著音樂，你要打的節奏點，而螢幕前面是兩個鼓，所以遊戲最多可以兩個人一起玩，我拿著粗粗的塑膠鼓棒，跟著音樂，看著螢幕上顯示的點，開始猛敲。

因爲看不懂日文，所以不小心選到了一首速度很快的歌曲，節奏點不大好抓。我曾見過小寶玩這種遊戲，他是鼓手，這遊戲對他來說非常小兒科，可是對我來說就不行了。跟著旋律，尋找正確的節奏，我的鼓棒打得零零落落。不過那也沒關係，我本來就不是爲了玩而玩的。就這樣一局接一局，當我發現我幾乎連握鼓棒的力氣都沒有了的時候，換來的那一大把零錢也已經所剩無幾了。

我這到底是在幹嘛呢？離開遊戲場，走在堆滿雜物，到處都是路霸的騎樓邊，我問我自己，卻問不到答案。

然後我想起剛剛玩的打鼓遊戲，想起自己的音樂，想起自己其實拍子掌握度實在有夠差的毛病，然後就想起上次校園歌唱比賽的表演曲，想起了阿振說過的話。

掏出手機，本想問問他人在哪裡，想跟他說說自己現在的心情的，可是我的腦袋旋轉飛快，電話號碼還沒撥出去，我跟著想到的，是餅乾妹衝上前去，抱住小默，在他臉上一吻的畫面。被吻的那個是我的男朋友，是我的男朋友。

於是我電話撥不出去了。佇立在路邊，紅燈變成綠燈，行人開始踏著斑馬線，陸續經過，而我站在街口，克制不住地，流起了眼淚。

＊40＊

後來不知怎地，回到停車的地方，我發動了機車，居然不由自主地又兜回學校來。不過這次我沒有把車騎進學校，卻停在臨海路這邊的海邊，然後穿過山洞，走進校區裡。天空還是陰沉沉的，不知何時又會下起雨來。

穿過長長的隧道，我漫步回到通往物理系大樓的階梯邊，先前在這裡濃情蜜意的小情侶已經不見了。他們去了哪裡呢？

踏上樓梯，坐在原本那女孩坐著的位置上，我企圖感受一下那女孩的幸福，可是卻感受不到。可能是我自己原先所擁有的，對我來說已經很足夠，所以我不需要這種方式的愛情。也可能男孩女孩把他們自己的愛情包藏得很好，所以即使他們在這裡坐了很久，也沒有洩漏出半分來，給我這個偶然路過的人感受一下。

愛情本來就是私有的，是不能分享的。我想這就是我很在意餅乾妹的原因。

坐了片刻之後，離開階梯，我繼續往上走，來到物理系大樓外。這裡很寧靜，半個人也沒有。要不要上去呢？我躊躇著，因爲不曉得上去應該跟小默說些什麼才好。

我知道自己正在猶豫不定，伸出手也許就可以做第一步的溝通，只要能溝通，很多事情也許就會迎刃而解，可是我卻怎麼也鼓不起勇氣，更不知道這一上去，會遇到的是怎樣的狀況。

「妳怎麼在這裡？」結果我背後有個聲音，他的聲音很輕，但還是嚇了我一跳，一回頭，是手上拎著便當的小默。

「這幾天還好嗎？」坐在體育館外的階梯上，我們看著對面宏偉的逸仙館，彼此都沉默了好久，小默最後從這話題起頭。

「嗯。」可惜的是我沒有將話題接下去的能力，於是我們又繼續安靜。

走過來時，小默拎著便當，我落後他大約兩步的距離。他的步伐不快，走路有點拖，手也沒什麼擺動。本來就不胖的他，穿著寬鬆的衣服，風一吹，整件上衣鼓了起來，更顯得他的瘦削。而我忽然發覺，我好像沒有見過他身上穿的這件早已洗得泛白的灰色上衣，腳下的球鞋也好陌生，雖然小默的衣物幾乎都是他媽媽買給他的，但也不至於讓我有這種從未見過的感覺吧？跟在他後頭，我檢討自己是不是真的一直以來，都沒有好好介入小默的日常生活，都沒有關心過他，否則我怎麼會連這件不是新衣的衣服都沒見過？沒注意過他的衣著，沒去過他家，甚至我連他爸媽都沒見過。

「那天很對不起。」他說。

我用舌尖舔舔嘴唇，不曉得該如何說才好。小默的神情比起那天也好不到哪裡去，一樣落寞，一樣頹喪，甚至，他讓我感覺比在我宿舍外面淋雨的那一天還要沒精神，整個人幾乎只剩下一副骨架，靈魂似乎都不見了。我用他剛剛問我的話題又問回去，他說這兩天因爲一個實驗方向的偏失，所以大家都焦頭爛額地忙個沒完。

「你看起來很累。」我說。

點個頭，小默說他昨晚沒回家，整組人幾乎都在學校過夜。我看著他的側面，知道睡眠不足的他不會這個樣子，今天的小默，除了黑眼圈之外，雙眼一點生氣都沒有。

「我知道，你希望我能做到像莉庭那樣，對不對？」我試著將心裡的話說出來，不過小默沒回答。

「這兩天我一直在想，我能不能做得到，做到了又怎麼樣，」斟酌著吐出來的每一字每一句，我說話的速度並不快，因爲我希望我能準確地，說到問題的核心。

「也許是這陣子莉庭的出現，讓你發現愛情有更多的模樣，或者你覺得，也許我們可以改變一下相處的模式，可是……」我停了一下，吸了一口氣，「可是我不知道我能不能做得到，因爲我已經很習慣我們以前的生活模式，而且大四之後，我希望用更多的時間跟精神，去面對我的未來，你也知道，蘇菲亞那個開店計畫……」

「問題應該在於願不願意吧。」他打斷了我的話，而這話一出口，我接下來想說的，也忽然都說不下去了。

「我不是不願意，之前我也一樣很努力去做，盡量多陪著你，只是……」只是什麼？我試著解釋，可是卻發現解釋不了。

「只是我害怕我們改變了彼此原來的面貌之後，不但得不到我們想得到的，卻讓彼此的關係變得更糟，又或許在原來的關係裡，其實我們已經過得很好，只是我們都太習慣了，所以沒有去發掘出其中的幸福感而已……」說著，我覺得自己偏離了話題，愈想解釋，卻弄得愈糟，可是除此之外，我眞的不曉得該說什麼才好。面如槁灰的小默，也沒有打斷我，任由我就這麼說到了自己也接不下去的地方，自己停止。

下午五點，本來就沒探過頭的陽光，此時更加無力，早被厚厚的雲層給蓋了過去，只有暗黃色的光線，將天空的顏色染得更加陰霾。

而我發現，不刻意去做溝通這件事的時候，兩個人其實很容易溝通，但是一旦我們存著要「溝通」的心態來彼此溝通時，那就眞的說不下去了。

我有點懊惱，拿出了香菸，正想點著時，小默突然制止了我，「別抽菸好嗎？我不喜歡煙味。」

那根細長的薄荷菸拿在我的手上，我有點愣住。以前的我從來不會在小默面前抽菸，他也從來沒有禁止過我。

有點慌了手腳的我，這根菸不知該收起來好，還是該繼續拿在手上的好。耳裡聽見小默嘆了口氣。

「妳很不安？」他一語道破了我的心情，沒安撫我帶點慌張的情緒，又過了良久，他再嘆了第二口氣，這口氣好長，我從沒聽小默這樣嘆過氣，那是一種，令我感到恐懼的、絕望的嘆息。

「小喬，」他說：「其實我們都知道，我們再也回不去了，對不對？」

我想跟他說，這段愛情應該不會就這樣到了盡頭，儘管愛情不像物理實驗，加入一個變因，就產生出另外一個結果，可是很多事情是可以慢慢來的。我也想跟他說，我只是還缺乏一點感覺，雖然我並不喜歡這種兩個人膩在一起的生活，可是多給我一點時間，我總可以找到調適的辦法。

「其實我們都知道，我們再也回不去了，對不對？」可是這兩句話，讓我什麼都說不出來了。

是誰回不去了呢？那個我們都平靜的過去，我們都回不去了嗎？

「也許我心急了點，也許我只是在害怕些什麼，或許我的操之過急，給了妳一些壓力，可是其實我們也都知道，勉強改變自己，並不會得到眞正的快樂。可是妳知道嗎，我要的，只是妳多看我一點、多陪我一點、多在乎我一點。」小默搓著自己的臉頰，吸了兩口氣，讓自己的情緒不至於哽咽，然後，用我不熟悉的聲音，他說：「這兩天我自己在想，是不是時間到了，感情也就到了，時間過了，感情也就過了？我不想逼妳，可是其實我在逼妳，我不想逼自己，可是我卻在逼著自己，我不知道這樣下去，到最後會變成什麼樣子，看到妳之前爲了讓我開心，那樣勉強抽空跟我一起去吃東西、散步，我知道妳也很爲難，這些我其實都明白，但是，我也知道這樣對誰都不公平，在我們都受到更重的傷害之前，或許……」遲疑了好久，小默忽然說了一句：「對不起。」

「爲什麼這會是我們最後的結果呢？」又過半晌，聲音已經哽咽的他說。

而那時候我才知道，原來，他已經比我還早一步放棄了我們的愛情。

那天最後終於下起了雨，小默拎著手上的便當，被學弟接連幾通電話，給催回了實驗室。離開前的他，沒再多說一句話，只是掩著自己的臉而已。接了兩通電話，他只淡淡地對我說了一句要走了。而我沒留他，因爲我已經說不出話來。

獨自一個人，繼續坐在體育館外面的階梯上，天空的雨在不經意間開始落下，濺濕了地面，濺濕了階梯，然後濺濕了我的雙腳。

我有種哭不出來的感覺，雖然我知道自己其實已經在哭泣了。眼淚就這麼沒有預警地，早在小默起身離去的同時，就已無聲無息地開始落下。

我就這麼睜著雙眼，一邊感覺自己的視線因淚水而開始模糊，一邊直看著灰白色的水泥地面，逐漸被雨水濕潤成暗褐色而已。一旦下雨就跟著起風，我覺得有點冷，而身上的寒意跟心上的冷交雜在一起。縮著四肢，我手裡緊緊抓著那根始終沒點，而早已被我捏斷的薄荷菸。

爲什麼小默會比我更早對我們的愛情感到絕望？爲什麼他只是表達了他的感覺，卻不給我再嘗試看看的機會？爲什麼我以爲固若金湯、堅如磐石的愛情，到頭來居然是因爲這樣的理由而結束？愛情不該這麼可笑吧？我替這份愛情如此無力的結束而感到悲哀，可是卻沒有哭的情緒。坐在階梯上，雨水不斷落下，我痴痴地望著雨霧，只感覺到眼淚潰決，卻沒有放聲大哭。

剛剛沒注意看小默離去時的身影，也許他比我更淒涼，或許他早已知道，無論我做什麼努力，都不會是他滿意的樣子，也如他所說，這樣互相勉強的愛情，得不到眞正的快樂。

但是因爲這樣的原因，所以我們就如此斷然地否定了愛情嗎？難道因爲知道會不快樂，就直接把好不容易經營了許久的愛情徹底拋棄嗎？這是草率還是果決？這是膽怯還是先覺？

哭泣的感覺終於開始來臨，我捏緊了拳頭，任由蓄長的指甲深深刺進了自己掌心，只有這樣的疼痛，才能稍稍轉移我的注意力。

但那無法克制我想哭的衝動，雨終於下到了最大，校園裡已經連撐傘行走的人都沒有了，我在大雨滂然的聲響裡，聽見了自己再也壓抑不住的哭聲。

我們都是好人，只是我們要的愛不同。
終於，我們都懂了。

41

後來我終於見到了遼闊的太平洋，跟由近而遠，一重又一重的高山。那高山果真如阿振所說，聳立的山頂是白雲籠罩，而延著山的稜線一路下來，則深入大海，蘇花公路就是在海與山的交界之處，闢建出來的。

班遊如期地在耶誕假期舉行，一連三天。大約十幾個人一起來，我們租了一輛小巴士，按照班代規畫的路線，從高雄走南迴公路到台東，然後先沿靠海的十一號省道北上至花蓮，再轉山線的九號省道，順著花東縱谷一路回來。

路上不管在哪裡玩、有什麼好吃的，我都渾不在意，這趟旅程，我唯一想看的，只有那亙古不移的高山，跟湛藍深邃的太平洋。

無情的波濤，不斷侵蝕著矗立已經幾十個世紀的高山巨巖，堅固的岩塊抵擋不住侵蝕，變成了各種奇特景觀，比如公路上會經過的石梯坪、豆腐岩，而大海一面無止盡地衝擊，另一方面又要抵抗太陽的蒸發威力，它們歷經千百年，這一場拔河始終沒有分出勝負。如果連偉大的它們都無法取勝的話，那我們如此卑微的個人，又有什麼好仗恃著去爭的呢？

站在公路的水泥護欄邊，我遠眺許久，腦海裡浮現了一個幾天前的畫面。

那天我打電話給老爹，跟他說我有點事情，結果他不等我說完，立即搶著回話：「妳可以遲到早退或中途離開一下下，但是拜託不要說妳要請假，我求妳。」

那時的我只能苦笑，跟他說實在沒辦法。我想老爹從我的聲音裡聽出了些什麼，所以他沒繼續哀求，卻問我：「妳還好吧？」

我說我還好，想了一下，我又跟他說，如果可以，週末我就過去幫忙，不過請他別抱太多希望。

那個週末，老爹又舉辦了咖啡試飲會，而且是擴大舉行。小寶有一群愛喝咖啡的同學，再加上這一兩年來，店裡逐漸培養出來幾個對咖啡有鑑賞能力的熟客，爲了讓整家店更具咖啡味與提升顧客們的鑑賞能力，所以老爹近來經常舉辦咖啡試飲會，讓大家一起研究討論，甚至學著沖煮咖啡。

這樣的活動對煮咖啡的人而言，是體能與精神上的一大挑戰。我很想過去幫忙，可是卻怎樣都提不起勁，而且我知道自己現在是一張倒楣臉，去了也只會破壞氣氛。

禮拜六的晚上，我在書店裡，隨便抓了一本網路小說就窩到角落去，曾聽說網路小說都很寫實，內容輕鬆詼諧，哪知道我接連翻了幾本，每一本都是倒楣的愛情故事。

看得很悶之後，我離開書店，騎著車往咖啡館過去，在那邊來回繞了幾圈，一邊吹風，一邊自憐著自己到頭來竟無處可去。高雄市的夜晚車水馬龍，多的是散步休閒的去處，然而我從華燈初上時就無意識地在這城裡亂轉，一直轉到晚上十點多，竟然不曉得應該何去何從。好不容易晃到夜深了，預計咖啡會應該已經結束，過去不會碰到老爹之外的熟人，我這才慢慢騎過來。結果一推開門，參加咖啡會的人是走得差不多了，可是卻看見蘇菲亞跟阿振，而且更奇怪的是，他們倆居然坐在同一桌喝咖啡。

「你在這裡幹什麼？」我很訝異地問阿振。

「當然是參加咖啡試飲會呀，不然呢？」他也很理所當然地問我。

我問他怎麼會跟蘇菲亞坐在一起，阿振說：「這個妳讓她自己說。」看看手錶，阿振說他老媽已經打電話催過他很多次，他得先回左營，說有事情明天再講。摸不著頭緒的我，看著阿振抱著外套，急急忙忙地出去，攔了計程車離開，心裡還疑惑半天。

後來經由老爹的解釋我才知道，幫忙洗著杯盤，老爹說，之前阿振打電話問他地址，要寄釋迦的時候，老爹就邀請阿振來參加咖啡會了。至於蘇菲亞，則純粹是巧合，剛好她也來問老爹器材的事情，又恰巧遇到阿振，於是老爹為他們做了介紹，結果這兩個人居然就聊了起來。

「妳知道嗎，我跟他有種一見如故的感覺耶！」蘇菲亞興奮地說。

「那小子跟誰都一見如故吧？」我想起他跟老爹認識沒多久，就可以跟老爹混得這麼熟，還從台東寄釋迦給老爹。

「是嗎？」蘇菲亞問我。

「妳自己還不是一樣，還記得PUB裡的那個酒保吧？」我說的是我跟櫻桃幫她要電話的那一次。

這一晚我沒有太多說話的心情，跟蘇菲亞小聊一下之後，我又坐回到吧檯邊去。老爹舉辦咖啡會的日子裡，通常是不接待其他外客的，所以都會掛上「暫停營業」的小招牌，現在店裡只剩下我們三個人，加上一個剛剛不知從哪裡冒出來的小寶，老爹問我有沒有興趣自己煮幾杯，既然有打算開店，他可不希望他的徒弟出去，只會卡布奇諾的拉花，而砸了師父的招牌。

不置可否的我，叼著一根沒點的薄荷菸，走進了吧檯。蘇菲亞跟小寶圍過來，老爹則站在我身邊盯著。我沖了咖啡，打了奶泡，最後來個拉花，然後做了一杯看起來似乎還中規中矩的卡布奇諾。結果老爹喝了一口之後，皺著眉搖頭，再看看喝了一陣子之後，已經對品嚐咖啡略有心得的蘇菲亞；她喝了些許，搖頭說她喝不出奶香跟咖啡香；只有小寶最捧場，他是連聞都沒聞，一口乾了它。

「奶泡很失敗，」老爹說：「這東西看的是經驗跟訓練，可是妳今天打的奶泡不夠細，而且味道完全沒出來。」

我沒喝到這一杯，所以我不知道爲何如此，在蘇菲亞的鼓勵下，我用店裡最好的藍山咖啡豆，採用手沖的方式，小心翼翼，甚至嘴上那根菸都不叼，跨開馬步，很謹慎地沖了一杯出來，結果老爹一喝，連評語都沒有，卻露出了痛苦的表情。

他把杯子遞給蘇菲亞，蘇菲亞淺嚐一下，直呼太酸。我在小寶咕嘟喝下之前，拿過來也喝了一口，發現的確是過酸，儘管酸是藍山咖啡豆的特色，可是這一杯實在酸得離譜。

「怎麼會這樣？」心裡打一個突，幾乎不敢相信自己舌頭所嚐到的味覺。我問我自己。沒理由愛情讓我挫敗，連咖啡都來打落水狗吧？爲什麼會這樣？

「妳的心很不平靜吧？」老爹忽然說話。

看著我爲之一懾，全身一震，露出心虛又惶恐的表情，老爹拍拍我的肩膀，對我說：「明天禮拜天，我讓妳放個假，」他說：「不管妳的技術有多好，只要妳的心不能平靜，那麼不管給妳多麼好的咖啡豆，妳都煮不出一杯好咖啡的。」

我還記得那天晚上，鐵門已經放下了一半，店裡只剩下吧檯的燈光，我們四個人窩在那裡，蘇菲亞跟小寶疑惑地盯著我，而老爹很感傷地說著話的畫面。

爲什麼那杯咖啡酸得不像樣？我掩飾得了自己臉上的表情，卻無意間將情感流露在一杯藍山咖啡裡了嗎？手上拿著咖啡杯，我那時心中一片空茫。本來只有老爹知道我心情不好的，可是一喝下我煮的咖啡，卻是大家都感覺到了。站在吧檯裡，我凝立不動，只剩下鋼琴爵士樂流淌在昏暗的咖啡館裡。過了很安靜的片刻，蘇菲亞遞了一張紙巾給我，我不解地看著她時，才發覺自己在不知不覺間，端著咖啡，竟然已經流了滿臉的眼淚。

而現在時間過了好多天了，我人在花蓮，站在四八高地，望著無際的太平洋，左邊是綿延過去，不知盡頭的山脈，隱含在雲霧之中。心情平靜了嗎？我自己也不知道。

小默呢？他能夠平靜了嗎？

就學阿振吧，把這趟旅行當作散心之旅。看了兩天風景，也喝了兩天啤酒，我張開自己的雙手，看看左手四隻手指上，因爲彈奏吉他而長出的繭，又看看自己兩手手心，我能煮好一杯咖啡了嗎？我可以了嗎？

心不平靜的人煮不好咖啡，不管用的是多好的豆子。

＊ 42 ＊

車子在七星潭一帶停下來，我徒步走上四八高地，同學們開心地照著相，我露出公式化的表情，也被抓去一起拍了幾張。拍照時，我想起小默本來提議的，說耶誕假期一起出來玩的計畫。

不曉得他後來是怎麼安排這假期的？留在實驗室？跟學弟們一起出去玩？還是，跟餅乾妹共度？一陣冷風吹了過來，不曉得誰的圍巾沒繫好，就這麼迎風而去，幾個女同學失聲驚呼，一陣騷動，又把我拉回現實。

「我看到你說的那些山，跟這片海了。」不想理會混亂的場面，我打了電話給阿振。

「很美吧？」

「嗯。」

阿振已經回學校去了，他說所有的教授都在通緝他，所以每天他都安排行程，到每個教授的研究室去拜訪，外加解釋，有的甚至考慮送禮。

「妳的聲音聽起來，心情似乎相當低落。」說著，他問我。

「嗯。」我沒辦法說太多的話，在這裡要是不小心又流下淚來，恐怕會嚇壞同學們。這陣子經常這樣，無意識地在教室裡或在街上，我什麼都不想，而其實也是什麼都沒辦法定下神來好好想，光是這樣晃著晃著就流眼淚，而且自己都沒感覺，這情形已經嚇傻不少人了。

「什麼時候回台中？」他沒問我原因，卻問我這個問題。

我說我也不知道，因爲旅程的終點還是高雄。

「今晚還是睡花蓮吧？」

「嗯。」

然後他沒再問什麼，只叫我自己多注意身體，花蓮風大，最近寒流來。

在四八高地，我喝掉兩瓶本來就準備好，裝在我包包裡的啤酒。不過我沒抽菸，我想我最好是戒了它，因爲每一拿起菸，我便想到那個下著大雨的下午，跟那個我怎麼逛都不敢再逛過去的逸仙館外面。而且更糟糕的，是我一想到這些片段，根本無法繼續多想情節，我的情緒就已經要失控了。

風吹著我的頭髮，好一陣子沒去修，髮尾已經快要及肩，被風這麼一吹，整個都亂翹起來。隨手梳理了兩下，我坐在自行車道的欄杆上，繼續發呆。自行車道沿著山坡蜿蜒而上，可以面觀整個太平洋，同學們有的賣力地走上去，有的則跟我一樣，在中途就攀上了欄杆，只是靜靜地看海。我不知道別人心裡想些什麼，我也不知道自己心裡還能想些什麼。

那一晚，我們包下了花蓮市區的一家民宿，十多個人佔據了整家店，分宿在八個房間裡。當大家都洗完澡，相偕出去逛市區時，我選擇窩在民宿那漿洗得白淨的床上，抱著棉被看國家地理頻道。

節目介紹了大象的生態，與牠們繁衍的歷史，正要講到這地球陸地上最龐大的生物，是怎麼逐漸減少，甚至瀕臨絕種的精采片段時，我的電話卻響起，一接，是阿振打來的。

「妳知道在一張紙上點了甲跟乙兩個點，兩點之間，甲到乙用什麼方式能最快連結嗎？」他問我這個物理性很強的問題，害我差點就又哭了。

「畫直線呀。」而我忍著心酸的感覺。

「錯！」他說：「妳看過小叮噹嗎？任意門的發明，就是這個問題的答案。」

「什麼啦？」我有點不耐煩。

「最快的方式，就是把那張紙摺起來，甲跟乙兩點直接黏在一起。」

「如果你是來講冷笑話的，那你可以掛電話了。我們手機門號不同家，你這樣既沒效果又花錢。」我冷冷地說。

「我只是想跟妳說，雖然7-11買不到小叮噹，但是我很感謝那些大陸來的老榮民，他們的辛苦，讓我們雖然無法扭曲空間，可是卻能在兩點之間畫出最短的距離，使台中到花蓮，有中部橫貫公路。」

「幹拎老師，你到底想說什麼？」我生氣了。

「妳住哪一家飯店？」他說：「我帶來了一杯雖然已經冷掉，可是應該不會太酸的藍山咖啡。」

我很感動，因為他實現了五年前的諾言，不管我遇到了多少的挫折，他都會支持著我繼續走下去。

雖然，這舉動讓他後來被當了三科六個學分。

* 43 *

我以為我可以很堅強，可以裝得若無其事的，但當阿振開著他老爸的車，出現在我面前時，他人都還沒下車，我的眼淚已經不爭氣地流了下來；而且我還發現，當他輕輕拍我肩膀，把胸口借給我依賴時，我哭得特別大聲。

「人都還活著，有什麼好哭的？」很不會安慰人的他，給我這樣一句安慰。

也許是一種宣洩，也許是一種終於安心的感覺，在他的身邊，我不需要再去思考太多愛情的模式，或是什麼壓迫與傷害的問題，我只是很單純地、很用力地，把我所有積蓄已久的悲傷，放肆地抒發出來而已。

「一個平常太堅強的人，去除掉堅強的面具之後，其實才是最脆弱的。」他用手掌擦擦自己胸口那被我的眼淚與鼻涕染濕的一大片，一邊說。

同學們露出訝異的眼光，在這人生地不熟的花蓮市，我去哪裡找來一個男生，還抱著人家痛哭失聲。但阿振沒理會他們，在民宿的外頭，他只是不斷輕輕拍我的肩膀、拍我的背。

直到哭累了，覺得也哭夠了，我這才發現，當我痛哭的時候，我的手竟然死死地抓著他的肩頭，指甲也掐進了他的肉裡。

「對不起。」我帶著歉意。

「沒關係。」而他卻笑了，然後帶我到車上，拿了那杯咖啡給我。

「哪裡來的咖啡？」用還哽咽著的聲音，我問他。

「總之不是老爹那裡的。」他說。

喝了一口，阿振問我口感如何，我感受了一下咖啡在嘴裡的味道，然後告訴他，這豆子肯定不是牙買加的藍山豆，而且如果是手沖的咖啡，那麼這個煮咖啡的人一定煮得很急，因爲我不大喝得出有萃取過的感覺。

「眞的喝得出來？」

「當然。」說著，我又喝了一口。

「他煮得急是正常的，因爲我一直趕。」阿振說，他出發前急急忙忙，大寬轉地跑去買這杯咖啡，然後開著車走中橫來，還眞的是台中跟花蓮，兩點之間最近的距離。

「來就來，幹嘛帶咖啡？」

「這杯咖啡意義不同。」

我問他哪裡不同，不過他沒回答，又問我能不能煮的比這杯好。我微笑著說應該可以。

「確定可以？」

「當然。」

「就算妳心情很差唷。」他頗有深意地盯著我瞧，而我忽然想起了那個晚上，我在老爹那邊，煮出來一杯很難喝的藍山，還有老爹說的那番話。

可是我想想也不對，阿振怎麼會知道這件事情？那天晚上他提早離開，可沒參與後來發生的這些事情。而且我也忽然意識到有點不對，過去我不是沒有在心情很差時跟阿振講過電話，但以前的他可不會因爲我悲傷或生氣，就這樣大老遠跑來看我。

晚上見到他時因爲我的情緒激動，所以一時沒有察覺有異，可是現在我卻想到了。阿振怎麼會知道我在老爹那裡煮出難喝的藍山？那晚在現場的每個人都知道我跟小默分手，所以不管是誰洩漏的，阿振肯定也知道了。

「你怎麼知道……老爹說的？」

結果阿振搖頭，還笑得很神祕。

夜已深，花蓮市區在晚上剛過十點之後，已經有一大半的店家打烊。阿振卻在這時拉著我上車，又帶我往七星潭過來。

我原想問他，一片漆黑的夜晚，這海還有什麼可看的，可是一到海邊我就知道了。下了車，他坐在車子的引擎蓋上，仰望天空。

那是滿滿一整片天空的星光。不管是在台中或花蓮，我都沒看過這麼多的星星。有些忽閃忽明，有些則安靜地吐露著憂鬱的光芒。

我坐在他旁邊，跟他一起仰看著。

「沒想到你會這樣跑來。」仰看天際，我小小聲地說，生怕自己的聲音，會驚動了一天安寧的星空。

「妳知道，人做什麼事情，都會想給它安上一個冠冕堂皇的理由。」

「什麼意思？」

「其實，」阿振還是呆呆地抬著頭，嘴裡說：「其實英雄救美的背後，我更想的，是再來看一次花蓮的風景。」

我該說什麼好呢？這個人哪！阿振居然跟我說，自從上次他在這裡看了一晚上星星之後，回去便始終念念不忘，還眞多虧我的失戀，才給了他一個又逃出學校的好理由。

不過這個大老遠跑來的衝動，在我們看星星看得脖子都折斷了之後，開始面臨一個非常尷尬的情況。現在我們人在台灣東部，明天我的班遊行程是跟著大家一起上車，走九號省道到台東，然後回高雄。

阿振可就麻煩了。他幾天前才剛回台中，還跟教授們信誓旦旦地保證自己不會再亂蹺課，那現在怎麼辦？又走中橫回去？還是跟著我們一起往南？我們班遊搭的是小巴士，那他自己的車怎麼辦？

「怎麼辦？」我問他，然後他反問我。

「算了，陪你回去好了。」我說反正看海看山的目的已經達成，大家要拍照片，我也讓他們拍了，眼下阿振孤苦伶仃地站在我面前，就算他跑花蓮的目的其實是爲了看風景，可是無論如何我也該回饋他一點，總不能讓他就這樣像傻瓜般地跑來，又像傻瓜般地自己回去。

「妳可眞是個好人。」他苦臉說。

給他一個其實不太像微笑的微笑，我想起當年他得知我蹺家被抓回去之後，也是一下課就趕來看我的往事。什麼人需要像虧欠對方一樣，爲對方付出到這等地步呢？我很感嘆，跟我相戀了三四年的小默，最後因爲所需要的愛不同而分手，而分手之後，卻是其實跟我只是老朋友的阿振，這樣千里迢迢，跑來關心我的心情。

五年多前懵懂莽撞的我，有他對我好；五年以後走在風雨的路上，跌跌撞撞時也有他對我好。我的心中漾起了一股感激之情，我想我應該再跟他說聲謝謝，不過我一轉頭，他躺在汽車座椅上，卻已經開始打呼了。看著他沉沉睡去，我知道就算再過好幾個五年，不管我走到什麼樣的地方去，只要我們還有一點聯繫，他都還是會在我最需要的時候，借給我他的肩膀。

如果，我是說如果，如果愛情可以就這樣，那是不是就很足夠了？可惜的是，小默要的不只如此而已。

那一路都是晴朗的好天氣，可惜的是阿振眞的得趕路，所以我們無法沿途玩賞風光，坐在車上，我們在群山間穿梭來回，直接往台中方向前進。

將跟小默分手的事情詳細地告訴阿振，他只是安靜地聽著，專心開車。

「我沒想到愛情的結束，居然是這麼樣的無力感。」我說。本以爲至少會轟轟烈烈的，想不到不但沒有，而且還軟弱無力得要命，讓我連一點掙扎的機會都沒有。

「有沒有想過為什麼愛情的結束會讓人那麼無力？」

「沒辦法想，一想就頭痛。」我半躺在坐椅上，用虛軟無力的聲音回答。

「那接下來的打算呢？」

「不知道。」我搖頭。

「振作點，這不像妳。」我苦笑了一下。怎樣才像我？或者說什麼樣子才是這世界所習慣的我？看著車窗外的風景，我茫然。

當年跟阿振分開時，我正要進入功課最繁重的高三，那時的我將全部的注意力都放在課業上。而現在呢？我想起蘇菲亞的開店計畫。

「蘇菲亞有跟你說過她想找我開店的事情了吧？」

他點點頭，「那天晚上她有跟我說，不過我趕著要回左營，所以沒能多聊。」

「嗯。」我說：「如果順利的話，應該最近就會開始物色店面了吧，那女人做什麼都是一頭熱。」

「感覺得出來，她的確是個很熱心的人。」

「熱心？」我很納悶這怎麼會用「熱心」來形容。不過看著阿振一臉要笑不笑的樣子，我就明白了。

「原來是她告訴你的。」我點點頭。

「那天她喝完妳煮的超難喝藍山，回去就打電話給我了。」他終於迸出了笑容。

我也笑了，不過卻笑得很莫可奈何。

然後我跟跟阿振說，倘若一切順利的話，畢業後，我會留在高雄，幫忙看店。

「也好，這不是妳一直以來的夢想嗎？還記得那一年，妳自己說過的話吧？」

我說我當然記得。高二上的那一年，我們窩在裝潢好看，但是咖啡卻很難喝的咖啡館裡，我跟阿振說我以後一定要自己開家咖啡館。而這個夢想我從來沒有忘記過，直到今天。

「不過夢想歸夢想，現在一切都還只停留在談談的階段，什麼都還沒付諸行動。」我嘆口氣。

「其實，我覺得妳已經很偉大了。」阿振說。

「偉大？」我懷疑自己有沒有聽錯，沒想到這輩子會有這種機會，被人家稱讚我很「偉大」。

阿振說：「從蘇菲亞那裡知道妳們的開店計畫之後，我就經常在想，想一些關於夢想，也關於自己的事情。」

他問我是否記得蜻蜓，我說我當然記得。

「當年我們口口聲聲，都說要去追尋屬於自己的夢想，可是其實我們誰都不懂夢想，為了爭一口氣，經常搞得頭破血流，可是卻什麼也沒實現。」阿振說：「蜻蜓到最後選擇放棄一切，丟下了他的愛情，也丟下了這些死黨，爲的就是全心全意、好好念他自己想念的書，準備以後要走自己的路，可是呢，當時的他也不過就是從高工跳到高中，這樣而已。我們對夢想的意義都如此無知，只知道不想屈就現實。」

「然後呢？」我問他，這跟我的「偉大」有什麼關係？

「可是妳不同，這從妳今昔之間的改變可以看得出來，」雙手抓著方向盤，阿振一邊開車，一邊說：「當年的妳很笨，搞得自己很狼狽，可是那時妳就說過了，妳想要開家咖啡館。而今，這麼多年都過去了，蜻蜓現在人在加拿大，做的事情未必跟夢想有關；我更慘，窩在歷史系三四年，卻已經打從心底對歷史失去興趣；只剩下妳，是真的一步一步朝著夢想前進，甚至只差一點點，就要實現了。」

盯看著路面狀況，阿振說：「所以我才覺得妳很偉大，眞的。」

我微笑著沒說話，腦海裡又開始浮現出很多早已走入歷史的畫面，我想起雲霧飄邈的大雪山，想起阿振在球場上打壘球的樣子，想起我爸爸誤會我的離家出走是阿振所唆使，一拳打在他臉上，阿振差點還手打起來的那一天，也想起阿振曾經帶我去過，他老家附近的小河邊。那條小河現在變成了什麼樣子？是否依舊被嚴重污染著？接著我還想起很多很多，而那些無不影響了後來的我，在這條路上轉了好大一圈之後，我看看坐在左邊，握著方向盤的人，依然是他。

「我其實一點都不偉大，」帶著笑，我說：「從那一年起，我就牢記著某個人跟我說過的話，直到如今，我都只是一直在做我『該做』的，與我『想做』的。」

於是他也笑了，聽著歌，我們已經開過了一大半的中橫了。

「如果不是因爲我人在花蓮，你會只因爲想看風景，就這樣跑來嗎？」我問他。

不過他笑著沒答話，過了好久，才說：「就算妳我只有一面之緣，我也會跑來，更何況妳跟我是什麼交情，對吧？」說著，他又補了一句：「當然，風景絕對是第一優先。」

無論隔了多遠多久的時空，我們應該再相遇，於是我們再相遇。

44

也許是因爲前一天的腦袋裡裝了太多回憶，或者只是單純地想將高雄的一切遠遠拋開，隔天一早，我騎著我媽的機車在台中市區閒晃。

不過上班時間的台中市，交通實在比高雄好不到哪裡去。轉了轉之後，我朝著大里方向一路騎過來，走上了上次跟阿振走過的，往他老家的路，我想去看看那條小河。

有一個愛情故事，就是從這裡開始的。

小路沿著小河，一直到了路的盡頭，會有一個十字路口，右轉上橋，而另一邊可以到阿振的老家。當年阿振還沒駕照，就經常騎機車上下學，有一次在這裡被教官跟糾察隊活逮，其中一個很可愛的，當年我也見過的女糾察隊員，阿振跟他的死黨蜻蜓，同時喜歡上她。

我從另外一個方向過來，經過阿振他老家外面的小路，鑽過了中投快速道路底下，然後朝著小河的方向過來。

偏僻的路上沒有什麼車，我加快了速度，急著想去看看那河邊的風景。

這附近跟我記憶中的景色相差了很多，還沒到跟阿振去過的那邊，我就發現，這堤防已經修築過了，而且幾乎沒有雜草。看來市政府有定期派人保養。

順路而下，過了彎道，我不是很確定，這是否就是當年阿振帶我走上去的地方，但我想應該是的，因爲當年我們爬著土堤的缺口而上，那缺口現在變成了一座階梯。

停下車，我深吸了一口氣，慢慢往上走。還記得以前來的時候，對岸有筊白筍、有稻田，還有遠處的山巒起伏。事過境遷之後，那些都還在嗎？拉拉衣袖，我用一種很虔誠的心，爬上了階梯。

今天的天空略帶陰鬱，站在堤防上，可以看見青蔥翠綠的山巒，可以望見潺潺流過的小溪，那溪水已經不像當年的五顏六色，空氣也已經比當年被污染的酸臭好了許多。

但唯一比較可惜的，是原本對岸的水田現在全都不見了，變成一座平坦的台地，而且改建成可以散步、放風箏的小公園。儘管原本那些水田都是佔用河川地的行爲，可至少也比這些人工建築好看許多吧？

在堤防上來回走了幾步，我看見不遠處有棵被攔腰截斷的榕樹樹幹，那平整的切面還可以讓人坐在上面。記得阿振以前告訴過我，那棵榕樹本來長得很茂盛的。樹幹再過去一點，則是一座涼亭。

我凝視著遠方，用力地呼吸，這是我家鄉的空氣。而伸出手來，可以感受到冬天早晨微涼的風從手邊掠過，這是我家鄉的風。沐浴在這樣的氣氛裡，我覺得很輕鬆，而且舒暢，彷彿所有的陰霾都一掃而空。

這就是眞正的自由了嗎？當年我所企求而不可得的哪！那當年，雖然擁有了富足的物質生活，但我依然鼓起了勇氣，挑戰所有的規範，去追求更多的心靈自由，結果得到的是兩支大過跟更教人折磨的課業壓力；而今，我失去了一切，連自己最信賴的愛情都離我遠去了，老天爺卻讓我在這風輕雲淡的晨間，在這小溪邊，感受到了眞正沒有束縛、眞正自由的滋味。

我自由了嗎？或許我是。

坐在堤防上，我摸摸自己口袋，沒有香菸，可是我想我已經不會再想抽菸，而口有點渴，也不會再想喝酒。迎著風，看著小溪邊近水處，風把蘆花吹動的搖擺姿態，我覺得心裡一片安寧，卻也寂寥。

我記得我曾跟小默提起過這個地方，不過可惜的是恐怕我永遠沒有機會帶他來了。身上一張兩個人的合照也沒有，我想在此緬懷這份情感，可是卻連個道具都沒準備好。

坐看遠山，我靜靜地思索著。

從什麼時候開始，我跟他的愛情出現問題的？餅乾妹嗎？我已經不大記得校園歌唱比賽那一晚的每個片段，但我卻牢牢記得餅乾妹吻上小默臉頰的那一幕。這件事情我跟小默都盡量不再提起，是不是也因爲不提起，所以我才忽略了一些什麼徵兆？

當小默開始會經常打電話給我，常常找我出去吃東西時，我知道他那時就很希望能夠跟我有更多的相處時間了，所以我也努力地配合他。但就如小默在分手那天所說的，我做得其實很勉強，勉強到連他都看得出來的地步。

可是我總認爲自己已經付出得夠多了、很稱職了，所以當他不斷地約我，卻看我始終沒有明白他眞心想拉近彼此距離的心意，讓他一而再，再而三的努力都得不到回應時，他才會按捺不住地對我說出他的想法。而糟糕的是，我還不覺得這是我的問題，只單一地認爲那是他在無理取鬧。

我想起逸仙館外的小默，那充滿絕望的語氣，問我，是否我們再也回不到過去時的那神情。那是因爲他已經做了太多，而我留心得太少的結果，我只看見他比我早放棄這段愛情，卻沒看見他在放棄之前，已經掏盡了心思，想讓我看見他對愛情的執著。

視線又開始模糊，我知道眼淚又流了下來。

沒想到在連日來激動的情緒逐漸平復之後，我自己回想起來的，會是這樣的一個結果。不是傷心的眼淚，而是後悔。而這後悔，已經太遲。因爲我也知道，個性外柔內剛的小默，不到他認爲無可挽救的地步時，不會輕言放棄；而一旦他決定放棄時，那是怎樣都來不及了。正如他所說的，他早已知道，再勉強下去，只是讓我們更受傷。

爲什麼自以爲已經歷經了幾年的獨立生活，可以成熟地去面對一切的我，到頭來還是個這麼笨的人呢？五年過去了，原來我還是什麼都沒有學會。

如果一段我認爲我已經經營得很好的愛情都還會這樣，那其他的一切我做的是否又是對的？我不禁從這裡開始懷疑起自己、質疑自己，到底我在高雄跟蘇菲亞、跟老爹他們大談理想、夢想，我憑的是什麼？想起阿振說的，他覺得我很「偉大」的說法，我更汗顏無比。

想到這裡，我覺得心口一陣空虛，空虛得幾乎讓我無法喘息，我害怕自己變成這個樣子，連想握緊雙手的力量都沒有。

在這片遠山河岸邊，我感受到了巨大的震撼，而那震撼，更遠勝於花束的崇山與大海。

想得明白的時候，往往都是已經來不及了的時候，尤其是愛情的問題。

＊ 45 ＊

站在咖啡館的吧檯裡，我安靜地一個人整理杯盤，然後把磨豆機拆開，將裡面堆積了不知道多久的咖啡粉殘渣，用小刷子給刷下來。店裡反覆放著羅比威廉斯的歌，來去都是同一首「Better Man」。這首歌已經在店裡放了快一星期了。老爹忍受了幾天，終於按捺不住，問我爲什麼不換唱片，我跟他說，聽著這首歌，我就會想起回高雄之前，阿振在車站跟我說的一些話。

那天在小河邊，我打電話給阿振，他人雖在學校，可是卻沒去上課，居然窩在吉他社彈吉他，還要我過去看他們樂團練習，換我給他意見。懷著惶恐不安的心，我答應了他。

阿振玩的是純木吉他樂團，四把吉他，各做不同表現，他自己負責的部分是節奏吉他，不彈單音，只刷和弦根音，加強節奏部分而已，除此之外，他還負責唱，只有在少數的歌曲裡，他才會彈單音獨奏，而那通常都是他一時興起，自己在原版的歌曲之外又多加上去的部分。

我很懷疑爲什麼他的破鑼嗓子也可以當主唱，阿振沒有回答，卻叫他們其他團員各唱幾句給我聽聽看，我一聽就明白了，阿振至少還有破鑼嗓子，他的團員們則連破鑼都沒有。

「表演時間是元旦過後，期末考之前，地點在豐樂公園，到時候我會通知妳。」阿振說：「記得手機要收好，別掉進火車站廁所的馬桶裡，否則我會在豐樂公園的舞台上，大喊：『幹拎老師的葉宛喬，妳再給我慢慢來妳就試試看！』懂嗎？」

我噗地笑了出來，其他團員都不知道這有什麼好笑，那是只有我跟阿振才知道的祕密。看著他哈哈大笑的模樣，我心想，爲什麼阿振可以這麼快就從失戀的傷口中走出來呢？是因爲他沒有虧負養樂多女孩，所以他除了被拋棄的傷痛之外，不會有像我一樣的懊悔嗎？

看著他現在歡笑的模樣，我拿自己與他相比，如果再給我一兩個月時間，我能不能也像他一樣，忘記那些傷痛，從泥沼裡再爬起來？

我這樣想著，但旋即明白，不，其實沒有人可以忘記自己感情上的傷，我們或許終有一日還可以笑罵喧嘩，但其實我們誰都沒忘，我們只是不提起而已。

送我到車站，阿振給了我一張唱片，他說這是一首療傷之歌，建議我每天聽十八次，保證很快康復。

「還有，妳今天臉色一直很差。」在我買了票，眼看著列車再五分鐘就要進站，我正想通過剪票口，過去月台的時候，阿振忽然這樣對我說。

「你……」我一直以為他只沉浸在自己的音樂中，卻沒想到他其實早注意到我的臉色陰晴不定。

「我一直在等妳自己說，不過妳一直不提，所以到最後就只好我來問了。」他說。

拎著背包，我低著頭，不知從何說起才好。

「沒關係，如果現在說不出來，那就改天說。」阿振說他這週末可能又要下高雄，他要拿些東西去左營給他老媽。

「我去了你以前帶我去過的小河邊，坐在那邊，想了很多事情。」抬頭，不想再多提今天我在河邊想及的那些枝微細節，我只是問阿振：「我不懂，為什麼五年來我一點長進都沒有，還是天真地以為什麼事情都會如我所預料的那樣，可是五年前我碰壁了，五年後，我一樣跌得很慘，為什麼？」

說著，又有一種鼻酸的感覺。

「而且更糟糕的是，五年前我還有追逐愛情的勇氣，可是五年後，我連這份勇氣都沒有了。到頭來，我只能眼睜睜看著它走。」

「我想這應該是因為……」阿振思索了一下，「現在的妳，已經找到了比愛情更重要的東西了吧？」

「吧？」我注意到他尾音的上揚。

「不是嗎？」他給我一個微笑，一個很讓人安心的微笑，要我別再想太多，還叫我多幫著蘇菲亞一點，「那是妳們每個人的夢想，可是妳表現得不夠熱切，蘇菲亞一個人撐久了也是會累的喔，回去之後，讓自己忙一點，或許妳也會早點從那傷口中走出來的。」

看著他充滿關心的目光，送我走過剪票口，在通往月台的階梯前，他這才兩手藏在外套口袋裡，轉身慢慢離去，而我在走下階梯前，心裡又對他說了一次謝謝。

「就這首？療傷之歌？」老爹聽完我說的一長串故事，最後指著架在牆上的音響喇叭。

「嗯啊。」我點頭。

「整張唱片只有這一首？」

「嗯啊。」我依舊點頭。

我只幫著準備客人點單的材料，卻不自己動手煮咖啡，因為每次當我拿起熱水壺，準備沖咖啡時，我就會想起那天晚上，我沖出來的咖啡味道，也會想起我不知不覺間流下眼淚的樣子。

每個人心裡都有一塊自己怎樣也不願去碰觸的傷口，我想這對我來說就是。所以我努力地笑，努力地跟大家說話，甚至還開心地與同學一起看我們班遊的照片，我得花去大量的時間，才能讓自己不多想，甚至走在校園裡，我都刻意避開物理系大樓那一邊，也避開逸仙館附近，沒課的日子，我選擇留在咖啡館，跟老爹鬼扯，也跟蘇菲亞談開店的事情，我把我所知的告訴他，教她怎麼挑選咖啡豆，怎樣辨別豆子的烘焙程度等等，或者打電話給阿振，跟他天南地北地聊，聊往事，聊未來都好。

我以爲這樣持續下去，我就會康復，也以爲少在學校亂逛，就可以不想起很多令我難過的事情，可是我沒想到，該來的總是避不開。中午時分，我一下課就收拾書本，要走出教室，結果一下樓梯，穿出中庭，就遇到了餅乾妹。

音樂其實不能幫人療傷，只有拿得起也放得下的人，才能痊癒。

* 46 *

當我看見餅乾妹的手上拎著一包紙袋，面帶微笑地要往物理系大樓方向過去時，我本能地側個身，沒讓她發現我。

看著她離去的背影，我猜著那紙袋裡，裝的應該是餅乾或蛋糕之類的小點心。她是去找小默的吧？小默會很開心地吃著她送來的食物嗎？他會跟餅乾妹說起我們分手的事情嗎？會不會他們現在已經在一起了呢？

站在牆角，我發現自己無論用哪一種心情去看待都不是，原來這滋味如此複雜。如果是我剛跟小默分手的時候，看見餅乾妹要前往物理系大樓，我可能會大生其氣，跑過去質問她到底給小默灌了什麼迷湯。可是經過了班遊，又經過了小河邊的思考，我忽然覺得，或許餅乾妹的貼心，才眞的讓小默安心。

視線裡已經看不見餅乾妹的背影，但站久了之後，我忽然覺得一陣疲勞，有種讓我快要站立不住的疲倦感，我想，我是眞的累了。

懷著悵然若失的心情，我騎車騎得很慢，等自己精神稍微平復一點，這才來到了咖啡館。

店門口停著一輛貨車，貨運行的中年大叔正將車上的料理包給一箱箱賣力抬下來。我放下鑰匙跟外套之後，出來幫他搬。

大叔誇獎我，說看不出來一個瘦瘦的女孩子，居然搬得動這些東西。我笑著沒答話，貨運行的人離開之後，老爹倒了杯水給我。我聽見他嘆了口氣。

「幹嘛嘆氣？」

「雖然能幹的女孩子可以讓男孩子很省事，不過太有本事的女生，相對地也會讓男生卻步喔。」他說。

我聽著聽著，忽然有個疑惑。我問老爹，是不是男人都喜歡溫溫順順的女孩子，是不是女孩子都一定要體貼乖巧，還要蕙質蘭心。

「這誰規定的？」他瞪眼。

「不是嗎？」

老爹沒有用語言回答我的問題，他用大笑來做了最簡單的交代。我垂頭喪氣地窩在吧檯裡，老爹問我最近心情如何，我把阿振來花蓮接我的事情告訴他，也把在小河邊思考的內容跟他說，我說：「結論就是，我現在對什麼都很沒信心，尤其是愛情。」

「怎麼說？」

「如果連原本我認爲最可靠的，最後都會陰溝裡翻船的話，那我眞的不知道我下一段愛情還能怎麼投入了。」我說小默曾經是我認爲的，屬於我生命中的那個「對的人」，可是結果還不是這個樣子？

他煮了一杯肯亞咖啡，自己喝了一口，想了想，問我：「什麼叫作眞正的『對的人』？」

「就是……」結果我也不知道怎麼解釋才好。

「愛情沒有那麼多玄機的啦！」老爹笑著說他都結婚幾十年了，兒子也十七八歲了，他從來都沒有想過什麼叫作愛情裡的「對的人」，可是他一樣幸福快樂到今天。

「是這樣的嗎？」看著他放下咖啡杯，悠閒地走出吧檯，我有點愣，嘴裡喃喃不停。

「對不對不是用說的，是用做的，未來的事情誰也說不準，可是如果妳相信對方不管經過多久，發生再多事情，也都還會在妳身邊支持妳、陪著妳的話，那麼那個人肯定就是對的人了嘛！妳身邊有沒有這樣的人？有沒有？有沒有？」

會有這樣的人嗎？我仔細思考了一下，我身邊有沒有這樣的人？想了想，我知道有一個，可是那個人到目前爲止，跟我都還只是好朋友而已。

「想到了吧，想到了吧？」老爹去書架上拿了一本雜誌，又踅了回來，臉上滿是詭異的笑容。

「你該不會其實是在暗示我什麼吧？」我瞄他。

這中年老頭打從阿振出現的那天起，就一直在慫恿我移情別戀，現在我跟小默分手了，他當然更不會放過這搧風點火的機會，看著他露出馬腳的笑容，我拿奶油球丟他。

鬧了一陣子之後，因爲有客人進來，我們才停了下來。回想著老爹說的話，或許他講的也沒錯，誰能知道自己的愛情過個三五年會變成什麼樣子？可是我們還是依舊需要愛情。那個愛情裡的「對的人」很難找，因爲一點保障都沒有。可是如果生命中有個人除了愛情之外，還能這樣無條件地給予另一個人支持，那豈不是更加可貴嗎？

我想起阿振多年來爲我做的付出，又想想我自己，如果今天換成阿振的生活不順遂，那麼我會不會也像他支持我一樣地支持他？

我想我會，雖然那出發點未必是因爲愛情，可是我知道我就是會。

一邊想著，我一邊整理剛剛被我們弄亂的吧檯，這時手機忽然響起。佳琳從台南打電話來，問我什麼時候要回台中，說想約幾個以前的老同學，看能否在過年前辦個同學會。

我不置可否，聽著我有點懶洋洋的聲音，她問我發生了什麼事情。

沒有多做描述，我只跟她說前陣子我和小默分手了。電話那頭的佳琳沉默半晌，然後提醒我好好保重。

「我知道，現在已經好多了，過陣子就會沒事的。」我說。

「嗯。」掛電話前，她嘆口氣，感慨地說：「之前妳跟我說周振聲又出現了的時候，老實說我一直在擔心，我總覺得妳會先變心，改投入初戀情人懷抱的，沒想到……」

是呀，沒想到最後會是我被甩吧？苦笑著掛上電話，自己也呼口大氣，拿著幾顆咖啡豆在吧檯上彈來彈去，心中盡是惆悵。而老爹已經送出客人點的飲料，然後自己坐到沙發座位上去看雜誌了。

看看這吧檯裡的一切，現在還是沒有煮咖啡的信心，感覺上好像我現在做什麼，都可能是錯誤的。咖啡豆要磨多細？手沖的速度要多快？按照老爹以前教我的，我可以煮出一杯好像很好喝的咖啡，可是我不敢喝，煮出一杯又一杯之後，我總是沒看太久，就把它們倒進了洗手槽裡。

「還是沒信心呀？」老爹也知道我受了很大的打擊，連帶的我對自己煮出來的咖啡都失去了信心。看我在這裡又發愣，於是又晃回來問我。

「嗯啊。不只是沒信心，而且簡直是沒心情。」屁股靠在櫃子上，我們兩個一起無奈地看著我剛剛練習煮的，但是一口也沒喝，正在緩緩流入排水孔的咖啡。

「慢慢來，妳只是還沒有休息夠，時間過得再久一點，妳離往事再遠一點，一切就會好轉許多了，妳也知道，凡事總會有個答案的嘛。」他說。

這句話很耳熟，幾個月前，有個白目的傢伙經常拿這句話當口頭禪。我用疑惑的表情看著老爹，他聳聳肩，「不要看我，這句話是阿振教我的。」

又是阿振，看來老爹中阿振的毒中得很深了。我問老爹，光只聊我的事情，阿振怎麼會就這樣跟蘇菲亞熟了起來？

「天曉得，後來他們聊了一晚上開店的事情，計畫東又計畫西的，我看他都快加進去變成股東了。」老爹說。

這讓我感到很訝異，開店的事情阿振起先完全不清楚，居然這樣也能聊一晚上？這未免太誇張了吧？

星期四的晚上，老爹辦了場很賠本的咖啡會。這一場他特別找我當對照組，每種咖啡豆，相同的手法，他跟我各煮一次，讓每個人都喝喝看，我們要告訴大家的是，相同的豆子，在不同的人手中，儘管用相同的器材與步驟去煮，也一樣會有所差別。

那晚來的幾乎都是熟人，幾個熟客之外，蘇菲亞、小寶，還有我們樂團的那幾個小朋友也都在，另外，雖然稍晚一點，不過後來還是趕到了的是櫻桃。

反正我煮的咖啡已經難喝到一個頂點了，這幾乎不用比較，大家略喝一口就知道。據他們所說，該偏微酸的咖啡我煮得很酸，該偏苦的咖啡我煮得太苦，酸苦該適中的，我煮得澀味十足。大家算是見識到了老爹的精湛手藝，也眞的讓我灰心喪志到了極點。

「我覺得蘇菲亞開店之後，應該考慮換個人去煮咖啡了。」中場休息時間，我坐在椅子上，對老爹嘆氣。

「別這麼擔心，至少妳煮出來的那種褐色液體，我們都還聞得出來是咖啡。」他說。

「這是安慰嗎？」

「嗯啊。」我發現老爹最近很喜歡學我們這些年輕人說話。

那天晚上，我們煮了四五種咖啡，一邊煮，老爹一邊說明豆子的種類與價位，並介紹該類咖啡的特色，我反正知道自己怎麼煮都是那德行，所以老有點心不在焉，不過今晚的主角是老爹，所以也還好。

「煮咖啡哪，是一種很玄的事情。」最後一款豆子是黃金曼特寧，老爹磨好了豆子，準備開始，「今天晚上我們喝到了完全相同的煮法，可是卻風味迥異的咖啡，爲什麼呢？」

我聽見話題轉到自己身上，心神一懾，回頭看他繼續說話。

「煮咖啡，重要的當然是技術，而技術來自於訓練，也來自於經驗。」他把磨好的粉末倒進了濾布，並且在第一時間就注水，這個細節很重要，因爲濾布是濕的，咖啡粉末在濾布裡放太久之後會變潮濕，到時候注下熱水時，會影響萃取的效果。

「可是除此之外，還有一個很重要的因素。」老爹說話時完全沒看我，「煮咖啡的人如果心不在咖啡上，甚至心不在身上，那怎麼煮得好咖啡呢？」

說著，他把咖啡倒在杯子裡，然後遞給我，「很多事情需要的只是時間，跟等時間過去的耐心而已。時間不夠或者耐心不夠，不管是對的人或對的咖啡，妳都沒辦法好好把握的。喝完這杯，把心收回來，我們來好好地較量一下吧！」

較量？我睜大了眼睛，他剛剛說的那些話我都懂，不過說要較量是怎麼回事？所有我對咖啡的認識與技術，全都來自於老爹，我怎麼跟老爹較量呢？

「在這裡順便跟大家報告一個好消息，」老爹把咖啡交給我，然後開始清洗器具，同時跟大家說了我跟蘇菲亞準備出去開店的消息。

眾人一聽之下，有的歡喜地鼓掌，有的發出驚嘆的聲音，我的樂團團員們更開始打探地點與時間。我茫茫然不知如何應對，而老爹又說話了：「大家都知道小喬在這裡工作了很久，說是我的徒弟也不為過，」說著，他看著我，「沒煮得比我好之前，怎麼可以放妳出去呢，對吧？」

說完，他收走我手上剛剛喝完的咖啡杯，拍拍我的頭，跟我說：「來試試看曼巴，怎麼樣？」

在座的每個人都知道曼巴是曼特寧跟巴西的混合，不過他們都不知道，這款咖啡是我的致命傷，因為光是兩種豆子的比例，我就拿捏不定了。

正當大家準備拭目以待時，店門忽然被推開，門上的鈴鐺發出清脆悅耳的聲音，吸引了店內所有人的目光，我也跟著看過去，那個人，是阿振。

「咖啡會結束了嗎？我應該趕得上最後一杯咖啡吧？」他笑著跟大家打招呼。

> 曼特寧的偏苦，巴西的微酸，都是愛情的味道。
> 可是，我希望我煮出來的那杯，是甜的。

* 47 *

之前每次都是我先煮一杯，讓大家嚐過一點味道，老爹接著煮第二杯，給每個參加者做對照。阿振來了之後，搬了張高腳椅過來坐下，熱絡地和大家打起招呼，這裡有一大半的人認識他，蘇菲亞甚至還對他眨眨眼，我看阿振儼然也是個熟客了。

看我跟阿振聊起話來，老爹於是先動手開始煮。

「今天表現怎麼樣？」他問我。

「糟透了。」我苦笑。

阿振說他剛從左營過來，他老媽希望他畢業之後，搬到高雄來工作。為此，他繼父還打算先幫他買層公寓，讓他先成家、再立業。阿振答應了搬來高雄的要求，不過他堅持不要繼父買房子給他。

我知道阿振的媽媽跟他繼父結婚之後，一直沒有生兒育女，可是這種事情未免太扯了點。

「你繼父願意這樣投資你呀？他忘記你不是他親生的嗎？」

「早跟妳說過了，我媽那邊實行的是『老婆無限大』制度的嘛。」他心不在焉地說著：「不過他要買，我也不見得要，搬來高雄，只是爲了多陪我媽而已。」

不知爲何，當他說到「搬來高雄，只是爲了多陪我媽」這句話時，我心中忽然閃過一股黯淡之意。但我隨即意識到，這是不對的，因爲我跟阿振是好朋友，我們目前只是好朋友，而我的情形若此，我也不應該多想什麼。都怪老爹一天到晚在我耳邊聒聒雜雜，暗示著阿振跟那個「對的人」的關係。

「現在要煮什麼咖啡？」他沒發現我心裡的複雜，看著老爹，然後問我。

「曼巴。」我回答。

「嗯，有酸有苦。」手撐著下巴，「很愛情的咖啡。」

「愛情偶而也是會有甜味的，就像好咖啡能回甘一樣。」我笑著走回吧檯裡。

這時老爹已經煮好他的咖啡，在每個人的杯子裡倒入半杯。爲了避免大家咖啡因攝取過量，所以我們的咖啡會，不會讓參加者一款咖啡喝足一整杯，以免他們發生身體不適的狀況。

我把豆子交給小寶去磨，然後把器材準備好。

「還記得那天我帶去花蓮給妳的僞藍山咖啡吧？」阿振忽然問我。

看我點點頭，阿振又說：「那杯咖啡妳覺得有沒有回甘？」

這就得讓我想一下了，因爲當時那杯咖啡已經冷掉了，老實說喝起來沒什麼味道，有沒有回甘，那更不復記憶了。

「給我一杯有酸有苦還有回甘的曼巴，我送妳一個禮物。」他很詭異地笑著。

我不知道阿振要給我什麼禮物，不過現在我沒有時間猜了，研磨好的咖啡粉末已經倒入了濾布，我測量熱水壺裡的溫度，看看差不多了之後，小心翼翼地用右手抓著有細長壺嘴的熱水壺，左手抓著抹布，墊在壺的底部，就這樣穩穩撐住，然後熱水開始由內而外，慢慢注下。

「心很重要哪！」老爹忽然出聲。

不過在那瞬間，我什麼都沒有想，腦海裡唯一的念頭，就是沖一杯有苦有酸，而且還要有甜味的咖啡。曼巴喝起來很溫潤，可是要讓它回甘著實有點難，我小心控制熱水流速，因爲這將是關鍵。

這杯咖啡，我想給阿振。

那些當年我拚盡全力都得不到的愛情與自由，這些年來我尋找他而不獲的失落，認識小默之後種種，還有這陣子以來，我對自己一切的質疑，在時間不斷地經過之後，我已經無法細細地一一回顧，許多對的、錯的，或者眞的、假的，對我來說恐怕早已揉成一團，難以辨分。這麼多的歡笑與淚水，重得我幾乎無法乘載，我想，不如在今晚，讓它們都化作一杯咖啡吧！

熱水接觸咖啡粉末，開始萃取的動作，從濾布底下不斷滴流下來的是帶點透明，而又略顯暗沉的褐色液體，那是咖啡，是我這麼多年來，到最後確定還能擁有的唯一，而這唯一，我想送給眼前這個，在世界上繞了好大一圈之後，跟我天涯異鄉又重逢的周振聲。

因爲這時候的我很清楚，我們身邊的一切都可能隨時間流逝而消散，但只有我跟他，我們會無視於距離與時間的考驗，都力挺對方到底，就像當年，就像現在這樣。

「嗯。」喝了一口，阿振沒說話，只給我微笑。

蘇菲亞閉上眼睛，像在品嚐咖啡的味道，但是卻發出很不禮貌的漱口聲，簡直把咖啡當紅酒在喝。

櫻桃不懂咖啡，不過她的表情告訴我，這咖啡並不像我之前煮的那麼糟。

至於小寶，那不用說了，給他農藥我看他都是一口喝下去的。

最後我看老爹，老爹靠在櫃子邊，笑著，卻不喝。

「你不喝喝看？」我端了一杯要給他，可是老爹卻說：「我想妳這杯咖啡應該不是煮給我喝的，對吧？」

店裡放著的歌，應小寶要求，說要放戴佩妮的「路」，本來我堅持要放阿振送給我的療傷之歌，不過他拿出小老闆的威嚴，還說這首歌就是爲我而放的，所以我才答應了他。

聽著戴佩妮唱著：「我知道這一路的風風雨雨，它總是讓人跌倒，也知道這一路的曲曲折折，會模糊了我的想要，未來也許飄邈，我的力量也許很渺小，要讓你知道執著是我，唯一的驕傲……」

我忽然明白了老爹的意思，再轉頭看看阿振，他拿起咖啡杯，示意我「喝一口吧」。

我看了他很久，心裡猶豫了一下，包含今晚在內，我最近煮了不下十幾二十杯咖啡，可是自己一口都沒喝過，但是阿振的眼神，給了我很大的鼓勵，於是我拿起了杯子。

那杯曼巴，我喝到了很酸，也很苦的滋味，簡直集我所有敗筆於一杯，不過，就在我皺眉的同時，舌根的地方，開始逐漸有了點咖啡的甘甜之美。

* 48 *

就在我跟小默分手之後，還沒去班遊的前幾天，有一次我到咖啡館來，卻遇見匆忙要趕回去的阿振，而那一晚是他跟蘇菲亞認識，還「一見如故」的晚上。阿振熟知當年的我，來高雄之後，關於我的一切，蘇菲亞跟老爹也都幾乎都瞭如指掌。難怪他們會一見如故，因爲他們的話題都在我身上。

蘇菲亞把開店的事告訴阿振，還說爲了這個，她現在可是費盡心思，到處探聽店面，到處看裝潢設計，還每到一處店家，就去跟老闆攀談，企圖學取人家經營的技巧。

「那天我跟蘇菲亞談了很多裝潢的問題，也留下了連絡方式。我要她給我幾天時間，從台中帶些其他店家的照片來給她看，也許她會有興趣。」阿振跟我說。

「台中的店家？」

「嗯。」點個頭，阿振從他的包包裡拿出一台數位相機，開啓已經照取的相片檔案給我看。

大約有百來張照片，全都是其他咖啡館的裝潢，看來分屬好幾家，風格也都各異。不過我看著看著，卻沒發現什麼特別之處。

最近蘇菲亞經常拿一些裝潢設計給我看，這些設計草圖有的走什麼巴洛克風格，有的走日式清爽風格，可是我看來看去，都覺得老爹的店還比那些好看。

「你要給我什麼禮物？」看著照片，我問阿振。

「妳看下去不就知道了？」他笑著說。

這些大同小異的照片，我看不出有什麼值得我驚奇的地方，所以按動翻頁的速度愈來愈快，一直到了大約第一百出頭的張數時，我忽然一愣。

因爲我看到的是阿章的照片，這隻阿章肯定不是我的，因爲我的阿章現在還在我宿舍裡。

「你帶阿章出去拍照？」我問阿振。

他笑著點頭。我也笑了出來。當年還很幼稚的我，也不知道哪根筋不對，居然很天眞地跟他說，希望他以後出門的話，儘可能帶著我送給他的那隻阿章。當時的他沒有問我理由，而我則只是單純地希望，如果我因爲課業或什麼因素而不能陪在他身邊，那麼，至少他在看到阿章的時候，還會想起我。

我得強調，那是我當年還很幼稚的時候。

「不過其實照片的主角不是阿章，妳注意看背景。」阿振提醒我的時候，我的腦海裡早已轉換了場景，我想起上次在阿振的老家，他跟養樂多女孩發生衝突的那一天，怒火中燒的阿振，幾乎砸爛了自己房裡的一切，可是就只有阿章，被他好好擺在床頭，碰都沒碰到。

他的話讓我稍微拉回了心神，我注意看那張照片，阿章被擺在一排褐色的沙發上，那沙發很眼熟。

再看後面幾張，愈看愈覺得似乎很有印象。那家咖啡館有一整面很大的落地窗，可以看見外面的巷子，我甚至覺得那巷子我好像走過。

「記起來了嗎？」

「很面熟，這是哪裡？」

「可惜的是我拍照那天沒下雨，去完那家咖啡館之後，沒挨妳老爸的一拳。」他笑著。

我終於恍然大悟，這家店我果然去過，店外的巷子我也走過。因爲這家店就在佳琳她家附近而已。當年我蹺家蹺課，跑去投靠佳琳，後來被教官逮回去，送回家裡，拒絕跟家人溝通的我，什麼都不跟他們說，我爸無可奈何，只好送我去佳琳家再住兩天，結果那天阿振跑來找我，我們就是在這家咖啡館窩了一下午，阿振那時跟我說了影響我後來的生活，很重要的幾句話：「如果妳已經做夠了妳想做的事情，也發現那樣是行不通的，那就只好甘願一點，回去做妳該做的了。」

因爲這樣，所以我後來拚著重考也要上大學，然後在學校裡努力發展自己的專長與興趣，直到今天。

「妳覺得上次我拿去花蓮給妳的那杯藍山好喝嗎？」

「老實說，不怎麼樣。」

「嗯，那是一家咖啡很難喝，可是好多年來居然一直不會倒的店。」阿振笑著說：「所以我覺得它應該是贏在裝潢。」

就因爲這樣，於是他帶著阿章，又跑去那家店，還拍了照片來給我看。

我翻看到最後一張全景的照片，拍攝場景是當年我們坐的位置，背景的落地窗，桌上擺著一杯咖啡，還有一隻阿章。

看著看著，我出了神。忽然旁邊伸過來一隻手，手上拿著面紙。

「有些妳沒忘的，我也還記得。」說著，他露出了笑容，「小感動就好，別這樣痛哭流涕的。」

最棒的禮物不是這些照片，而是照片裡有我們的回憶。

*
49
*

就這樣過了大約快一個月，轉眼間已經接近學期末。今年的冬天好像特別冷似的，連在高雄都感覺得到。

阿振最近常常來，我說他正在落實「死大學生」的罪名。這傢伙決定延畢之後，比以前更不用心去上課，一有空就往高雄跑。每次來，他都會聊起學校跟社團的事，跟我說哪個教授揚言這輩子見他一次當一次，又跟我說起一月底音樂比賽的準備情形。

除了他老媽之外，我想最開心的人應該是我，因爲他每次來，我們總會聊起很多從前的事情，可以一起回味往事。而如果大忙人蘇菲亞也在場，那我們討論的話題就會從陳年舊事，變成咖啡館開店計畫。

隨著阿振與蘇菲亞的愈常出現，我想起感情傷口的次數逐漸變少，不過我也知道，雖然想的少，但是我從來沒忘記過，我只是努力想站起來而已。

蘇菲亞最後選定的店面還是在西子灣附近，我跟她去看過兩次，裝潢則是阿振決定的，他想把咖啡館裝潢成類似當年我們去過的那家店那樣，說這是紀念，順便還復古一下。

我問他憑什麼在我們的計畫裡湊一腳，結果站在旁邊的蘇菲亞跟我說，阿振現在也是股東之一。

「股東？股什麼東呀？這傢伙爲什麼赤手空拳想跑來當股東？」我轉頭問蘇菲亞。

結果阿振說，他老媽願意慷慨解囊，贊助經費，這一切，都只爲了把他這個寶貝兒子留在高雄，留在身邊。

「看不出來你眞的變得這麼孝順耶！」我橫了他一眼。

他微笑著，眼睛半瞇，不過我卻看見半瞇的眼裡，透出異樣的光采，那是一種接近夢想時才有的光采。

當一切都逐漸走上軌道的時候，我開始覺得，其實開一家店也不是那麼困難的事情了。原本我們計畫中，開一家店至少需要一兩百萬的，可是蘇菲亞相中的那家店面，原本就是間小酒吧，台灣籍的老闆娘，預計今年四月就要跟著她加拿大籍的未婚夫離開台灣，到加拿大去結婚，所以急著想把店頂出去。

乘此之便，蘇菲亞再度發揮她殺價的驚人功力，原本人家開出來的八十萬，被她殺到六十五萬，而且店內所有看得見的東西全都歸我們。但其實我跟蘇菲亞，還有阿振三個人所能提出來的資金，還將近這個的一倍。

開心之餘，有時我不免要想，這麼順利眞的是件好事嗎？如果沒有多遭遇一點挫折的話，我們會不會以後就鬆懈下來，天眞地以爲世界盡其在我呢？打個電話到台中，我把我的憂慮告訴正在學校練團的阿振，而他問我：「以前在妳心裡，有沒有什麼是妳認爲遙不可及的？」

「有。」我點頭，以前我認爲最遙不可及的，就是跟現在正在與我通電話的這個人再連絡上。

「那就對了，什麼事情都會有個答案的，而在答案來之前，妳努力去做妳該做的，也做妳想做的，這樣就夠了。」他說：「未知的未來，不需要擔心得太多，重點是我們自己付出了沒有，這樣就夠了。」

有點懵懂，我在掛上電話之前，又問他：「可是如果我們都付出了，到後來卻發現大家要的是不一樣的方向呢？」我問的是咖啡館，可是也帶有暗示的意味，因爲我還老想著老爹跟我說過的那些話。

「妳覺得會嗎？」

「我……」我支吾著，說我也不知道。

「放心，一切總會有答案的，不是嗎？」電話那頭他笑著。

是嗎？我還是不怎麼放心，而心不在焉的結果，是我被自己端在手上的熱水壺燙到，痛得我叫了出來，驚動了正在吧檯寫鼓譜的小寶。

他看看我的手，確定只是稍微紅腫，沒事之後，還拿了一堆冰塊要我敷著。

「說眞的，我覺得妳還是需要個男人在妳身邊照顧妳的。」他故作成熟地嘆口氣。

「省省吧你，小鬼。」我笑他，對別人，我可能顯得有點笨，對小寶，我可精明得很。

那是個很悠閒的午後，沒什麼事幹，我努力練習，想找回煮咖啡的手感，一邊煮，一邊回想那天晚上，我煮曼巴給大家喝的感覺，想著想著，忽然發現，原來那已經又過了好一段時間了。

「小喬呀，」小寶放下手上的筆，忽然問我個怪問題：「妳有沒有覺得其實我對妳很好這樣?」

「什麼?」我嚇了一跳，結果這次沒燙到手，可是熱水猛然注下太多，都從濾布邊緣溢出來了。

沒理會我的咒罵，小寶嘆著氣說：「老實說，我覺得呀，單戀眞難。」

我不知道這小鬼爲什麼忽然跟我聊起這個，不過我想了一想，笑一笑，對他說：「單戀不難，眞的，因爲我單戀過。」低頭擦拭了一下剛剛溢出來的熱水，猛然間心念一動，我又說：「眞正難的，是原本相愛的兩個人，忽然有一天，他們都發現了相愛很難。」

跟小寶說話時，我很瀟灑，那是因爲他跟我沒有感情上的瓜葛，我本以爲自己可以一直瀟灑下去的，哪知道隔天就不行了。

去學校上了四節課，跟同學借了不少猜題的資訊，我背著包包，從隧道出來。最近我經常把車停在隧道另一頭的臨海路上，走這一段路，讓自己多點時間，在踏進學校之前，先沉澱一下思緒，以免一進去就觸景傷情。

結果這天，我走到隧道口時，居然迎面遇見了小默。不像上次看見餅乾妹那樣，隧道口避無可避，我只好走向他，對著一臉尷尬的小默，點頭先致意。可是我不知道我這個微笑看起來像什麼，我猜一定很難看，因爲他在我微笑之後，臉色更顯古怪，好像跟我招呼也不是，不招呼也不是。

他似乎更瘦了些，一段時間不見，臉頰也凹陷不少，而且模樣看來，比分手那陣子還要疲倦，想來實驗跟論文已經快壓垮了他。

我們在隧道口相遇，本來正要走進隧道的他，停下了腳步，在我微笑招呼之後，他也給了我一個清淡的笑容。剛剛的那陣尷尬，在他臉上一瞬即逝，想來是他極力壓抑住了。

「最近好嗎？」他問我。

點個頭，我不自覺地雙手抓緊包包的背帶。其實，躊躇忐忑的人不只是他。

隧道裡的風很大，吹得我頭髮有點亂，略低著頭，我想不出要跟他說什麼才好。

「還在為妳的夢想努力嗎？」他又問我，而我居然也只是點個頭而已。

我想這種情形，大概誰都很難多說話吧，他停了一停，然後跟我說因為還要趕實驗，所以要先離開了。

沒多留，我想才分手一個多月，我們都還不到可以坐下來好好聊聊的時候，所以我終於開口，跟他說了兩個字：「再見。」

轉過身，隧道口有陽光照射進來，刺得我雙眼發疼，略瞇著眼，我往前走了兩步。背後卻是他忽然又叫住我：「小喬！」

回頭，我看見隧道內橙黃的燈光包圍著小默，他的雙手軟弱地垂在身側，隔著深度近視的鏡片，是他深邃，但卻蕭索的眼神。

「我只是想跟妳說，我現在很好，希望妳也很好。而如果可以，我想問妳，如果沒有愛情，那夢想實現了又如何？」他緩緩說著，說完，沒等我回答，安靜地轉身朝隧道內走去。

站在隧道口，我悄立良久，腦海裡盡是他問我的這兩句話：「如果沒有愛情，那夢想實現了又如何？」

所有我以為我已經想通了的，可以不用再去細想了的，霎時間竟然又全都籠上了我的心頭，如果沒有了愛情，那麼實現了夢想又如何？而我這陣子以來，一直感到很疑惑且不安的，不就是這個嗎？我離我的夢想愈來愈近，可是我的心靈卻愈來愈空虛，爲什麼？難道開店不是我的夢想嗎？我跟阿振，還有蘇菲亞持續籌備著，一切都在順利進行，但是我卻經常會有種徬徨或空虛的感覺，莫非那原因就是來自於此？

又一陣冷風吹過，我打了一個哆嗦，猛然間驚覺，或許，我可以實現所有我企求的願望，但如果一切夢想都實現了，卻沒有一個眞正屬於我，眞正對的人在身邊，那我就算擁有了再多又如何？

也許我即將擁有全世界，可是我可以不要全世界，
我只希望，有個對的人在我身邊。

* 50 *

惶惶然的心情持續了好多天，我不敢對任何人說起。這種好不容易肯定了自己，然後隨即又被自己或被人推翻的心情，實在教人難受。從跟小默分手之後，我便一直處在患得患失的境地裡，經常半夜從睡夢中驚醒，然後對著窗外，在一片冷冷的風中，問自己到底想要的是什麼。

就像今晚，桌上攤放著的是蘇菲亞拿給我的很多、內容很豐富的資料，可是我卻覺得很空虛。爲什麼？我眞的不懂。

阿振打電話提醒我，跟我說下個禮拜天下午兩點，台中豐樂公園，要我記得空出時間回台中去看他們比賽。我把消息在咖啡館裡散布，小寶他們無不歡欣鼓舞，說要大家一起去

看，連蘇菲亞也想去湊熱鬧。

看著大家喜悅的樣子，只有我一個人感到寂寥。我還不能排解那天在隧道口所體悟到的心情，這心情我沒有告訴任何人，而我想只怕也沒有誰能給我意見。

因爲我這既不是疑問，也不是困擾，或許，可以說是一種領悟。而這種感覺，我想等著跟阿振當面說。

就快期末考了，我給自己排了準備進度。本來大四學生就應該自知自覺，課業也應不再需要別人提點，而可以自己掌握得了。

不過這理論不適用在阿振身上就是了。就看著他踱踱踱地踱進咖啡館來，跟我要了一杯美式淡咖啡。

「每次來都喝不一樣的東西，我說你到底懂不懂咖啡呀？」我跟他說，通常咖啡喝久了，都會找到自己喜歡的口味，然後固定下來，哪有人每次都換不一樣的在喝？

「我不需要懂太多呀，因爲重要的是咖啡是妳煮的就可以了。」他很淘氣地說。

「放屁！」我啐了他一口。

「而且呀，妳有沒有注意到，我雖然經常喝不同品種的咖啡，但我從來不喝調和式的，我只喝黑咖啡而已。」他又說。

「爲什麼只喝黑咖啡？」我問。

笑一笑，他問我有沒有看過港劇「創世紀」，那是羅嘉良主演的，在台灣也曾紅極一時，我看過，也還略有印象。點個頭，又問他這跟黑咖啡有啥關係。

「羅嘉良在片中飾演的那個角色，一開始是個喜歡走偏門的小生意人，後來歷經很多苦難，最後終於出人頭地，對吧？」

「嗯啊。」

「後來他發達了，有一天跟個老朋友喝咖啡，他點黑咖啡，朋友問他，爲什麼這麼多年來都還是喜歡喝黑咖啡。」

這話題吸引了我的注意力，我停下手邊的動作，問他在戲裡面，羅嘉良怎麼回答？

「他說，黑咖啡總是充滿了苦味，每次喝黑咖啡，都能提醒自己，別忘了當年吃過的苦。」阿振說著，端起手上的黑咖啡，對我說：「我喜歡喝黑咖啡的原因，也是這樣，我不想讓我自己忘記當年所有的壓抑，也不想讓自己忘記曾經經歷過的，所有快樂與悲傷。」

他的話似乎暗示了我一些什麼，可是卻又好像只是在說他自己，我不曉得應該如何回答才好，於是換了個話題，問他爲什麼還不準備回台中，都快期末考了。

「妳知道中國第一次割讓土地，是在什麼戰爭、什麼條約、割讓哪裡嗎？」

「好像是南京條約，割讓香港吧？什麼戰爭則老早忘了。」

「那妳知道爲什麼他們想要香港嗎？」

這一問讓我愣住了。

「妳知道爲什麼中國跟法國發生的戰役裡，凡簽條約都幾乎跟宗教有關嗎？又知道爲什麼英法聯軍要連打兩次嗎？中華上國的觀念在清朝末年被一連串的戰爭所摧毀，妳知道這對後來台海兩岸的分裂，與中國人民自信心有怎樣的影響嗎？」他的問題問得很快，有些即使我約略可以答得出來，卻也沒機會作答。

「我們國家的歷史教育，只塡塞了知識給我們，卻從來沒有培養學生從歷史當中思考的能力。」阿振說：「我不知道這種歷史念起來有什麼意義，所以我從大一之後，對歷史就失去了興趣了。」

我問阿振，這種考題應該都是申論題，他還是可以思考不是嗎？

「妳有沒有想過，妳申論的觀點，如果相左於教授的觀點會怎麼樣？」

於是我開始懂了，正因爲這樣，所以我們才都變笨的，因爲我們總是接受灌輸，而又拷貝前人的觀點，搞到最後，就變得不會思考了。

喝了一口咖啡，阿振趴在桌上，懶洋洋地說：「比起複製別人的智慧，我寧願窩在這裡，看妳煮咖啡。」

拿砂糖包丟他，我笑著罵他貧嘴。這個人以前還不會這麼貧嘴的，五年的時間果然可以改變一個人很多。

從他能問我這些問題看來，我想我不需要擔心他的期末考了。把最近迷惘的問題告訴他，我說我懷疑我最後的夢想可能不是什麼咖啡館或超級女吉他手，我想要的恐怕只是很微薄的，一份單純的愛情而已。

「也許我想要的，不是太多的夢想，而只是一份讓我安心的幸福，可是我不知道什麼樣的幸福才讓我安心。」我告訴阿振，跟小默在一起時，我們幾年前相處的模式，其實就讓我很安心了，可是不曉得爲什麼到了最後會是這樣收場。

「我不知道愛情有什麼形式可言，也不知道怎樣的愛情才讓人安心，愛情跟夢想我也不覺得永遠都只能夠以衝突的方式對立著，我只知道，當我一轉身，就看得見那個爲我守候的人時，我就很幸福了。」他說：「我記得這也是我跟妳說過的。」

「那你找到這種幸福了嗎?」

「找到啦，」他笑著說：「口渴的時候有家咖啡館，有個人可以煮杯咖啡給我喝，這不就是幸福了嗎?」

說著，他看看外面，今天是個陰天，晚一點恐怕有雨。

「看到可能要下雨的時候，有家咖啡館，可以進來跟可愛的女工讀生借把傘，這不就是幸福了嗎?」他笑著說：「如果這家咖啡館，剛好就是自己開的咖啡館，那不更是幸福中的幸福了嗎?」

夢想與愛情未必永遠都以對立的方式存在，
而幸福其實唾手可得，只要你多用點心。

* 51 *

台中的豐樂公園佔地極廣。聽說這裡平常是很靜謐的地方，不過禮拜六日就像今天一樣，簡直是個喧鬧的園遊會場。

公園中央有個人工湖，上面架著舞台，湖邊則是個小餐廳。我夾雜在人群中，站在橫跨湖的中央，一座長拱橋上。這裡可以將公園的景觀一覽無遺。

期末考前，我最後一次回台中，就是爲了看這場表演，而與我同行的，還有蘇菲亞以及小寶。我們攀在橋上的欄杆邊，看著舞台上，工作人員正在準備。

小寶問我是否打算看完整天的比賽，我跟他搖頭，因爲阿振他們的樂團是第八團，而全部總共有二十幾個團體，全看完恐怕都天黑了。阿振說等他表演完，要帶我一起到他老家附近的小河邊去。

從這裡可以眺望得到濱臨湖邊的小餐廳，所有今天即將上台的樂團都在那邊待命，我看見阿振，也看見好久不見的米老鼠，那個叫作紹華的學弟。

來的時候我已經跟阿振說過，今天我們會站在橋上，搶一個視野最遼闊的位置，好好爲他加油。

「妳有沒有想過，如果五年前我答應了妳，那今天會是什麼局面？」早上來到台中，阿振開著他爸的車來接我們，大家先到麥當勞吃午餐，趁著蘇菲亞去上廁所，小寶去買玉米濃湯時，阿振忽然問我。

這問題讓我一時之間難以作答，只好眼睜睜地看著他。

「其實也沒什麼別的意思，只是這陣子我經常在想這問題。」他說：「看到妳跟小默分手時的樣子，我老想起五年前，那時候妳也有一樣的神情，而且，好像比現在還慘。」

我安靜地坐著，沒有說話。五年前我對自己、對人生，都還沒辦法掌握得很好，而且，五年前的那次，是我的初戀，雖然，它只是單戀。

「有時候我會很捨不得妳，看妳這樣爲了很多事情在掙扎，我都覺得自己好像很怠惰，好像什麼都沒努力。現在的妳，給我一種很不一樣的感覺，既像妳當年莽撞又勇敢的樣子，可是，也多了很多細膩跟細心的地方，很有主見，就像之前我跟妳說過的，我覺得妳很偉大，而很多時候又讓人覺得很心疼。」

看著他，我有點訝異，不知道他現在跟我說這些幹什麼。

「所以當我知道妳跟蘇菲亞在籌畫開店時，我就決定答應我媽，留在高雄，這樣我既可以陪她，也可以多幫忙妳，因爲我覺得，幫妳實現一個夢想，其實也等於是幫助我自己，去找到一個新的人生目標。」

「然後呢？」我小心翼翼地探詢。

「然後，老爹之前問過我一個問題，關於什麼『對的人』的，他問我有沒有想過，要怎樣檢查或測驗，來證明自己喜歡的女孩，才是眞正屬於自己的那個『對的人』，」他搔搔頭，「老實說，我不會去在意這問題，我覺得，以後的事情以後都會有答案，而我現在最想做的，其實就只是爲了夢想，也爲了妳做點什麼而已。」

「爲了夢想還說得過去，可是爲了我？」我疑問。

「哎呀，反正就是這樣嘛，煩死了！」他呆了一下，忽然露出害羞的神色，那模樣看起來可眞是滑稽至極。

我沒再追問下去，他也沒再多說什麼，就這樣彼此大約安靜了幾秒鐘，過一會兒，他忽然又說話了：「妳還記得我跟妳說過的話嗎？我說因爲經歷過一些事情，所以後來的我很喜歡搞笑，我寧願讓自己跟大家都活在喜悅的世界裡。」

「記得呀，你做得很好，白痴耍得渾然天成，根本看不出來是刻意搞笑的。」我不忘記要調侃他。

「可是我現在其實是很認眞的。」他正色。

「認眞什麼？」

「欸……」結果他自己卻又說不出來了。

這時我看見不遠處，蘇菲亞自樓梯口上來，我拍拍他的肩膀，跟他說：「不管你到底想說什麼，或者想做什麼，那都不是現在的事情，你現在應該要做的，是把歌詞記牢一點，然後想一想，怎麼在今天的比賽裡拔得頭籌。」

站在橋上，想到這些，我不禁啞然失笑。小寶問我笑什麼，我搖頭不答，因爲反正也答不出來。

舞台那邊開始有樂團演出了。我看見前兩個樂團上台之後的情形都一樣，台上的人賣力演出，可惜的是重搖滾樂因爲四周沒有屏蔽，所以一出即散，沒有辦法讓我感到震撼。

第三個樂團稍有可看之處，他們做的是創作曲，不過那曲風明顯抄襲自日本的彩虹樂團，也不予置評。

至於第四第五個團就更糟糕了，主唱就像小丑一樣，只會扭來扭去地嘶嚎，我有點聽不下去，不過小寶倒是挺開心的，他說如果這些樂團都只有這種程度，那表示阿振他們很有機會奪冠。這說法也不無道理。

不過第六第七團演出時，我卻忘了要繼續看表演，因爲我腦海裡一直在想像著阿振等一下會有怎樣的表現。念家商時，我知道他有參加吉他社，可是從沒聽他彈過吉他，五年後再重逢，我們聚少離多，再不然就是各自在情海裡浮浮沉沉，我們的接觸裡，唯一跟音樂有關的，只有上次他來看我們練過幾次團，給過一些建議而已。

校園歌唱大賽裡，我用最虔敬的心，想爲他彈奏一首歌，一首我寫來紀念往事的歌，那今天呢？今天他想用什麼心情，來爲我唱一首歌？

阿振他們表演的曲目，並不是創作曲，而是羅比威廉斯的「Better Man」，那首療傷之歌。

音樂要怎麼療傷？音樂眞能療傷？老實說我不怎麼相信，所有崎嶇的路上，跌跌撞撞來的創傷，怎會是一首歌能治癒的呢？

「今天很高興有這機會站在這裡，唱首歌給大家聽。」我聽見擴音器裡傳出阿振的聲音，回過神來，他已經抱著吉他，站在舞台最前面，觀眾開始鼓掌。

「別鼓掌，剛剛說的都只是場面話。」他忽然說出讓全場觀眾都發愣的話來：「其實，今天我們來這裡的目的，並不全然是爲了比賽而已，對我來說，今天在這裡並不是爲了比賽，更重要的目的，是我想把這首歌送給我一個失散多年之後，居然又重逢的老朋友。」停了一下，他說：「我這朋友最近剛失戀，她失戀之前，她男朋友才在幾百個人前，唱了一首歌送給她，結果唱完不到兩個月他們就分手了，孰堪痛楚，非常可憐。」

觀眾聽到這裡都笑了起來，蘇菲亞也發出了竊笑聲，而我面紅過耳。

「今天，這個女孩也在這裡，而我還是要送首歌給她，不過因爲我們現在還不是情人，所以我唱完之後絕對不會跟她分手。我只是想藉由這個機會，藉由這首歌，跟她說，今天、明天，還有未來，一切我要做的，都將是爲了妳，It's because of you。」

說完，他刷出了第一個和弦，全場觀眾給了他一次眞正熱切的掌聲。站在橋上，我目瞪口呆，完全說不出話來，只能看著他專心唱起歌來的模樣。

那模樣跟之前幾次他在咖啡館裡，試唱給我聽的樣子完全不同，如此陶醉而投入。

音樂可以療傷嗎？音樂當然不能療傷，只有某些特定的人，唱著特定的歌，那才可以療傷。我的手抓著欄杆，心裡一陣激動，眼淚差點就流了下來。

阿振的樂團總共有四個人，大家都彈木吉他，阿振站在台前，距離湖邊大約五六步的距離，嘴巴離麥克風架很近，唱完了第二遍副歌之後，開始了木吉他獨奏。這段獨奏在原版的歌裡並沒有，那是他自己加上去的，旋律很輕揚，一個音高過一個音，負責做低音拍子的樂手，和弦也是愈刷愈用力，懂音樂的觀眾們莫不大聲叫好。我雖然對木吉他不熟悉，不過我也知道，木吉他要彈出電吉他的獨奏效果，其難度更高，他的點弦技巧很棒，高低音之間滑過得絲毫不拖泥帶水，幾個轉折，把大家的情緒都牽引了過去，而就在我逐漸被音樂所吸引，忍不住暫時忘記心裡的那種激切，也想跟著小寶用力鼓掌時，阿振的獨奏忽地戛然而止，重低音吉他手連刷三下，讓無限奔放的旋律聲，就從音箱裡漫揚出去，我們都忘了要繼續鼓掌，阿振解下了吉他背帶，對著麥克風大喊一聲：「謝謝大家！」

然後，我看見他大跨步衝向前，一個縱身，水花大濺，那傢伙用一個非常漂亮的跳水姿勢，爲這場音樂演出畫下了令全場震撼，尖聲叫好的超完美休止符！

音樂不能療傷，因為還要看那音樂是誰帶給你的。

52

「所以那算是告白了吧？」老爹問我。

又是個有點陰天的日子，外面一副就要下雨的樣子。店裡坐著兩桌客人，看起來像是某家大專院校的學長姊在宴請學弟妹喝咖啡。

時間逼近學期末，有的學校甚至都已經開始放寒假了，所以這自然不會是迎新，比較像是高年級學長姊，要給學弟妹做「期末進補」或「家族新年聚會」。我跟老爹忙進忙出，就爲了他們點的咖啡跟飲料，還有一大堆餐點。一邊忙，我把那天在台中發生的事情告訴老爹。

「這能算告白嗎？」我問。

「還不算嗎？他都在大寒流的時候跳下水去了，難道妳要他把頭切下來才算數？」

「要切我也先切你的！」拿著水果刀，我虛晃一招，嚇得他趕緊逃進廚房裡。

不同於以往，今天所有咖啡都是我煮的，老爹已經承認了我的技術，雖然，我的咖啡號稱「中藥牌」，又濃又重。一邊做咖啡，我一邊哼著「療傷之歌」，想起了那天的後續。

阿振跳水事件引起了全場騷動，鼓掌叫好者有之，譴責非議者有之，而不管到底結論是怎樣，我們後來都看不到了。當主持人諄諄勸導，要大家不要再做這種危險舉動時，阿振已經游上岸來，我拿我的大外套披在他身上，他一邊打噴嚏，一邊帶我走出公園，上了車。

不管之後要幹什麼，他都得先回家去換衣服。

本來是要先到他宿舍去的，不過因爲阿振說要帶我到小河邊去，所以我們直接回他外公家。在等阿振換衣服時，我從他外婆手中接過一杯熱茶，很有禮貌地叫了聲「外婆」，然後說聲謝謝。老太太笑容可掬，若非還沒過年，我猜她一定會打賞我個紅包。

阿振換了件軍綠色的上衣跟寬鬆的休閒褲，用他的摩托車載我出門。鄉間小路沒有警察攔檢，所以我們都沒戴安全帽，阿振飛快地鑽過了中投公路的正下方，繞過一片田野，帶我來到了小河的堤防邊。

這是我第三次來到這裡，跟阿振一起來則算第二次，因爲上一回，我是自己來的，上回在這裡，我從原本舒暢的心情，一轉眼跌入了地獄的泥沼中。

「這裡改變了很多哪！」說著，他快步上了堤防，而我則慢慢跟上去。那傢伙在堤防上來回走著，有時候會撿起小石頭往遠處的河水裡拋，而我則安靜地站著，看看這片遠山，這片後來闢建的河濱公園。

較之上一回來，這次這裡的晴空白雲更加迷人，能見度也更好，對山的樹林可以清楚地看見。阿振走了幾圈之後，用很難看的姿勢蹲在堤防邊，而我站在堤防上，靜靜地看著他。這個男孩今天很怪，從他早上說的那些話，到下午上演跳水大特技，雖然無厘頭一向是他的特色，不過不曉得爲什麼，我就老是覺得怪怪的。

而我知道，他習慣以誇張脫軌的語言或動作，來掩飾一些自己心裡的不安，一如他喜歡用輕快詼諧，甚至白痴式的搞笑，來排解他對人生當中，許多的深沉無奈。

今天他的一切都不大正常，我知道他又有了心事，不過我想等，等他自己慢慢說。一陣風來，他舒服地躺在斜斜的堤防水泥地上，閉上了眼睛。而我還站在他的斜上方。「妳知道台灣跟中共最適合的關係是什麼關係嗎？」我在等他講心事，結果他忽然問了我一個八竿子打不著邊的問題。

「什麼關係？」

「我們跟中共哪，關係很曖昧，」他說：「就像有些人的感情一樣，最好呢，就是『互不承認』，但是其實呢，大家又只是『互不否認』，妳懂嗎？」

「嗯，我懂。」我笑著。

清風徐來，我稍稍抬頭，看著遠處的山景，心裡揣摩著「互不承認」與「互不否認」的意思，心裡好笑起來。

「欸，阿振。」我叫他，他睜開眼來，雙目上吊地由下往上看著我。

「五年前呀，我覺得你這個人渾身上下都充滿了一種『自由』的氣息，那是當時我最缺乏的，所以我喜歡你。」我說。反正他不講，那就換我先講點我的心情好了。

「嗯，然後呢？」

「五年來，我一直以你身上的那股特質爲目標，努力地去做所有我想做的事情，我有我的夢想，有我的主張，在後來又遇見你以前，我甚至一度以爲我就快要成功了。」說話的同時，有好多過往前塵一幕幕快速閃過我的腦海。

「結果呢？」

「後來我發現，其實那些恐怕都不是我眞正想要的，我想要的應該是……」我說話漸慢，當阿振問我到底想要的是什麼時，我嘴裡迸出了笑來，「爲了避免破壞我們兩國『互不承認』的原則，所以就是這樣，其他的你自己猜好了。」

我笑著，有些話我覺得他不講，我看我最好也別先說，就讓風不斷吹起我的髮稍，也撩動這個冬天所有的熱情，那熱情來自於我們重又相遇，來自於我們一群人正爲了彼此共同的夢想前進。

「繼續說呀！」阿振躺在那邊，還要我繼續說話，可是我卻怎麼也不說了。「妳不說的話，我就不好意思繼續往上看了，妳知道女生穿裙子的時候，男生都很希望可以看到多一點什麼的……」

我嚇了一跳，低頭看見他色迷迷的眼睛正盯著我。

「幹拎老師！」

想到這裡，我站在咖啡館的吧檯裡，自己就笑了出來。老爹從廚房裡端出一份焗烤馬鈴薯，送到客人桌上之後，走過來問我在笑什麼，我跟他說了阿振那個兩岸關係八字訣，老爹也笑了。

「時間過得眞很快，一晃眼好久過去了，妳來我這裡打工都很多年了。」他忽然感嘆。

「嗯啊，這中間發生了好多事情哪！」我戒掉了抽菸的習慣，取而代之的是我現在經常叼根吸管在嘴上。

「在生活上，我學會了獨立自主；在夢想的追逐上，我們計畫的一切都逐漸成形。」我說。

「那愛情呢？」老爹接著問。

那愛情呢？靠著背後的矮櫃子，我說我不知道，因爲我害怕著，深怕在愛情裡有第三次的跌倒，我想也許我最好就保持現在這樣，以免再受傷時我會承受不起。

「我知道妳又要說，等妳找到了那個『對的人』，就不會再受傷了，對吧？」老爹說：「說眞的，平常看你們這些人來來去去，有事沒事就跑來跟我說一大堆兒女情長、風花雪月的，我實在很好奇，尤其是妳跟阿振，你們講了那麼多年，到底眞的去認眞地找到了那個『對的人』沒有？如果沒有，那你們說那麼多次的『Because of you』有個屁用呀？」

「問題是我也不知道，到底怎樣才算是那個『對的人』嘛！」我也笑了。

「想呀，仔細想想，就拿阿振來說，我覺得妳跟他就很適合，你們怎麼不想想，搞不好你們就是彼此那個『對的人』？」

我噗地笑了出來，阿振曾說過他跟愛喝養樂多的女孩都不會有好結果，我把這個魔咒告訴老爹，然後說：「你不要告訴我說，只因爲我不愛喝養樂多，所以我就適合他喔！」

「話不是這樣說呀，妳想想，如果他不是妳那個眞命天子，妳又爲什麼不由自主地奉行他說過的話直到今天？妳想想，他說過的一些話，這幾年來影響妳影響得多麼透徹？如果他不是妳那個『對的人』，那不然還有誰是呢？相信我，跟著他會幸福的，妳的愛情跟夢想都會圓滿順利的。」老爹一直在替阿振說好話，這一點他可從來沒有放棄過，顯然是吃了秤鉈鐵了心，要讓他兒子的單戀落空。

「那你給我個證明，除此之外，你要怎麼證明，他就是能給我幸福的那個人？」

「這個嘛……」老爹好像被自己的問題給難倒了，他搓搓自己的腦袋，拉拉嘴上的兩撇鬍子，看看正在店內喧嘩的那兩桌學生，想了很久之後，大腿一拍，跟我喊了一聲：「有了！」

「有啥？」

「阿振不是常常說嗎？一回頭就看見那個爲妳守候的人，那就是妳的幸福了呀，對吧？」

結果我跟他說：「我現在回頭只看得見櫃子。」

「用點心嘛，用點心就會看見啦！搞不好等一下妳看著櫃子，背後忽然有人進來，那個人可能就是給妳幸福的那個人呀！」他還在狡辯。

「用個頭！搞不好那只是個來借傘的路人！」我拿起嘴上叼著的吸管，作勢要朝他丟過去，而就在這個時候，懸掛在店門口的鈴鐺又清脆地響起來，看來又有客人上門，我很好奇這個我們才剛剛說到，結果馬上就進門的客人會是誰，結果我一回頭……

「下雨了！下雨了！有沒有雨傘，借我一下，我到對面去買包菸去……」那個人一看見我跟老爹，登時看傻了眼，因爲，我們比他更傻眼，三個人都像雕像一樣呆立不動。

這個已經淋得一身濕，忽然跑進來借傘，據說可能爲我帶來幸福的人，不是周振聲是誰？

我們還不適合「互相承認」，所以只好先「互不否認」。

會有真相大白的那一天嗎？我猜，應該會。

大概是……「Because of You 咖啡館」開幕後吧！

【全文完】

Because of You

之前▸ 

圈圈叉叉

01

故事應該要從這裡開始說，時間大約是秋天要來的時候。

天空總是黃昏夕陽，河濱小路總是崎嶇蜿蜒，不知為何，那段日子總讓我聯想到黃昏，只是黃昏又總太短，彷彿一瞬間就要消失。

這世界上，什麼都跟色彩有關，不同的色調可以表現出不同的意義，但有一種情形例外，就是：不管一條河川有多少種顏色，它代表的意義都一樣，叫作「污染」。

從很小的時候開始，我就對每天回家都會經過的這條小河充滿好奇，不曉得為什麼它能夠三天兩頭就換個顏色。它從某個不知名的地方流過來，在一個狹窄的水泥橋頭轉向，變成與小路平行。

「趕著回去奔喪嗎？騎這麼快幹什麼？」我加了幾下油門，趕上了超前我甚多的蜻蜓。蜻蜓的名字自然不叫作蜻蜓，他叫楊清廷，諧音就叫作「蜻蜓」。

「你不覺得很臭嗎？」他眼裡露出了嫌惡的神色，然後加速又超前。蜻蜓的機車經過改裝，要追趕他有相當的難度。不過那無所謂，因為橋頭的紅綠燈會逼得蜻蜓減速。果不其然，當我越過那片擋在轉彎處，遮蔽視線的竹林時，就看到蜻蜓的車停了下來，但不同於以往的是，蜻蜓居然不在車上。

他站在路邊，低著頭，背影看來猶如站在法庭上靜候宣判的殺人凶手，他旁邊站了幾個人，身穿綠色與卡其色衣褲。我嚇了一跳，來不及煞車掉頭，已經被蜻蜓身邊那幾個人張見，其中一個身穿綠色服裝的中年漢子大聲叫我：「周振聲！別跑，給我停車！」

原來，綠色未必都象徵安全或安寧，有些綠色不但不會帶來好事，相對地，總是呈現災難或麻煩，那種綠正確地說是橄欖綠，代表身分叫作「教官」。

當穿著卡其色衣服的糾察隊員在登記我的學號跟姓名，還有車牌號碼時，我心裡這樣想。

隔天，在教官室挨了一頓訓，回到教室時，老師已經來了，這位老師的個性隨和，大家對他相對地也沒那麼尊重，老師姓龍，於是就叫他「龍哥」。

「你們兩個跑到哪裡去了，現在才回來？」龍哥問我們。

我正想老實招出被記過的糗事，蜻蜓就先接口了：「教官對現在時下年輕人輕浮懶散的習慣很不以為然，準備在校內發起新生活運動，但是因為他脫離年輕人的世界實在太久了，所以需要一些有為青年來給他意見和幫助，因此特地邀請我們兩個過去一趟，希望由我們來帶領……」

話還沒說完，龍哥手上的粉筆已經飛了過來，直接打中蜻蜓的腦袋。龍哥喝道：「再掰嘛，兩個都給我到門口去做五十下伏地挺身！做完才准進來！」

被處罰的時候，我聽見龍哥說我們一定是青春期的活力無處發洩才會這樣，全班登時又爆出一陣笑聲。

「這跟青春期有什麼屁關係？」我低聲問蜻蜓。

「不知道，不過說到青春期，我卻想到昨天。」蜻蜓說：「昨天你有沒有留意到教官旁邊站的那幾個糾察隊員？昨天那裡有四個糾察隊員，三男一女。那女的讓我覺得沒加入糾察隊員是個天大的錯誤。」

他說：「那女孩眞的很可愛，而且還是個一年級的學妹，她站在夕陽下的模樣，簡直就是一個背後有光的小天使。」他用一種心嚮往之的語氣說：「她叫徐昱卉，建築製圖科，一年級，學號是七〇九八一六。」

今天的社團活動，大家約好了一起提早下課，我們躺在實習大樓屋頂抽菸曬太陽，愜意悠哉。

我聽著蜻蜓和豆豆龍聊起關於女孩的話題時，心裡忽然想起見到徐昱卉的那短短幾秒鐘。儘管在一個男生佔大多數比例的學校中，一個女孩只要長得乾淨點、略有姿色，就可以頗受歡迎了，但我還是覺得，徐昱卉仍有她獨特的過人之處，那是一種從明亮的眼神裡煥發出來的光采。我想，大概也只有這樣的魅力，才能讓蜻蜓一眼就發現到她吧。

「想什麼？」蜻蜓忽然轉頭問我。

「你說那個徐昱卉會不會已經有男朋友了？」

蜻蜓噗地笑了出來：「怎麼你對她有興趣嗎？兄弟，我告訴你，你最好快點打消這個念頭，因爲你跟她完全是兩個世界的人，爛學生不大可能跟女糾察隊員怎麼樣，羅密歐跟茱麗葉的故事你總聽過吧？」

「所以你這是在提醒我，要我別輕舉妄動就對了？」

「不只如此，我是在叫你死心。」

「可是先對她有興趣的人明明是你耶！」我忽然覺得哪裡怪怪的，蜻蜓勸我的話，好像跟他自己做的就有點矛盾。

「對呀，所以我叫你死心呀！」他話一說完自己就先笑了。

「媽的，講那一堆屁理由，什麼羅密歐與茱麗葉的，叫我死心，原來是因爲你自己別有所圖！」躺著時雙手不好使力，於是我用腳踢他。

「哈哈哈哈……人不爲己，天誅地滅嘛。」

望著天空的浮雲慢慢掠過我的正上方，那清爽的風飄過，帶來實習工廠特有的機油味，我把菸蒂直接從四樓彈擲出去，然後嘆了口沒有理由的氣。

我們不是好學生，但不表示我們不能喜歡小天使。

＊02＊

在河邊停下了車，坐在習慣窩著的老榕樹下，看著五顏六色的水，心裡天馬行空地想像著關於未來的事情。而讓我結束沉思的，是老媽打來的電話，她跟她的新老公住在高雄，問我這星期是否要到南部一起過週末，而我拒絕，這世界多的是可以去的地方，我不想大老遠跑去對一個陌生男人叫「叔叔」。

晚上回到家，洗過澡，我走回房間，正要拉開紗門時，裡頭忽然傳出尖銳刺耳的手機鈴聲，那一聲長鈴劃破寧靜的夜晚。我趕緊進去接電話。一接通，是蜻蜓的聲音。

「我爸今天晚上又打我媽了。我受不了了，我要出去。」電話那頭，蜻蜓的聲音很沉重。

蜻蜓接下來說的話我沒來得及聽清楚，因爲我的房門被推開，外公一張難看至極的臉正瞪著我。

「你奶奶的誰准你弄那玩意兒的？」外公指著我的手機。

「這是我爸買給我的。」我說。

「什麼爸爸？你還有什麼爸爸？」外公怒斥著就要踏進我房門。

「砰」的一響，我用腳尖把紗門後面那道木門勾出來一點，然後用力一踹，木門瞬間重重闔上，我緊接著鎖了喇叭鎖，外面是外公嚇了一大跳，用力拍著門，還夾雜著外婆追過來勸阻的聲音。

「喂，」我點了根菸，拿起電話，「我也受夠了，咱們待會老地方見。」

如果說蹺家一晚上是治標的話，那我想治本的唯一辦法，就是搬家，滾得遠遠的。不過從來都沒有賃屋經驗的我們，一出馬就栽了個跟斗，房子沒租成，我跟蜻蜓兩個人還帶著行李流落街頭。窩在公園的涼亭裡，蜻蜓帶著昱卉去買飲料，而我的電話卻響起，本以爲是蜻蜓打來的，結果一看來電顯示，卻是我們的「班花」小趙。

「你最好有很好的消息，不然我不會放過你。」我說，今天的心情已經有夠糟了，我實在不想再遇到任何打擊。

「哎唷，當然是好消息呀，而且我第一個就通知你唷！」小趙說，他發現家商那邊有好幾個女孩子都頗具姿色，還溫柔可人，說要藉著這次聯誼的機會，將美女們介紹給我。

「可是你有沒有想過，萬一你眼裡的美女，在我眼裡只是狗屎的話，你會怎麼樣？」我問他。

「會怎樣？」

「我會把你變成眞正的女人。」我狠狠地說。

後來我索性連行李也不顧了，口渴得要命的我，決定自己去休閒小站買飲料。租屋的事情搞不定，感情的事也一團亂，這世界什麼都攪和在一起。買完飲料，踱回公園，卻在放行李的涼亭外停下了腳步，看了片刻之後，我決定掉頭再去買包香菸，那涼亭現在不適合我的出現。蜻蜓輕輕撥開了昱卉額前的頭髮，我看見男孩的溫柔，也看見女孩的羞怯，這時候又何需語言？當他終於吻了她。

在公園熬了一夜，隔天搬家時因爲需要有人看守剩餘的東西，不能兩個人都同時離開，所以我打了電話給小趙，反正這傢伙很閒，不如趁此機會拗他。

但料想不到的是，小趙爽快地答應之後，居然又拖了快一個半小時才出現，而且，還不只他一個人來。

「哎唷！兩位，居然淪落到睡公園的份哪？」這是他來的第一句話，而就在我跟蜻蜓左右架住小趙，想趁沒人注意，偷打他幾下時，我聽見一個女孩輕咳了一下，她說：「你們好，我們是家商國貿科的，我姓葉，我叫葉宛喬，叫我小喬就可以了。」

我回頭看了一下，那是三個女孩當中，站在中間的那一個。她的個子很高，我對著她點點頭，她也禮貌性地笑了一笑，我看見兩個可愛的小酒渦，漾著青春的氣息。

有她們的協助，搬家變得很方便。蜻蜓找的雖然只是雅房，得共用一個浴廁，但整層樓也不過就我跟蜻蜓住的兩個房間而已。

「爲什麼不找套房呢?」小趙問我。

「拜託,我們是窮人耶。」我說。

「當大哥的不是都很有錢嗎?」那個叫作小喬的女孩,把我的鋁製壘球棒拿起來掂了一下重量。

「大哥?什麼大哥?」我很疑惑地看著小喬,小喬則看著小趙。看來小趙不知道瞎扯了些什麼。

「那根球棒的用途,絕對只是拿來打球的,我保證。」我說。

「眞可惜。」小喬握著球棒,帶點惋惜的口吻說。

眞是個奇怪的女孩,我心裡想。她好像覺得那根球棒沒有打過球以外的其他東西是很可惜的事情。

而爲了答謝她們的支援,我跟蜻蜓決定請大家喝飲料,一邊喝,一邊討論聯誼活動的細節,看著大家的熱烈,我納悶小喬的冷淡,問她,她想了一下,說:「膩了吧,這種活動十之八九都差不多呀,而且這次對象……」

「什麼對象?對象怎樣?」

「沒,沒什麼。」小喬的眼光裡露出了淘氣的神采,我知道她又在暗示著些什麼,可是我還能怎麼澄清呢?

「小趙,」把頭轉向正在討論的那群人,我語帶恐嚇地說:「你最好把活動辦得精采點,否則我的鋁棒可能要接觸壘球以外的東西了。」

大家都笑了出來，小喬還跟我說，如果哪天小趙要用腦殼來試驗鉛棒的硬度，記得要我打電話給她，讓她來看好戲。

我笑著答應了她，關於鉛棒的承諾會不會有一天眞的實現，這個我不知道，不過那倒是影響了很多年後的一場相逢，當然，這不在本秋天發生的事情裡面，所以暫時不提。

這世界是有報應的，所以妳要對我好一點，小喬姑娘。

* 03 *

我們一行總共十六個人，當中沒有任何一個有駕照，這樣的隊伍要去遠征大雪山，果然是非常別出心裁。曲折的山路，沒有太多的分支路線，因此儘管我們都沒有地圖，卻還是大膽前進。

不過走了兩個半小時之後，小趙首先動搖了，隨著路面愈來愈窄小而崎嶇，大家速度逐漸慢了下來，小趙趕到最前面，把蜻蜓攔了下來，問他是否確定這條路就是往大雪山的，因爲我們可以慢慢兜，但是今天午餐的一包冷凍醃肉可不行。

「我相信是。」蜻蜓一臉肅容。

「萬一不是的話呢？」豆豆龍停了車，走了過來。

小喬這時候插話了，坐在車上，她攀著我的肩膀，笑著對大家說：「那就讓我們看看山、看看雲、聽聽風在唱歌，來一場浪漫的大雪山之戀吧！」

這是個沒有結論的臨時會議，我們卡在進退維谷的窘境中。而我臉色一陣紅，因爲剛剛小喬攀著我的肩膀笑著說話時，我感覺到背後的一陣溫暖與柔軟。

順著路往山上走，穿過了一座古老的隧道，而出了隧道之後，景色更為之一變：天色已經不再是蔚藍一片了，開始有些濛濛薄霧出現在我們眼前。

「其實我也有點擔心，這條路要我相信它會通往大雪山，比要我相信嫦娥住在月亮上還難。」我說。

「我們有非得去大雪山不可的理由嗎？」

「沒有嗎？」

「對我來說是沒有。」小喬遙望遠處的山嵐，她說：「我只想好好地呼吸一些空氣，一些帶著自由氣息的空氣。」

說著，她又貼上了我的背，笑著拍我肩膀，「更何況，就算這條路是錯的，但至少我們算是跟著對的人出來玩，對吧？」

「對的人？」

「你開心嗎？如果開心的話，那陪著你開心的那個人，當然就是對的那個人囉！」她又笑了。

我聽著她清脆爽朗的笑聲，忽然覺得背後這女孩不只是個怪胎而已了，她根本就是個胎中的怪胎。對的人？到底誰跟誰是對的人呢？我認為對的那個女孩沒來，就算她來，也不會是坐在我的車上。

回頭是小喬半閉著眼，正凝看遠方風景，我看見她微微顫動的睫毛，心裡有股不知如何形容的悸動。

說起來這是非常好笑的理由，後來爲了那一包醃肉，我們不得不放棄尋找大雪山的想法。蜻蜓毅然決定，大家乾脆就在路邊找個空地，直接起火，弄個路邊炭烤算了。

不過事情要眞有那麼簡單就好，大家忙了半天，無論如何就是無法順利把火生起來，有個路過的大叔告訴我們，當下我們所處的地方就是大雪山，但離森林遊樂區可還遠得很，至於生火，他叫我們早點放棄，因爲在這樣的海拔下，一般的生火方式是沒有用的。

我們聽得目瞪口呆，面面相覷半天之後，只好收拾傢伙，下山找個河邊烤烤肉算了。

「二十歲的火光，映在你柔美的臉上，淚乾的男人哪，開始了流浪的旅程……」下山的路上，我們速度飛快，而小喬在我後面唱起了歌，歌聲細膩。我聽過這首老歌。

「欸，不會鼓掌喔？」

「唱這麼難聽我幹嘛要鼓掌？而且這首歌清唱挺沒感覺的，最好能夠配上吉他。」我跟小喬說我在吉他社聽過這首歌，她很訝異我居然會樂器。

「而且好端端的妳要流什麼浪呀？」我說。

「好端端的不能去流浪嗎？我多想丟下一切，自己去流浪啊。」

「丟下一切不管，自己逃走去流浪，這樣是一種任性喔。」我說。

「黑社會大哥在講道理耶，眞可愛！」說到「可愛」兩個字的時候，她忽然一掌從我安全帽上面拍了下去，害我差點失去平衡。

「我要殺了妳！」

「哈哈哈哈哈哈……」

小喬的雙手扳住我的肩膀，又唱起歌來，還是那首「二十歲的眼淚」。我心裡有種愉悅的感覺，開始覺得這次聯誼眞的有那麼一點意思了。

上山途中，小喬說的那兩句話我還記得，只是我不懂，當初一直認爲我們是不良少年的小喬，爲什麼會忽然說出那樣的兩句話來：「也許這條路是錯的，但至少我們算是跟著對的人出來玩。」

這是我的疑問，但我還來不及問她，小喬卻已說了答案：「一開始我覺得你們一定是不良少年，會拿刀沿街砍人的那種，可是現在我覺得跟你們在一起很自由，很有一種……可以任性去流浪的感覺。」

我沒說話，只是對著一片遠山雲霧，露出了微笑。

我是個習慣隨波逐流的人，也不記得自己是否曾有過什麼值得懷念的日子。但小喬並不一樣，烤肉時，她跟我說了一個故事，那是一個十四色彩色筆添水用到泡棉都爛掉還沒能換的一個小女孩的故事。那個女孩本姓張，後來因爲家境太糟，而被過繼到另外一個姓葉的家庭，以換取家裡較好的經濟狀況。

女孩在葉家過著被呵護的生活，他們給她很多學習機會，從此她有用不完的六十色彩色筆。不過同時卻也限制了她的很多自由，讓她失去了像過繼前一樣的自由自在。

說完了故事，看著大家在池塘裡戲水，小喬問我爲什麼不一起下去。

「如果我弄濕了，待會騎車回去，坐在我後面的妳一定也會弄濕，我不想看見妳感冒。」

「沒有關係的。」她走到岸邊，蹲下來用手撥撥冰涼的水，說：「這可是難得的機會呢。」

「對妳來說是難得，但是對我們來說並不會呀。」我笑著。

「說得也是，說得也是。」小喬的聲音漸低，我在她眼裡看到了悵然與落寞。那是一種不輕易顯露出來的孤寂，而我爲此而震撼，她堅強與率性的表面底下，看來有我和蜻蜓，甚至昱卉跟寶雯都沒有的複雜憂愁，我猜想這或許跟她的家世背景有關。

過繼到葉家的小喬，她原本應該姓張，叫作張宛喬，從她那天後來的沉默，我猜她比較喜歡當雖然窮困，但是卻自由的張宛喬。

回家的路上，天色漸暗，我們從東勢一路飆回台中。小喬臨走前，問了我一個問題：「如果讓你選，你要當葉宛喬，還是張宛喬？」

「我不知道兩者之間詳細的差別在哪裡，不過，如果我可以用十四色都沒水的彩色筆畫出我要的夢想，那麼我要六十色的幹什麼呢？」

她沒再說話，卻怔怔地看了我許久。

我還記得那時候，她靈動的雙眼裡，那種艷羨的神采。我並沒有什麼過人之處，我只是比她多了一點屬於自己的空間，但天曉得，我的自由其實來自於我的壓力。

有些那當年我們只覺得圈圈叉叉的事情，其實，後來都影響了我們好多好多，以致於多年後，我們都還憑藉著這些記憶，還要去尋找一個屬於自己的，眞正對的人。

從此，我們都在尋找，找什麼？找一個對的人。

（關於阿振與小喬發生在五年前的舊事，請看《圈圈叉叉》）

Because of You

■後記・夢想，關於小喬，關於我

寫女生很難，把女生寫好更難。所以我很喜歡寫女生。而《Because of You》應該是目前為止，寫過所有以女生為第一人稱的故事裡，最難的一次。

相較於《大度山之戀》裡小乖的痴情，在《Say Forever》當中江蔚軒多了一些成長與歷練，而《Because of You》則難在於除了人生的歷練與體悟之外，小喬最後還要回歸到愛情的本質上。

我曾經在自己的個人板上，做過一次對全體女性板友的「點名」，問問她們的夢想是什麼。結果大部分的女性板友，她們最終的夢想，出乎我意料之外的，幾乎都是擁有一份真摯的愛情。這件事情讓我印象非常深刻，也動了寫小說的念頭。

如果說《圈圈叉叉》是男主角周振聲的成長之旅的話，那麼《Because of You》應該是女主角葉宛喬的圓夢之旅。

五年的時間可以改變很多人、很多事情，相隔五年之後的兩個人因為一次偶然的機會而再度重逢，這種事情說來荒唐，但我卻發現其實不無可能，因為至少發生在我身上。靠著BBS連線板上的小說連載，我跟十年前的故人重新聯繫，在這部小說裡，還多虧了她的提點，幫了我很多忙。

「有些事情妳沒忘的，我也還記得。」這是阿振對小喬說的話，也是我很大的感觸。而有一些夢想，就從當年彼此短暫相聚的片刻裡衍生出來，終於在長久的努力之後實現，我覺得那是人生再美好不過的事情。

除了難寫之外，《Because of You》也是所有我寫過的長篇故事裡，耗時最長、花費精神最多的一部，寫作時間花費將近五個月，中間包含參與一次網路文學館的書展暨座談會的籌辦，又加上多次從中部跑到高雄市去取材的時間，所以寫起來格外有感觸，因為大部分的內容，幾乎都是我在高速公路上串聯起來的。

這些內容有的是自己親身經歷，有的是親眼目睹，有的是道聽塗說，反正生活中無處不是小說材料，端看作者怎樣利用而已。

為此，特別感謝高雄聖米納諾咖啡雜貨舖的老闆「老爹」先生，沒有他，大概這部小說就會難產。很感謝他提供大量關於咖啡的知識，也提供了自己跟整家店鋪作為場景描寫之用，寫完了小說之後，我也被他訓練成愛喝咖啡，又愛挑剔咖啡的人。

在此除了感謝老爹之外，也感謝每一位在我最沮喪的二○○四年年底，始終陪伴著我的每一位讀者朋友們，更感謝努力給我意見、幫我分析女性特質，還叫我寫女生時記得一定要「多想一分鐘」的我的副板主谷川寒，以及雖然不怎麼懂小說，可是卻永遠有說不完的意見的張小三，這個我闊別十年又重逢的故人，謝謝妳們。

今年是我從事網路小說經營的第三年，我不知道今年會發生些什麼事情，也不知道今年我會完成多少想完成的夢想，在寫完了《Say Forever》、《圈圈叉叉》跟《Because of You》，這三部與夢想大有關聯的故事之後，我開始在想，接下來我要寫些什麼才好。不過我知道我不孤單，「寫作是比死亡更深沉的孤寂」，哲學家的這句話，不適用在網路小說作者身上，因為有讀者朋友的陪伴與支持，我們永遠不孤寂。

穹風二○○五年一月於埔里山居

我們都在追求自由與對的人

17 歲那年的秋天，他們一起體驗著，

該如何在「該做」與「想做」之間求取平衡，

奮力呼吸自由的空氣。

然而，在愛情的世界裡，

關於誰才是誰的「對的人」，他們都沒有答案。

而五年後，本以為該是逝去的時光倒轉，

活在褪色記憶中，念念不忘的對象忽又重現眼前……

一個不再圈圈叉叉的世界，因為你而生的瑰麗夢想，

天空，是否即將燦爛？

2005年開春第一波強打

2005年2月的《圈圈叉叉》，

2005年4月的《Because of You》，

穹風率先推出極長篇純愛網路小說，

串連一季最繽紛的動人情懷！

國家圖書館出版品預行編目資料

Because of You／穹風著. --.初版.-- 台北市；
商周出版：家庭傳媒城邦分公司發行；〔民 94〕
面　；　公分. --（網路小說；67）

ISBN 986-124-356-9（平裝）

857.7　　　　94003416

Because of You

作　　者／穹風
責任編輯／楊如玉
總 編 輯／林宏濤

發 行 人／何飛鵬
法律顧問／中天國際法律事務所　周奇杉律師
出　　版／商周出版
台北市 104 民生東路二段141號9樓
電話：(02)25007008　傳眞：(02)25007759
e-mail：bwp.service@cite.com.tw
發　　行／英屬蓋曼群島商家庭傳媒股份有限公司城邦分公司
台北市 104 民生東路二段141號2樓
書虫客服服務專線：(02)25007718・(02)25007719
24小時傳眞服務：(02)25001990・(02)25001991
服務時間：週一至週五09:30-12:00・13:30-17:00
郵撥帳號：19863813　戶名：書虫股份有限公司
讀者服務信箱E-mail：service@readingclub.com.tw
歡迎光臨城邦讀書花園　網址：www.cite.com.tw
香港發行所／城邦（香港）出版集團有限公司
香港灣仔軒尼詩道235號3樓
Email：hkcite@biznetvigator.com
電話：(852) 25086231　傳眞：(852) 25789337
馬新發行所／城邦（馬新）出版集團
Cite(M)Sdn. Bhd.(458372U)11, Jalan 30D/146, Desa Tasik,
Sungai Besi, 57000 Kuala Lumpur, Malaysia.
電話：(603)9056 3833　傳眞：(603)9056 2833
email：citecite@streamyx.com

版型設計／小題大作
封面繪圖／文成
封面設計／洪瑞伯
電腦排版／浩瀚電腦排版股份有限公司
印　　刷／鴻霖印刷傳媒股份有限公司
總 經 銷／農學社
電話：(02)2917-8002　傳眞：(02)2915-6275

■ 2005 年（民 94）3 月 24 日初版　Printed in Taiwan
■ 2011 年（民 100）6 月 27 日初版 37 刷

售價／180元

ISBN　986-124-356-9

廣　告　回　函
北區郵政管理登記證
台北廣字第000791號
郵資已付，免貼郵票

104台北市民生東路二段141號2樓

英屬蓋曼群島商家庭傳媒股份有限公司　城邦分公司

請沿虛線對摺，謝謝！

書號：BX4067	書名：Because of You	編碼：

請於此處用膠水黏貼

讀者回函卡

謝謝您購買我們出版的書籍！請費心填寫此回函卡，我們將不定期寄上城邦集團最新的出版訊息。

姓名：________________

性別：□男　□女

生日：西元________ 月________ 日________

地址：________________

聯絡電話：________ 傳真：________

E-mail：________________

職業：□1.學生 □2.軍公教 □3.服務 □4.金融 □5.製造 □6.資訊
□7.傳播 □8.自由業 □9.農漁牧 □10.家管 □11.退休
□12.其他________

您從何種方式得知本書消息?

□1.書店□2.網路□3.報紙□4.雜誌□5.廣播 □6.電視 □7.親友推薦
□8.其他________

您通常以何種方式購書?

□1.書店□2.網路□3.傳真訂購□4.郵局劃撥 □5.其他________

您喜歡閱讀哪些類別的書籍?

□1.財經商業□2.自然科學 □3.歷史□4.法律□5.文學□6.休閒旅遊
□7.小說□8.人物傳記□9.生活、勵志□10.其他________

對我們的建議：________________

____

____

____

請於此處用膠水黏貼